U0126741

北宋四大家律賦限韻之考察

陳成文 著

臺灣 學生書局 印行

北宋四大家律賦限韻之考察

目　次

第一章　緒　論

第一節　研究緣起

一、限韻為律賦重要之文類特徵

　　律賦為唐代新興的賦體，又稱「甲賦」、「新賦」。中唐權德輿〈答柳福州書〉稱：「兩漢設科，本於射策，故公孫弘、董仲舒之倫痛言理道。近者祖習綺靡，過於雕蟲，俗謂之甲賦、律詩，儷偶對屬。」[1]，皇甫湜〈答李生第二書〉也說：「既為甲賦矣，不得稱不作聲病文也。」[2]兩人都強調律賦講究「綺靡」、「儷偶」的聲律特點，並以「甲賦」與「律詩」對舉並稱；至晚唐舒元輿〈上貢士論書〉指出「試甲賦、律詩，是待之以雕蟲微藝，非所以觀人文化成之道也。」[3]仍可見「甲賦、律詩」並稱，其中甲賦所指當為律賦；而唐抄本《賦譜》建議律賦分段時說：「凡賦體分段，各有所歸，但古賦段或多或少，若〈登樓〉三段，〈天臺〉四段之類是也；至今新體分為四

---

[1]　〔清〕董誥等編，《全唐文》（北京：中華書局，1983 年），卷 489，頁 4994 上。

[2]　同上注，卷 685，頁 7022 上。

[3]　同上注，卷 727，頁 7487 下-7488 上。

段……」其中「新賦」即指「律賦」[4]。至於正式使用「律賦」這一名詞，李曰剛《辭賦流變史》第五章「律賦」中說：「律賦之名，首見於北宋洪邁《容齋四筆》之論黃文江（滔）賦云：『晚唐作律賦，多以古事為題，寓悲傷之旨。』」[5]據此則「律賦」一名始見於北宋，不過鄺健行〈唐代律賦與律〉引錄《唐摭言》卷九「好知己惡及第」條提及鄭隱「少為律賦」，另據《冊府元龜》卷六百四十二《貢舉部・條制第四》記載後唐明宗長興元年（930），中書門下上奏，要求翰林院「別撰律詩賦各一首」，作為日後舉子考試範文，而「律詩賦」即指律詩律賦，藉以推論「律賦」一名起碼在五代時已經存在，不必下推到宋代[6]。至於律賦的形成，誠如明代吳訥《文章辨體序說・律賦》所言：「律賦起於六朝，而盛於唐宋。凡取士以之命題，每篇限以八韻而成，要在音律諧協、對偶精確為工。」[7]徐師曾《文體明辨序說・賦》探索賦的流變時，提及：「至於律賦，其變愈下，始於沈約四聲八病之拘，中於徐庾隔句作對之陋，終於隋唐宋取士限韻之制。」[8]勾勒出六朝至宋由駢入律的發展軌跡。

律賦除了講究音律，大量增加「隔句對」之外，「限韻」也

4 　詹杭倫、李立信、廖國棟合著，《唐宋賦學新探》（臺北：萬卷樓圖書公司，2005 年），頁 77。

5 　李曰剛，《辭賦流變史》（臺北：文津出版社，1987 年），頁 177。

6 　收入氏著，《詩賦合論稿》（南京：江蘇古籍出版社，2002 年），頁 117。

7 　〔明〕吳訥著，于北山校點，《文章辨體》（北京：人民文學出版社，1998 年），頁 55。

8 　〔明〕徐師曾著，羅根澤校點，《文體明辨》（北京：人民文學出版社，1998 年），頁 61。

是重要的文類特徵，浦銑《復小齋賦話》卷上推究限韻的起源：
「梁簡文賦體八句，用『化、夜、舍、駕』四韻，任昉、王僧
孺、陸倕、柳憕作皆同，此即後來依韻之所本也。」[9]程章燦
《魏晉南北朝賦史》與郭維森、許結《中國辭賦發展史》都贊同
浦銑之說，程章燦《魏晉南北朝賦史》首先指出上述梁簡文帝與
任昉等人同題共作的「賦體」是南朝賦史的特殊產物，接著詳細
分析其結構特色，最後總結道：

> 「賦體」的創作方式不僅以建安同題共作賦的傳統為依
> 托，而且很可能受到當時詩壇盛行的這種「賦得」體的影
> 響，在某種意義上，「賦體」也可以說是以「賦得」體作
> 賦，如果把其中的虛字省去，並稍作句式改動，賦體很快
> 就變成一首五言詩。……「賦體」限定韻字的作法，更是
> 唐代以來科舉程式賦體限韻的先聲。[10]

進一步探索出賦體限韻源於同題創作的傳統和「賦得」體的作詩
方式。郭維森、許結《中國辭賦發展史》也在浦銑論述的基礎上
推衍這種「賦體」的形式：「其中有騷體的『兮』字句，有六言
句，都是辭賦句式，或因此而名『賦體』。然而限句限韻，完全
不合辭賦鋪陳的要求，倒近乎格律詩，可見這也是一種打破詩賦
界限的嘗試。但這種嘗試並不成功，後來也就無人繼續，然對於

---

[9]　浦銑，《復小齋賦話》，載於何沛雄《賦話六種》（香港：三聯書店，
　　　1982），頁58。

[10]　程章燦，《魏晉南北朝賦史》（南京：江蘇古籍出版社，1992年），
　　　頁239-240。

律賦卻有重要的啟發。」[11]至於現存鈴最早的律賦,鈴木虎雄
《賦史大要》以初唐王勃〈寒梧棲鳳賦以「孤清月夜」為韻〉為律
賦之始,為現存最早注有題韻的律賦[12]。至於辭賦用於官吏登用
之試,依鈴木虎雄《賦史大要》考證是在隋文帝開皇十五年
(595),能確定為官試和時間的,則有先天二年(713)李蒙和
闕名的〈藉田賦〉各一首。其間如光宅二年(685)試〈松高
賦〉,長安二年(702)試〈東堂壁畫賦〉等,皆有題可考而無
作留存。至玄宗開元時,試賦逐漸成為制度,據王定保《唐摭
言》卷一「試雜文」條云:「調露二年,考功員外劉思元奏請加
試帖經與雜文,文之高者放入策。尋以則天革命,事復因循。至
神龍元年方行三場試,故常列詩賦題目于榜中矣。」[13]可見調露
二年奏加試之「雜文」,賦已列入其中。另據《唐摭言》卷一
「散序進士」條記載,唐代永徽以前俊、秀二科與進士並列,咸
亨以後風氣特重進士,以至於「進士科始於隋大業中,盛于貞
觀、永徽之際;縉紳雖位極人臣,不由進士者,終不為美。」
[14]。自唐中宗神龍年間試賦成為進士科定制之後,律賦對於考試
成敗具有關鍵性的影響,文士乃著力精研,因而創造律賦勃興的
契機,正式應試的律賦漸多,李調元《賦話》卷一云:

11　《中國辭賦發展史》(南京:江蘇教育出版社,1996 年),頁 328。

12　〔日〕鈴木虎雄著,殷石臞譯,《賦史大要》(太原:山西人民出版
　　社,2015 年),頁 15。

13　〔五代〕王定保著,姜漢椿校注,《唐摭言校注》(上海:上海社會科
　　學院出版社,2003 年),頁 20。

14　同上注,頁 10。

唐代進士試以考功，尤重帖經、試策，亦有易以箴論表
贊，而不試詩賦，之時專攻律賦尚少。大歷、貞元之際，
風氣漸開；至大和八年，雜文專用詩賦，而專門名家之
學，獎然競出矣。李程、王起最擅時名，蔣防、謝觀如驂
之靳，大都以清新典雅為宗。[15]

隨著唐代進士試雜文專取詩賦成為定制[16]，出現了文人以律賦爭
勝的盛況。德宗貞元年間，中唐最著名的律賦作家先後登第，律
賦創作空前繁榮，趙璘《因話錄》指出：「李相國程、王僕射
起、白少傅居易兄弟、張舍人仲素為場中詞賦之最，言程式者宗
此五人。」[17]德宗貞元十六年，白居易以〈性習相近遠賦〉受
試，名動京師，元稹〈白氏長慶集序〉記載道：「樂天一舉擢上
第，明年拔萃甲科，由是〈性習相近遠〉、〈求玄珠〉、〈斬白
蛇〉等賦及百道判，新進士競相傳於京師！」[18]凡此，皆可見律
賦在中唐與科舉緊密結合，士子為求功名而趨之若鶩的盛況。試
賦自此以迄唐末，一直是進士科的主要項目之一，中間雖有更

---

[15] 《賦話》（臺北：世界書局，1961 年），卷 1，頁 3。

[16] 徐松《登科記考》卷二「永隆二年」條按語云：「雜文兩首，謂箴、
銘、論、表之類。開元間始以賦居其一；或以詩居其一，亦有全用詩、
賦者，非定制也。雜文之專用詩、賦當在天寶之季。」推定唐玄宗天寶
年間試雜文已專用詩、賦。載於〔清〕徐松著（〔日〕京都：中文出版
社，1982 年），頁 149。

[17] 〔唐〕趙璘，《因話錄》（臺北：藝文印書館，1965 年），卷 3，頁
2。

[18] 〔唐〕白居易著，朱金城箋校，《白居易文集箋校》（上海：上海古籍
出版社，2013 年），卷 3，頁 3972。

改,但旋即回復。德宗建中二年(781),中書舍人趙贊知貢舉,以箴、論、表、贊代詩賦[19],然於德宗貞元初即復舊制,停試詩賦的時間僅四、五年之久。又晚唐文宗大和七年(833)宰相李德裕請依寶應二年(763)楊綰上疏之議,進士試以論議代詩賦[20],然八年德裕罷相,禮部即罷進士論議而改試詩賦。讀書人因為以獲得「進士」出身為榮[21],熱衷投考須試「雜文」的進士科,所以律賦逐漸成為唐代的主流文類。長期穩定的進士試賦制度,也逐漸型塑唐代律賦固定的程式特點。

　　律賦用於科舉考試,為避免舞弊抄襲,於是規定限韻,又注重「破題」,講究聲律諧協,增多四六句式。以其因難見巧的限制與要求,促使唐代文人探求律賦的理想範式,為科舉考試需要所寫的詩賦格樣在晚唐五代乃大為流行[22],數量頗為可觀,其中可考知的賦格書,據《宋史・藝文志》著錄就有白行簡《賦要》一卷、范傳正《賦訣》一卷、浩虛舟《賦門》一卷、紇干俞《賦格》一卷、和凝《賦格》一卷、張仲素《賦樞》三卷。[23]唯今僅存唐佚名所作的《賦譜》。《賦譜》一書揭示律賦的句法、結

19　〔宋〕歐陽修、宋祁等,《新唐書・選舉志》(臺北:鼎文書局,1985年),頁1168。

20　同上注,頁1167。

21　關於唐代重視進士科的情形,詳參龔鵬程,《文化符號學》(臺北:臺灣學生書局,1992年),第三卷第一章〈文學崇拜與中國社會:以唐代為例〉的討論。

22　相關資料詳參王夢鷗先生,〈晚唐舉業與詩賦格樣〉,載於氏著,《傳統文學論衡》(臺北:時報文化公司,1987年),頁189-203。

23　〔元〕脫脫《宋史》(臺北:鼎文書局,1983年),卷162,頁5409。

構、用韻、題目、體勢，可見唐代律賦精湛的語言藝術。現存《賦譜》是日本平安朝（794-1186）時期的抄本，可能是由名僧圓仁於唐宣宗大中元年（847）攜回日本，現藏東京五島美術館。《賦譜》全文可見於張伯偉《全唐五代詩格匯考》，「附錄三」[24]以及詹杭倫、李立信、廖國棟合著《唐宋賦學新探》收錄之「賦譜校注」[25]。《賦譜》原著者不詳，張伯偉以書中數度引用浩虛舟〈木雞賦〉，浩虛舟為唐穆宗長慶二年（822）進士，〈木雞賦〉為當年試題，所以可推知其成書必在西元 822 年之後，且可能在西元 847 年之前。

隨著律賦這種新興賦體的發展，唐代開始有「古賦」與「律賦」二分的概念，清代林聯桂《見星廬賦話》就說：「古賦之名始於唐，所以別乎律也。猶之今人以八股為時文，以傳記為古文之意也。」[26]林聯桂接著說明古賦體式的內涵有三：「一曰文賦體。以其句櫛字比，藻飾音諧，而疏古之氣一往而深，有近乎文故也。」；「一曰騷賦體。夫子刪《詩》，楚獨無《風》，後數百年，屈子乃作〈離騷〉。騷者，詩之變，賦之祖也。」；「一曰駢賦體。駢四儷六之謂也。此格自屈、宋、相如，略開其端，後遂有全用比偶者，浸淫至於六朝，絢爛極矣。」[27]唐代文集如李白《李白集》卷一「古賦」，共收錄駢賦體的〈大鵬賦〉；騷

---

[24] 張伯偉，《全唐五代詩格匯考》，南京：鳳凰出版社，2002 年。

[25] 詹杭倫、李立信、廖國棟合著，《唐宋賦學新探》（臺北：萬卷樓圖書公司，2005 年），頁 59-98。

[26] 林聯桂著，何新文、余斯大、蹤凡校證，《見星廬賦話》（上海：上海古籍出版社，2013 年），卷 1，頁 1。

[27] 同上注，頁 1-3。

賦體的〈擬恨賦〉、〈惜餘春賦〉、〈愁陽春賦〉、〈悲清秋賦〉、〈劍閣賦〉以及文賦體的〈明堂賦〉、〈大獵賦〉八篇[28]；又如柳宗元《柳河東全集》卷二「古賦」，收錄騷賦體的〈佩韋賦〉、〈解祟賦〉、〈懲咎賦〉、〈閔生賦〉、〈夢歸賦〉、〈囚山賦〉，四言詩體的〈瓶賦〉、〈牛賦〉，以及文賦體的〈愈膏肓疾賦〉等九篇[29]，可見林聯桂之說是信而可徵的。

關於律賦的體式標準，鄺健行〈唐代律賦與律〉歸納其特點有四：一、講究對偶；二、重視聲音諧協，避免病犯；三、限韻，以八韻為原則；四、句式以四六為主[30]；郭維森、許結《中國辭賦發展史》則指出「所有律賦共具的特點也就是對偶和限韻了」[31]都強調律賦注重聲律調諧的文類要求。學界對於律賦的體式標準已漸具共識，但何者為律賦最基本的文類特徵則尚有爭議。有學者認為追求聲韻諧協、避免病犯為律賦的基本特徵，如鄺健行認為律賦的主要特徵是聲音，不僅指平仄，還講求四聲之調諧與聲病避忌；另外，隔句對又要比限韻和對偶更能顯示律賦的特色[32]。趙俊波進一步指出唐代律賦的寫作遵從相間、相對的聲律規則，聲律要求追求避免四病，尤其是其中的上尾和鶴膝。

---

[28] 李白著，瞿蛻園等校注，《李白集校注》（臺北：里仁書局，1981年），頁 1-90。

[29] 柳宗元著，《柳河東全集》（北京：中國書店，1994 年），頁 18-31。

[30] 收入氏著，《詩賦合論稿》（南京：江蘇古籍出版社，2002 年），頁 116。

[31] 《中國辭賦發展史》（南京：江蘇教育出版社，1996 年），頁 493。

[32] 〈律賦論體〉，《四川師範大學學報》（社會科學版）第 32 卷第 1 期，2005 年 1 月，頁 68-74。

其中蜂腰的特殊形式可以被寬容；鶴膝分單對和隔對，唐人尤重回避隔對中的鶴膝。[33]此外，也有學者指出「限韻」才是律賦最基本的特徵，郭維森、許結既指出「對偶」和「限韻」是律賦共具的特點，又說明：「律賦又稱試賦，即指主要用於考試。賦的主要特點，即在於限韻。律賦講對偶，叶韻亦辭賦的共同要求，唯限韻為律賦所特別規定」[34]。尹占華認為：「律賦就是限韻的賦，這是一個『硬』標準。當然律賦還有諸如偶儷、藻飾、用典等特徵，但那些都是『軟』條件，是可以具備或不全具備的。」[35]；彭紅衛辯證唐代律賦的形式特徵之後，總結道：「從形式上看，律賦的本質特徵是限韻，由此帶來律賦的聲音諧協效果，第二特徵是隔句對，由此帶來律賦整齊均衡的句法美。」[36]；郭建勛、毛錦群也指出「律賦最基本、最典型的特徵是『限韻』要求」。[37]趙成林則認為：「試賦是標準的律賦，通過分析律賦，可以看出限韻是律賦不違的規律，而病犯在律賦中在所難免。因而可以推斷，限韻是律賦的體式標準。」[38]；趙俊波也認為「從產生、發展及時人的重視程度等方面來看，限韻卻是律賦不同於

---

[33] 〈唐代律賦的聲律遵從與避忌──兼與清代律賦相對比〉，《遠東學院學報》（社會科學版）第 17 卷第 2 期，2015 年 4 月，頁 20-25。

[34] 《中國辭賦發展史》（南京：江蘇教育出版社，1996 年），頁 492。

[35] 尹占華，《律賦論稿・前言》（成都：巴蜀書社，2001 年），頁 1。

[36] 〈論律賦的基本特徵〉，《湖北大學學報》（哲學社會科學版）第 37 卷第 6 期，2010 年 11 月，頁 85-89。

[37] 〈論律賦的文體特徵〉，《中國文化研究》2007 年 4 期，頁 64。

[38] 〈律賦體式標準問題辨略〉，《中國韻文學刊》2008 年第 1 期，頁 12-15。

駢賦的地方,所以律賦的根本特徵是限韻。」[39],可見「限韻」
為唐律賦重要的文類特徵,已漸成學界的主流論述。孫梅《四六
叢話》卷四評述唐宋以律賦取士之苛刻嚴格,云:

> 自唐迄宋,以賦造士,創為律賦,用便程式,新巧以制
> 題,險難以立韻,課以四聲之切,幅以八韻之凡,栫以重
> 棘之圍,刻以三條之燭,然後銖量寸度,與帖括同科,夏
> 課秋卷,將揣摹共術矣。[40]

誠如李調元《賦話》卷九引《偶雋》所謂:「唐制,舉人試日,
日暮許燒燭三條。德宗朝,主文權德輿於簾下戲云:『三條燭
盡,燒殘舉子之心。』舉子遂答云『八韻賦成,驚破侍郎之
膽。』」[41]當舉子朝夕論思,日月撰作於此,確實心力交瘁,視
律賦寫作為畏途。為了維持科舉考試的公平性,律賦訂定限韻的
形式標準,以嚴限押韻為手段,杜絕考生事前猜題或抄襲作弊。
由於律賦限韻的形式限制,加上題目穿穴經史,不易發揮,逐漸
使律賦成為「因難見巧」的考試工具,其文學價值難免遭受質
疑。不過,在嚴格限制束縛的創作條件下,如何迴避聲病,馳騁
綽有餘裕的文字美感,正見文人之匠心巧運,渾然天成的展現因
難見巧的功力,且看簡宗梧師〈試論唐賦之發展及其特色〉對於
律賦限韻生動深刻的描述:

---

[39] 〈再論唐代律賦的體式標準〉,《遼東師院學報》第 12 卷第 2 期,
2010 年 4 月,頁 79-84。

[40] 《四六叢話》(臺北:世界書局,1984 年),卷 4,頁 61。

[41] 李調元,《賦話》(臺北:廣文書局,1971 年),卷 9,頁 91。

> 律賦的限韻，就像舞蹈比賽為便於裁判，要舞者戴腳鐐手
> 銬；讀這些賦篇，猶見戴腳鐐手銬的舞者，直把枷鎖當作
> 道具，隨著變巧的節奏，顯示了它的靈巧和造詣。[42]

就「文學為語言的藝術」而言，律賦仍然具有高度的文學價值，
值得正視與研究。

二、北宋四大家律賦限韻之研究仍待拓殖

唐宋兩代以律賦取士，律賦成為文人晉身仕途的敲門磚，律
賦乃蔚然蒸興，盛極一時。不過，元代祝堯《古賦辯體》則上溯
楚漢，力興古賦，在辨析古賦有「楚辭體」、「兩漢體」、「三
國六朝體」、「唐體」、「宋體」之後，確立「祖騷宗漢」的學
古目標。因此，祝堯《古賦辯體》對於講求聲律，力避聲病的唐
代律賦頗多貶詞：

> 嘗觀唐人文集及《文苑英華》所載，唐賦無慮以千計，大
> 抵律多而古少。夫古體之體，其變久矣，而況上之人選進
> 士以律賦，誘之以利祿耶？……後生務進干名，聲律大
> 盛。句中拘對偶以趨時好，字中揣聲病以避時忌，孰肯學
> 古哉？[43]

其影響所及：

---

[42] 簡宗梧師，《賦與駢文》（臺北：臺灣書店，1998 年），頁 173。

[43] 祝堯，《古賦辯體》，文淵閣四庫全書本冊 1366，卷 7，頁 801。

或有就為古賦者，率以徐、庾為宗，亦不過少異於律爾。而或以五、七言之詩為古賦者，或以四六句之聯為古賦者。[44]

祝堯認為唐人賦作拘牽於聲律，揣摩聲病，造成「句中拘對偶以趨時好，字中揣摩以避時忌」的弊害，同時也造成古賦的駢儷化傾向。降及明代，徐師曾《文體明辨序說・律賦》也認為：

> 至於律賦，其變愈下，始於沈約四聲八病之拘，中於徐庾隔句作對之陋，終於隋、唐、宋取士限韻之制，但以音律諧協、對偶精切為工，而情與辭皆置弗論。[45]

徐師曾批評唐代律賦情辭俱失，其結果是悖離賦體「情」的本質，其結果也導致賦體發展的頹然就下。至於明代前七子領袖李夢陽、何景明，更以「一代有一代之文學」的典範標準，力持「唐無賦」之說[46]，且將唐賦浸衰歸咎於律賦的興盛，否定唐賦

44　同上注，頁 802。

45　〔明〕徐師曾著，羅根澤校點，《文體明辨序說》（北京：人民文學出版社，1998 年），頁 100。

46　李夢陽〈潛虯山人記〉云：「山人商宋梁時，猶學宋人詩。會李子客梁，謂之曰：『宋無詩』，山人於是遂棄宋而學唐矣；已問唐所無，曰：『唐無賦哉！』；問漢，曰：『無騷哉！』，山人於是則又究心賦、騷於漢唐之上。」，收入氏著，《空同集》（臺北：臺灣商務印書館影四庫全書，冊 1262，下同），卷 48，頁 446。又，何景明〈雜言十首之五〉云：「秦無經，漢無騷，唐無賦，宋無詩。」，收入氏著，《大復集》（臺北：臺灣商務印書館影四庫全書，冊 1267），卷 38，頁 351。

的價值；清代王芑孫從賦史流變的角度，論證「詩莫盛於唐，賦亦莫盛於唐。總魏、晉、宋、齊、梁、周、陳、隋八代之眾軌，啟宋、元、明三代之支流，踵武姬漢，蔚然翔躍，百體爭妍，曷其盈矣。」[47]，反駁「唐無賦」的觀點，認為唐人律賦不過「有一二輕華腐爛之作」[48]，並無妨其文學價值。但是，他的話似乎並沒有引起人們的注意。其後李調元撰《賦話》十卷，集中討論唐宋以後律賦；而同時期相關賦論也將眼光投注到律賦之上，才逐漸提高律賦的文學地位，扭轉律賦負面價值的刻板印象。李調元《賦話》評論精審，時有會心，頗見重於後世，其中以大量篇幅討論唐代律賦，而其評論唐宋律賦時，每每將唐代律賦高懸為典範標準，從其「揆厥正宗，終當以唐賦為則」[49]、「衷諸麗則之旨，固當俯讓唐賢」[50]、「故意致平淺，遠遜唐人。」[51]等評語，可見其「律賦宗唐」的賦學宗尚。值得注意的是，李調元《賦話》卷五在總結評述北宋律賦時，盛讚北宋四大家之作，云：

> 宋初人之律賦最夥者，田、王、文、范、歐陽五公。黃州
> 一往清泚，而諫議較琢鍊。文正遊行自得，而潞公尤謹

47　〔清〕王芑孫，《讀賦巵言·審體》，載於何沛雄編，《賦話六種》
　　（香港：三聯書店，1982 年），頁 5。

48　同上注，頁 5。

49　〔清〕李調元，《賦話》（臺北：世界書局，1962 年），卷 5，頁
　　40。

50　同上注，頁 42。

51　同上注，頁 38。

嚴。歐公佳處，乃似箋表中語，難免於陳無己「以古為俳」之誚。故論宋朝律賦，當以表聖、寬夫為正則，元之、希文次之；永叔而降，皆橫騖別趨而偭唐人之規矩矣。[52]

唐人篇幅嚴謹，字有定限。宋初作者，步武前賢，猶不敢失尺寸，田司諫、文潞公其尤雅者也。嗣後好為恢廓，爭事冗長，剝而不留，轉覺一覽易盡矣。[53]

李調元極力肯定北宋田錫、王禹偁、范仲淹、文彥博律賦四大家步武唐代律賦的成就，所謂「論宋朝律賦，當以表聖、寬夫為正則，元之、希文次之」、「宋初作者，步武前賢，猶不敢失尺寸」，可見李調元認可北宋四大家律賦的典範地位，李調元《賦話》又於同卷摘錄田錫、范仲淹、文彥博律賦的名篇佳句，給予高度評價：

宋田錫〈雁陣賦〉云「單于臺下，繁笳之哀韻催來；句踐城邊，兩槳之幽音驚起。」如此起法，恰好是雁陣先聲。又「羽翼自高，不讓於漢家飛將；煙霞遠沒，疑沈於胡土孤軍。」興會淋漓，音節嘹亮，妍辭膩旨，不讓唐人。
宋文彥博〈鴻漸於陸賦〉云：「翩迅羽以嗆嗆，弋人何慕；沖層峰而翩若，陽鳥攸居。」運成語如自己出。又

「將候雁以同賓，羽翮既就；與時龍而共起，燕雀焉知。」則自然合拍，并忘其為成語矣。

宋人律賦，大率以清便為宗，流麗有餘，而琢鍊不足。故意致平淺，遠遜唐人。田錫〈曉鶯賦〉云：「關關枝上，帶花露之清香；喋喋風前，入月簾之靜影。」；文彥博〈雁字賦〉云：「水宿近兼葭露下，垂露勢全；雲飛經蟂蜻牆邊，題橋象著。」；范仲淹〈天驥呈才賦〉云：「首登華廄，嘶風休憶於窮途；高騁康衢，逐日詎思於長坂。」唯此數公，猶有唐人遺意。

宋范仲淹〈臨川羨魚賦〉中幅云：「惜矣空拳，眷乎頒首。止疲懷而肆目，自朵頤而爽口。幾悔恨於庖無，徒諷詠於南有。心乎愛矣，愧疏破浪之能；敏以求之，懼速憑河之咎。」虛處傳神，句句欲活，唐人無以過之，而前後尚嫌平懈。文彥博〈經神賦〉云：「盛德昭然，遺芬若此。」、「神兮神兮，與百神而有殊，吾亦禱之久矣。」恰好作結，不露押韻痕跡，亦是神來之筆。[54]

李調元不厭其煩地摘篇示例，正見其推崇備至。其後，鈴木虎雄《賦史大要》第五篇「律賦時代」第一章〈宋之律賦〉有「宋初之賦唐風」一節，指出「宋歐、蘇未出前，猶帶唐風，田錫、文彥博、范仲淹之作是也」，其後徵引李調元《賦話》卷五稱美田錫、文彥博、范仲淹之原文，並以李調元評語「唯此數公猶有唐

54　同上注，卷5，頁38。

人遺意」作結[55]，可見李調元《賦話》沿溉來葉之至深且鉅，而北宋四大家律賦之成就與研究的重要性也就不言可喻。

檢索北宋四大家律賦的研究現況，除了文彥博辭賦未見研究論著之外，學者對於其他三大家辭賦都有所著墨，已粗具研究規模：何玉蘭〈「諍臣」之賦卻平易——田錫賦芻議〉[56]認為田錫辭賦數量可比肩蘇軾，頗具文學價值。田錫辭賦或詠史抒懷，行文閎肆；或詠物寄意，意旨平易淡出，描摹窮形盡態。劉培〈論田錫辭賦的新變〉[57]則指出宋初文風平弱，田錫革除文壇積弊，探索宋賦的創作方向。田錫辭賦創作追求雄偉壯大之美，以革除繁采寡情之弊；追求清麗深婉之美，以革除枯槁憔悴之風；追求理趣韻致，初露成熟的宋賦風貌；追求文氣的圓轉流暢，變革文體文風。研究田錫辭賦的碩士論文有任憲國《田錫及其辭賦研究》[58]一篇，本文認為田錫的律賦被清代李調元奉為正則，其語言精切，韻律諧協，文勢起承轉合，結構嚴謹，兼具雄偉、豪健、浪漫之美，為當時平弱的文壇，注入新氣象，開拓宋代辭賦的面向，體現散文化的特點；至於王禹偁的辭賦創作，王延梯、蕭培〈王禹偁的辭賦觀和辭賦創作〉[59]概述王禹偁的傳統儒家文學觀和賦作特點。王彬〈仕進羽翼　一往清泚——王禹偁律賦研究〉[60]認

55　鈴木虎雄著，殷石臞譯，《賦史大要》（太原：山西人民出版社，2015年），頁 239-240。

56　《樂山師範高等專科學校學報》1999 年第 4 期。

57　《文史哲》2001 年第 4 期（總第 265 期）。

58　曲阜：曲阜師範大學碩士論文，2008 年。

59　《齊魯學刊》1997 年 3 期，頁 65-71。

60　《成都大學學報》（社會科學版）2017 年 6 期。

為王禹偁律賦「一往清泚」，已初步擺脫唐代律賦的限制，其風格特點昭示了宋代律賦的歷史走向，是宋代律賦演進軌跡上重要的一環。陳玠妃《王禹偁辭賦研究》[61]是目前研究王禹偁辭賦最完整深入的碩士論文，本書以王禹偁的古賦與律賦作品為研究對象，全書除了分篇探討王禹偁十八篇律賦的寫作背景、內容結構、用韻分布之外，其中第四章集中討論王禹偁辭賦的形式與特色，以五十多頁的篇幅，探討王禹偁律賦的命題、限字、句式、押韻、用典。本書的貢獻在於運用嚴謹的量化統計，首先爬梳分析王禹偁律賦因襲與突破《賦譜》建議句式的情形，其後分析王禹偁律賦限韻次序與出韻現象、律賦的解證韻與特殊押韻形式、題韻出處與用典方式。凡此，都為後續研究者奠定紮實的基礎；而有關范仲淹辭賦研究的碩士論文有田苗《范仲淹交遊及其賦作研究》[62]、饒本剛《范仲淹賦研究》[63]兩篇。田文第三章論述范仲淹律賦的創作特點，指出范仲淹律賦內容大抵以治道或人生哲理為主，其創作特點為取材廣泛，句式駢散結合、精於用典；饒文則先探討范仲淹賦作的政治理念與人生態度，接著分析其句式、用典等形式特點，以說明范仲淹律賦承前啟後，並具體實踐「文質互救」的理論，至於其賦作表現的社會責任感和獨立人格精神，則開創了積極奮發、銳意進取、先憂後樂的新士風。至於范仲淹律賦的研究，期刊論文有：周興濤〈巧心浚發　妙句雲來——評范仲淹的律賦〉[64]認為范仲淹的律賦創作技巧精熟，且時

61　臺中：逢甲大學中國文學研究所碩士論文，2005 年。
62　長春：吉林大學碩士論文，2007 年。
63　廣州：廣州大學碩士論文，2011 年。
64　《西南交通大學學報》（社會科學版），第 7 卷第 4 期，2006 年 8 月。

有創新破題及句式整齊中有變化；用韻符合要求且多創變；對仗尤工，琢句尤精，用事引典，化用自然。詹杭倫〈范仲淹的賦論與賦作新探〉[65]指出歷代賦論賦話對范仲淹賦作的評論主要集中在三個層面，或探討本事，或觀察用意，或賞析佳句。范仲淹致力於辭賦創作，故其文體，尤其是記序文類，常用賦體筆法，採用「首尾是文，中間是賦」的結構方式。這一現象應該引起跨文類研究學者的高度重視。所以本文首先檢閱范仲淹的賦論，其次，說明范仲淹賦的押韻和分類，再次，以〈金在鎔賦〉為例，分析范仲淹律賦的結構，最後評述范仲淹「以賦為文」之說[66]。許瑤麗〈范仲淹《賦林衡鑒》與宋體律賦的定調〉[67]指出范仲淹《賦林衡鑒》是宋代賦學研究的重要文獻。范仲淹有感於天聖初年律賦寫作與評價標準紛紜，而好古者與修辭者又各執己見，乃將律賦分為二十類，並分門類作序、選文，強調律賦體國經野的價值，彰顯律賦在釋經立傳、反映時政的作用。尤其是范仲淹對「敘體」、「體物」之「體」字的創新詮釋，指明宋代律賦走向學理化、議論化的發展方向。《賦林衡鑒》通過應天府學、高平講友等師友圈的傳播，對宋律賦的發展產生糾偏指正的作用，為宋體律賦定調，促進仁宗朝中、後期宋體律賦的成型與鼎盛；關於范仲淹律賦研究的碩士論文有孫德春《范仲淹律賦研究》[68]一

---

[65]　《濟南大學學報》第 16 卷第 2 期，2006 年，頁 35-41。

[66]　本文收入詹杭倫、李立信、廖國棟合著，《唐宋賦學新探》（臺北：萬卷樓圖書公司，2005 年），頁 171-198。

[67]　《四川師範大學學報》（社會科學版）第 39 卷第 6 期，2012 年 11月。

[68]　西安：西北大學碩士論文，2010 年。

篇，其中第三章分析范仲淹律賦的押韻次序和句式結構，說明范仲淹律賦繼承與突破唐代律賦體式的特色；此外，周興濤《論范仲淹的文學成就》[69]以范仲淹的文學作品為研究範圍，第三章集中討論范仲淹的律賦，依序分析范仲淹律賦的破題、押韻、對仗與琢句、用典，闡明范仲淹對宋代律賦特徵形成的貢獻。

　　根據上述的研究概況，個別賦家以王禹偁、范仲淹律賦的討論度最高，田錫、文彥博律賦的研究尚待開發；至於全面檢視北宋四大家律賦的用韻規律、題下限韻形式、依韻成篇模式等內涵，則仍存在許多空間。探討北宋四大家律賦限韻用韻規範的發展歷程為何、遵循何種用韻規律？是否產生特殊用韻規律？題下限韻之形式為何？呈現何種限韻形態？是否有特殊題下限韻之形式？依韻生篇之發展歷程為何？遵循何種構篇模式？有無特殊構篇模式？又其繼承唐代律賦的具體內涵為何？又對於宋體律賦的發展，產生何種作用？凡此，不僅可抉發北宋四大家律賦的具體內涵，也有助於勾勒律賦由唐迄宋的演化軌跡。

第二節　研究範圍

一、北宋四大家律賦

　　本書的研究對象為北宋田錫、王禹偁、范仲淹、文彥博四大家律賦。

　　田錫（940-1003），字表聖，原名繼沖，後改名錫，嘉州洪雅（今四川省樂山市洪雅縣）人，生於後晉高祖天福五年，卒於

---

[69]　成都：四川大學文學院碩士論文，2003 年。

宋真宗咸平六年，年六十四。田錫以敢言直諫著稱，勇於革陳出新，為宋代文學的奠基者之一，影響至為深遠。《四庫全書總目提要・咸平集提要》稱譽其「范仲淹作墓誌，司馬光作神道碑，而蘇軾序其奏議亦比之賈誼。為之操筆者皆天下偉人，則錫之生平可知也。詩文乃其餘事，然亦具有典型，其氣體光明磊落，如其為人，固終非洙泗者所得彷彿焉。」[70]田錫直言敢諫，深受時人推重，其文道觀及師古的文學思想尤具獨特的價值，其中「任運用而自然」的主張影響蘇洵、蘇軾父子的古文觀點與創作態度。田錫著有《咸平集》五十卷。現存賦二十四篇，其中十一篇為律賦：《咸平集》卷八收〈西郊講武賦以「順時閱兵俾民知戰」為韻〉、〈聖德合天地賦以「聖德昭彰合乎天地」為韻〉、〈五聲聽政賦以「聖人虛懷求理設教」為韻〉、〈羣玉峰賦以「玉峯聳峭鮮潔新明」為韻〉、〈泰山父老望登封賦〉五篇[71]；卷九收〈雁陣賦以「葉落南翔雲飛水宿」為韻〉、〈開封府試人文化成天下賦以「煥乎人文化成天下」為韻〉、〈南省試聖人並用三代禮樂賦以「皇猷昭宣禮樂備舉」為韻〉、〈御試不陣而成功賦以「功德雙美威震寰海」為韻〉、〈春色賦以「暖日和風春之色也」為韻〉、〈曉鶯賦以「芳天曉景悅聽清音」為韻〉[72]六篇。其中，田錫〈泰山父老望登封賦〉缺題下限韻

---

[70]　〔清〕永瑢等，《四庫全書總目提要》（臺北：臺灣商務印書館，1968年），卷152，頁3184。

[71]　田錫，《咸平集》（臺北：臺灣商務印書館，1973年），卷8，頁1-7。以下本書討論時多採夾注形式，又為省篇幅，如「《咸平集》卷8，頁1」，標為「咸平集8/1」，特此說明。

[72]　同上注，卷9，頁1-8。

字，考察本篇之用韻情形，第一韻以「昊、告、誥」為韻字[73]，「昊」屬《廣韻》「皓」韻，「告、誥」屬「号」韻，本韻「皓号」上去通押；第二韻以「成、傾、誠」為韻字，均屬《廣韻》「清」韻；第三韻以「如、胥、書、於」為韻字，均屬《廣韻》「魚」韻；第四韻以「天、編、玄」為韻字，均屬《廣韻》「先」韻；第五韻以「身、民、濱、人」為韻字，均屬《廣韻》「真」韻；第六韻以「相、仗、悵、上、望」為韻字，「相、上」屬《廣韻》「養」韻，「仗、悵、望」屬「漾」韻，本韻「養漾」上去通押；第七韻以「已、水、止」為韻字，「已、止」屬《廣韻》「止」韻，「水」屬「旨」韻，依《廣韻》「止旨」同用；第八韻以「后、佇、厚、壽、手」為韻字，「后、厚」屬《廣韻》「厚」韻，「佇」屬「語」韻，「壽、手」屬「有」韻，本韻「厚語有」合用[74]。檢閱田錫其他十篇律賦，雖全用八字韻腳，但多不依次用韻，難以判定其題下限韻字之原貌，故本文暫時擱置不論。

王禹偁（954-1001），字元之，濟州鉅野（今山東菏澤市巨野縣）人。太平興國八年進士，歷任右拾遺、左司諫、知制誥、翰林學士。生平歷太祖、太宗、真宗三朝。王禹偁因直言極諫，屢遭貶謫。北宋真宗即位，召還，復知制誥。後又貶至黃州，故世稱「王黃州」。王禹偁為北宋詩文革新運動的先驅，文學韓愈、柳宗元，詩尊杜甫、白居易，多反映社會現實，風格清新平

---

[73] 本書標明之《廣韻》韻部，依據 1982 版本為〔宋〕陳彭年重修，林尹校訂，《宋本廣韻》（臺北：黎明文化事業公司，1982 年）；至於未出現於《廣韻》之韻字，則參考切韻系韻書，不另標明。

[74] 同上注，卷 8，頁 5-7。

易。詞僅存一首，顯現積極用世的精神，格調清新曠遠。著有
《小畜集》三十卷；又有《小畜外集》、《五代史闕文》等，唯
殘闕不全，多所散佚。王禹偁現存賦二十七篇，其中十八篇為律
賦：《小畜集》卷二收〈卮言日出賦以「盈側空仰隨變和美」為
韻〉、〈天道如張弓賦以「王者喻身則此宜施」為韻〉、〈仲尼為素
王賦以「儒素之道尊比王者」為韻〉、〈君者以百姓為天賦以「君有庶
民如得天也」為韻〉、〈復其見天地之心賦以「天地幽賾觀象斯見」為
韻〉、〈尺蠖賦以「尺蠖之屈以求伸也」為韻〉、〈聖人無名賦以「元
聖之道無得稱焉」為韻〉、〈橐籥賦以「天地之間其猶橐籥」為韻〉、
〈醴泉無源賦以「王者之瑞何有本原」為韻〉、〈火星中而寒暑退賦
以「心火中則寒暑斯退」為韻〉十篇[75]；卷二十六收〈鄉老獻賢能書
賦以「鄉老之薦登彼天府」為韻〉、〈黃屋非堯心賦以「黃屋車貴非帝堯
意」為韻〉、〈日月光天德賦以「陽景陰魄光彼天德」為韻〉、〈崆峒
山問道賦以「黃帝之道天下清淨」為韻〉四篇[76]；卷二十七收〈射宮
選士賦以「能中正鵠男子之事」為韻〉、〈歸馬華山賦以「王者無事歸默
西岳」為韻〉、〈賢人不家食賦以「賢國之寶家食生咎」為韻〉、〈大
合樂賦以「天地之禮張樂雍美」為韻〉四篇[77]。

　　范仲淹（989-1052），字希文，蘇州吳縣人。范仲淹幼年喪
父，母親改嫁長山朱氏，遂更名朱說。北宋真宗大中祥符八年

---

[75] 收入《影印文淵閣四庫全書》第 1086 冊，頁 10 下-17 上。以下本書討
論時多採夾注形式，又為省篇幅，如「《小畜集》，《影印文淵閣四庫
全書》第 1086 冊，頁 10 下-11 上」，省略為「小畜集 1086/10 下-11
下」，特此說明。

[76] 同上注，頁 255 下-260 下。

[77] 同上注，頁 262 下-267 下。

（1015），范仲淹苦讀及第，授廣德軍司理參軍，迎母歸養，改回本名。後歷任興化縣令、秘閣校理、陳州通判、蘇州知州等職，因秉公直言而屢遭貶斥。仁宗康定元年（1040）與韓琦同任陝西經略安撫招討副使，鞏固西北邊防。仁宗慶曆三年（1043）出任參知政事，上疏〈答手詔條陳十事〉倡言改革，旋以新政受挫，外放離京，歷知邠州、鄧州、杭州、青州。仁宗皇祐四年（1052），改知潁州，范仲淹抱疾就任，中途病逝，年六十四。追贈兵部尚書、楚國公，諡號「文正」，世稱「范文正公」，有《范文正公文集》傳世。范仲淹現存賦三十八篇，其中三十五篇為律賦：《范文正公集》卷二十收〈老人星賦以「明星有爛萬壽無疆」為韻〉、〈老子猶龍賦以「玄聖之道通變如此」為韻〉、〈蒙以養正賦以「君子能以蒙養其正」為韻〉、〈禮義為器賦以「崇禮明義斯以為器」為韻〉、〈今樂猶古樂賦以「民庶同樂今古何異」為韻〉、〈省試自誠而明謂之性賦以「誠發為德彰彼天性」為韻〉、〈金在熔賦以「金在良冶求鑄成器」為韻〉、〈臨川羨魚賦以「嘉魚可致何羨之有」為韻〉、〈水車賦以「如歲大旱汝為霖雨」為韻〉、〈用天下心為心賦以「人主當用天下心矣」為韻〉十篇[78]，《范文正公別集》卷二收〈堯舜帥天下以仁賦以「堯舜仁化天下從矣」為韻〉、〈君以民為體賦以「君育黎庶如彼身體」為韻〉、〈六官賦以「分職無曠王道行矣」為韻〉、〈鑄劍戟為農器賦以「天下無事兵器銷堰」為韻〉、〈任官惟賢材賦以「分職求理當任賢者」為韻〉、〈從諫如流賦以「王者從諫如彼流水」為韻〉、〈聖人大寶曰位賦以「仁德之守光大君位」為韻〉、

---

[78] 收入范能濬編集，薛正興校點，《范仲淹全集》（南京：鳳凰出版社，2004 年），頁 13-24。以下本書討論時多採夾注形式，又為省篇幅，如「《范仲淹全集》，頁 13」，省略為「范仲淹全集 13」，特此說明。

〈賢不家食賦以「尊尚賢者寧有家食」為韻〉、〈窮神知化賦以「窮彼神道然後知化」為韻〉、〈乾為金賦以「剛健純粹其象金也」為韻〉、〈王者無外賦以「王者天下何外之有」為韻〉十一篇[79]，卷三收〈易兼三材賦以「通彼天地人謂之易」為韻〉、〈淡交若水賦以「君子求友恬淡為上」為韻〉、〈養老乞言賦以「求善言以資國之用」為韻〉、〈得地千里不如一賢賦以「賢實邦寶何地能及」為韻〉、〈體仁足以長人賦以「君體仁道隨彼尊仰」為韻〉、〈陽禮教讓賦以「修射崇飲民不爭矣」為韻〉、〈天驥呈才賦以「君德通遠天馬斯見」為韻〉、〈稼穡惟寶賦以「王者崇本民食為貴」為韻〉、〈天道益謙賦以「天道常益謙損之義」為韻〉、〈聖人抱一為天下式賦以「淳一敷教為天下式」為韻〉、〈政在順民心賦以「明主施政能順民欲」為韻〉、〈水火不相入而相資賦以「其性相反同濟於用」為韻〉十二篇[80]。此外，陳子龍《歷代賦彙》卷四十四又收錄范仲淹本集失載之〈大禮與天地同節賦〉、〈制器尚象賦〉兩篇[81]，共計三十五篇。唯陳子龍《歷代賦彙》兩篇原題下缺限韻字。考察這兩篇的用韻情形：〈大禮與天地同節賦〉第一韻以「詳、綱、常」為韻字，「詳、常」屬《廣韻》「陽」韻，「綱」屬「唐」韻，依《廣韻》「陽唐」同用；第二韻以「禮、體、啓」為韻字，均屬《廣韻》「薺」韻；第三韻以「維、私、虧、之」為韻字，「維、私」屬《廣韻》「脂」韻，「虧」屬「支」韻，「之」屬「之」韻，依《廣韻》

79　同上注，頁 424-436。

80　同上注，頁 437-450。

81　陳元龍編，《歷代賦彙》（北京：北京圖書館出版社，1999 年）第 4 冊，頁 223-224；233-234。又收入范能濬編集，薛正興校點，《范仲淹全集》（南京：鳳凰出版社，2004 年），頁 682-684。

「支脂之」同用；第四韻以「泰、外、太」為韻字，均屬《廣韻》「泰」韻；第五韻以「筌、全、天、然、焉」為韻字，「筌、全、然、焉」屬《廣韻》「仙」韻，「天」屬「先」韻，依《廣韻》「仙先」同用；第六韻以「致、器、備、次、地」為韻字，均屬《廣韻》「至」韻；第七韻以「通、同、窮」為韻字，均屬《廣韻》「東」韻；第八韻以「節、列、薛」為韻字，「節」屬《廣韻》「屑」韻，「列、設」屬「薛」韻，依《廣韻》「屑薛」同用；〈制器尚象賦〉第一韻以「筌、先、焉」為韻字，「筌、焉」屬《廣韻》「仙」韻，「先」屬「先」韻，依《廣韻》「先仙」同用；第二韻以「聖、正、性」為韻字，均屬《廣韻》「勁」韻；第三韻以「端、安、觀」為韻字，「端、觀」屬《廣韻》「桓」韻，「安」屬「寒」韻，依《廣韻》「桓寒」同用；第四韻以「長、象、往」為韻字，均屬《廣韻》「養」韻；第五韻以「陳、因、倫」為韻字，「陳、因」屬《廣韻》「真」韻，「倫」屬「諄」韻，依《廣韻》「真諄」同用；第六韻以「弊、濟、制、際」為韻字，「弊、制、際」屬《廣韻》「祭」韻，「濟」屬「霽」韻，依《廣韻》「祭霽」同用；第七韻以「乎、殊、圖」為韻字，「乎、圖」屬《廣韻》「模」韻，「殊」屬「虞」韻，依《廣韻》「虞模」同用；第八韻以「義、器、利」為韻字，「義」屬《廣韻》「寘」韻，「器、利」屬「至」韻，依《廣韻》「寘至」同用。詹杭倫〈范仲淹的賦論與賦作新探〉根據范仲淹律賦慣押八字韻腳、大多遵循四平四仄相間而行的格式，推斷〈制器尚象賦〉可能是以「先聖觀象，因制乎器」為韻，而〈大禮與天地同節賦〉可能是以「常禮之外，天

地同節」為韻。[82]其說可從，故本文將其列入討論之範圍。

　　文彥博（1006-1097），字寬夫，號伊叟，汾州介休（今山西介休）人，與春秋時介子推、漢郭林宗並稱「介休三賢」。北宋仁宗天聖五年（1027）以進士甲等入仕，歷仕仁宗、英宗、神宗、哲宗四朝，兩度拜相，又任樞密使，八十一歲高齡又任平章軍國重事五年。生平經歷宋夏戰爭、慶曆新政、王則之亂、熙寧變法、元祐更化、紹聖紹述等重大歷史事件，蘇軾〈德威堂銘〉稱譽其「綜理庶務，雖精練少年有不如；其貫穿古今，雖專門名家有不逮。」[83]契丹使者譽之為「天下異人」，《宋史・文彥博傳》評其「接物謙下，尊德樂善，如恐不及。立朝端重，顧盼有威，遠人來朝，仰望風采，共德望尊崇，名聞四夷……功成退居，朝野倚重。」、「公忠直亮，臨事果斷，皆有大臣之風。」[84]著有《文潞公集》四十卷。文彥博現存賦二十篇，其中十七篇為律賦：《潞公文集》卷一收〈省試諸侯春入貢賦以「天下侯國春入方物」為韻〉、〈省試青圭禮東方賦以「修舉春祀崇尚圭薦」為韻〉、〈焚雉頭裘賦以「珍異之服焚去無取」為韻〉、〈汾陰出寶鼎賦以「皇漢之道神鼎斯出」為韻〉、〈鴻漸于陸賦以「鴻在于陸為世儀表」為韻〉、〈孝者善繼人之志賦以「人子行孝能繼先志」為韻〉、〈中者天下之大本賦以「天下之教由此而出」為韻〉、〈能自得師者

82　《濟南大學學報》第 16 卷第 2 期，2006 年，頁 35-41。

83　〔宋〕蘇軾著，孔凡禮點校，《蘇軾文集》（北京：中華書局，2004年）第 2 冊，卷 19，頁 572-573。

84　〔元〕脫脫等，《宋史》（臺北：鼎文書局，1983 年），卷 313，頁 10263。

王賦以「能得師者王道成矣」為韻〉八篇[85]，卷二收〈多文為富賦以
「儒者崇學多以為富」為韻〉、〈主善為師賦以「能主其善成彼師道」為
韻〉、〈祭法天道賦以「君子之祭能合天道」為韻〉、〈一生二賦以
「元氣之用生是天地」為韻〉、〈雁字賦以「雲淨天遠騰書成字」為
韻〉、〈經神賦以「明識經旨能若神矣」為韻〉、〈土牛賦以「春祀牛
設農作無忒」為韻〉、〈玉雞賦以「祥瑞之氣因孝而至」為韻〉、〈天衢
賦以「亨達之路無復凝滯」為韻〉九篇[86]。

　　本書擬以上述北宋四大家八十篇律賦為分析文本，考察其限
韻之整體形態與特點。

二、限韻

　　本書內容在探討北宋四大家律賦之用韻規律、題下限韻之形
式與依韻生篇之模式。

　　中國早期的韻書有三國時期李登編著的《聲類》、晉代呂靜
編著的《韻集》[87]，唯以上兩書皆已佚。唐代官方韻書據封演
《封氏聞見記》卷二「聲韻」條記載：

85　〔宋〕文彥博，《潞公文集》卷 12，收入《影印文淵閣四庫全書》第
　　1100 冊，頁 577 上-582 上。以下本書討論時多採夾注形式，又為省篇
　　幅，如「《潞公文集》，《影印文淵閣四庫全書》第 1100 冊，頁 577
　　下-578 上」，省略為「潞公文集 1100/577 下-578 上」，特此說明。

86　同上注，頁 582 下-587 下。

87　〔北齊〕魏收，《魏書・術藝》云：「（呂）忱弟靜別放故左校令李登
　　《聲類》之法，作《韻集》五卷，宮、商、角、徵、羽各為一篇，而文
　　字與兄便是魯、衛，音讀楚、夏，時有不同。」，臺北：鼎文書局，
　　1975 年，頁 1963。

> 隋朝陸法言與顏、魏諸公定南北音，撰為《切韻》，凡一
> 萬二千一百五十八字，以為文楷式；而「先」、「仙」、
> 「刪」、「山」之類，分為別韻，屬文之士共苦其苛細。
> 國初，許敬宗等詳議，以其韻窄，奏合而用之。法言所謂
> 「欲廣文路，自可清濁皆通者」也。[88]

可知陸法言《切韻》成為唐代詩賦考試用韻標準，不過因其用韻
苛細，頗不利於創作，所以初唐許敬宗等大臣奏請窄韻者可以合
韻押用，增加創作的彈性。惜陸氏原書今已不傳，只能透過部份
殘卷來查考原書大致的體式。根據現存殘卷內容，大致可知《切
韻》以平、上、去、入四聲分卷，平聲字多，又分上下，共五
卷。平聲上二十六韻，平聲下二十八韻，上聲五十一韻，去聲五
十六韻，入聲三十二韻，共一百九十三韻。全書以調統韻，以韻
統紐，以紐統同音字。紐首下先注字義，次加反切，間亦酌錄又
音又切，最後為每紐統計字數。又本書以音為主，字訓極少，常
用字無注，罕用字有注。全書共收一萬二千一百五十八字。

　　北宋真宗景德四年因用韻需要，乃詔命陳彭年、丘雍等人討
論校正韻字，摹印刊行《廣韻》。《廣韻》全名為《大宋重修廣
韻》，體例上沿襲《切韻》，故其收字、次字、注語、切語、引
書、諸異文等大多相同，《廣韻》以平、上、去、入四聲分卷，
平聲字多，又分上下，共五卷。其中上平聲二十八韻，下平聲二
十九韻，上聲五十五韻，去聲六十一韻，入聲三十四韻，共二百

---

[88] 〔唐〕封演著，趙貞信校注，《封氏聞見記校注》（北京：中華書局，
2005 年），頁 13。

零六韻。每韻之中類聚同音之字為一組，稱為「紐韻」或「小韻」，並取各小韻首字為「紐首」，其上加圈以示分別；全書凡三千八百七十四紐，亦即共收三千八百七十四字之音。紐首之下以反切注明該紐讀音，反切之下有同音字計數。每卷目錄各韻目下注明「獨用」、「同用」之例。「獨用」只能押用本韻，不可與他韻同押，「同用」則准許鄰近的幾個韻部押韻時可以通用。《廣韻》每字所附注文，或解釋字義，或辨章字形，或兼收又音又切，繁簡不一。全書收字二萬六千一百九十四。至北宋仁宗景祐年間，宋祁、鄭戩上書朝廷，批評陳彭年、邱雍等所定《廣韻》多用舊文，「繁省失當，有誤科試」。朝廷乃令宋祁、鄭戩與國子監直講賈昌朝、王洙同加修定。並詔示刑部郎中知制誥丁度、禮部員外郎知制誥李淑典領其事。[89]由於文卷繁重，檢閱不易，故《集韻》難於流行，其重要性不及《廣韻》。至於《禮部韻略》，收字及字之注釋皆為科舉應試之用，較《廣韻》、《集韻》簡略，故又稱《韻略》，本書為應科舉考試的需要而編，仍保留《集韻》二百零六韻及「獨用」、「通用」的規範，僅收字九千五百九十字，由於簡便易查，頗受士子歡迎。比對《廣韻》、《禮部韻略》兩書的韻部分合，大致相同，不過《禮部韻略》於景祐年間編定時，田錫、王禹偁已過世，范仲淹、文彥博雖健在，但其文學活動時間也早已過了科舉應試的階段，本書在考定北宋四大家律賦的用韻規律時，仍以《廣韻》為本，以符合其實際寫作情況。

---

[89]　《集韻・韻例》，載於宋丁度等編，《集韻》（上海：上海古籍出版社，1985 年），頁 1-2。

　　現今討論「律賦」的文類成規，總將題目下注「以○為韻」
視為重要的條件。宋代洪邁《容齋續筆》卷十三「試賦用韻」條
就總結唐代律賦題下限韻的形式，云：

　　唐以賦取士，而韻數多寡，平側次敘，元無定格。故有三
　　韻者，〈花萼樓賦〉以題為韻是也。有四韻者，〈蓂莢
　　賦〉以「呈瑞聖朝」，〈舞馬賦〉以「奏之天廷」，〈丹
　　甑賦〉以「國有豐年」，〈泰階六符賦〉以「元亨利貞」
　　為韻是也。有五韻者，〈金莖賦〉以「日華川上動」為韻
　　是也。有六韻者，〈止水〉、〈魍魎〉、〈人鏡〉、〈三
　　統指歸〉、〈信及豚魚〉、〈洪鐘待撞〉、〈君子聽
　　音〉、〈東郊朝日〉、〈蠟日祈天〉、〈宗樂德〉、〈訓
　　冑子〉諸篇是也。有七韻者，〈日再中〉、〈射己之
　　鵠〉、〈觀紫極舞〉、〈五聲聽政〉諸篇是也。八韻有二
　　平六側者，〈六瑞賦〉以「儉故能廣被褐懷玉」，〈日五
　　色賦〉以「日麗九華聖符土德」，〈徑寸珠賦〉以「澤浸
　　四荒非寶遠物」為韻是也。有三平五側者，〈宣耀門觀試
　　舉人〉以「君聖臣肅謹擇多士」，〈懸法象魏〉以「正月
　　之吉懸法象魏」，〈玄酒〉以「薦天明德有古遺味」，
　　〈五色土〉以「王子畢封依以建社」，〈通天臺〉以「洪
　　臺獨出浮景在下」，〈幽蘭〉以「遠芳襲人悠久不絕」，
　　〈日月合璧〉以「兩曜相合候之不差」，〈金柅〉以「直
　　而能一斯可制動」為韻是也。有五平三側者，〈金用礪〉
　　以「商高宗命傅說之官」為韻是也。有六平二側者，〈旗
　　賦〉以「風日雲舒軍容清肅」為韻是也。自大和以後，始

以八韻為常。唐莊宗時嘗覆試進士，翰林學士承旨盧質以〈後從諫則聖〉為賦題，以「堯舜禹湯傾心求過」為韻。舊例，賦韻四平四側，質所出韻乃五平三側，大為識者所誚，豈非是時已有定格乎？[90]

上文重點有二：一、唐代以賦取士，韻數與平仄次序原無定制，自中唐文宗大和以後，始以八韻為常；二、後唐莊宗之前試賦限韻應已限定四平四仄。不過，洪邁所謂押「三韻」的〈花萼樓賦〉，檢閱原作，並非以「花萼樓」三字為韻，實際押「花萼樓賦一首並序」八字，此外，開元十八年（730）試「冰壺賦」，以「清如玉壺冰何慚宿昔意」為韻；乾寧二年（895）試「曲直不相入賦」，以題中「曲直」兩字為韻；可知唐代律賦韻部數量除三、四、五、六、七、八外，尚有十韻及二韻者。值得注意的是，所以洪邁又將挑出唐代律賦「二平六仄」、「三平五仄」、「五平三仄」、「六平二仄」等「八字韻腳」的賦篇。宋代吳曾《能改齋漫錄》卷二「試韻八字韻腳」條推究八字韻腳的由來時，就指出：

> 賦家者流，由漢、晉曆隋、唐之初，專以取士。止命以題，初無定韻。至開元二年，王邱員外知貢舉，試〈旗賦〉，始有八字韻腳，所謂「風日雲野軍國清肅」。[91]

90　收入〔宋〕洪邁，《容齋隨筆》（上海：上海古籍出版社，1978年），頁 368-369。

91　〔宋〕吳曾，《能改齋漫錄》（北京：中華書局，1960年），頁 27。

〈旗賦〉為唐玄宗開元二年科舉試題，現存李程〈旗賦以「風日
雲野軍國肅清」為韻〉可見題下韻限八字，其後「八字韻腳」逐漸
成為律賦題下限韻常用的形式。至於律賦題下限韻的平仄押用情
形，根據上文洪邁《容齋續筆》卷十三「試賦用韻」條所載後唐
莊宗曾覆試進士，由翰林學士盧質出題，以「堯舜禹湯傾心求
過」為韻，其平仄依次為「平仄仄平平平平仄」，屬「五平三
仄」，可是舊例慣用「四平四仄」，因此盧質為當時有識者所譏
評。不過，據董就雄〈試論唐代八韻試賦的用韻〉的論證，實際
上中唐八韻試賦限四平四仄的現存篇章既已達六成六，所以更合
理的說法是：「中唐已有官方限韻作四平四仄的『舊例』，故後
唐莊宗時盧質出題不合此舊例而為人所笑，而唐莊宗時確已有限
韻作四平四仄的定格。」[92]至於律賦題下限韻的次序，據李調元
《賦話》卷二記載：

> 唐人賦韻，有云「次用韻」者，始依次遞用；否則，任以
> 己意行之。晚唐作者取音節之諧暢，往往以一平一仄相間
> 而出。宋人則篇篇順敘，鮮有顛倒錯綜者矣。[93]

李調元勾勒律賦由唐迄宋「平仄遞用」、「篇篇順敘」的演變趨
勢，提供我們檢證唐宋律賦追求聲韻調諧的線索。
　　唐代律賦題下限韻的形式頗多，大抵可分「以題為韻」、
「不著題為韻」、「著題為韻」三類。王芑孫歸納「以題為韻」

又可分「以題目字為韻者」、「以題中之字為韻者」、「以題目增字為韻者」、「以題為韻而減其字者」；「以題中字為韻」有讓考生自行就題目中任選數字為韻者，也有指定題目中某字為韻者或以題目增字為韻者[94]。其中「以題目字為韻」，浦銑認為尚有題目「賦」字押或不押之別[95]。至於「不著題為韻」者，有「以平上去入為韻」和「以四聲為韻」。「以平上去入為韻」者或直押本字，即直接以「平上去入」四字為韻；或不押本字，只在四聲各韻部中分別任選一字為韻[96]；「以四聲為韻」者，有從人至平者；有平、上、去、入周而復始者；有四聲之後再用一平聲，共五韻；有押四聲之後，又押平、上二聲，共六韻；有以兩遍用四聲為韻者，則共八韻[97]。可見「以四聲為韻」者並未硬性規定韻部，但從聲調的順序與替換，仍可變化出多種的限韻形式。總之「以題為韻」與「不著題為韻」只是單純標出題韻字，對內容不具指導作用。

　　中晚唐以後，律賦題下限韻以「著題為韻」居多，李調元《賦話》云：「凡賦題限韻，莫不于本題相附麗」[98]所謂附麗具

94　《讀賦卮言》，載於何沛雄編，《賦話六種》（香港：三聯書店，1982年），頁 19-20。

95　《復小齋賦話》，載於何沛雄編，《賦話六種》（香港：三聯書店，1982年），頁 54。

96　王芑孫，《讀賦卮言》，載於何沛雄編，《賦話六種》（香港：三聯書店，1982年），頁 65。

97　《復小齋賦話》，載於何沛雄編，《賦話六種》（香港：三聯書店，1982年），頁 54。

98　〔清〕李調元，《賦話》（臺北：世界書局，1962年），卷 2，頁 13。

有揭示標題、概括賦作主旨的作用，此種限韻方式除規定用韻的
具體要求外，還指引應試的考生理解題意，此即王芑孫《讀賦巵
言・官韻例》所謂「官韻之設，所以注題目之解，示程式之意，
杜勦襲之門，非以困人而束縛之。」[99]如唐大曆十四（779）年
「進士」科試「寅賓出日賦」，題目典出《尚書・堯典》，意謂
「恭迎太陽昇起」，而限韻字為「大明在天，恆以時授」，這八
個字限制的不只是各段押韻字的韻部，也指示考生從「太陽示民
作息」的方向推闡題意，故這類限韻字可說是題目的「副標
題」。[100]祁立峰〈聲律的實踐與示範：論唐律賦「題韻」與
「題義」的互文性〉將律賦「題韻」與「賦題」的關係，概分兩
大類：「以疏題義」與「不相比附」。扣除「以題為韻」的律賦
作品，其實大多數「題韻」都扮演補述的功能，與賦題具有「互
文性」關係。[101]這種藉題韻申明題旨的方式，浸成律賦寫作的
習尚。

　　上文宋代洪邁《容齋續筆》卷十三「試賦用韻」條指出唐代
律賦「自文宗大和以後，始以八韻為常」，律賦之依韻成篇，南
宋鄭起潛《聲律關鍵》就曾提醒：「能賦者就韻生句，不能者就
句牽韻。」[102]，如何依題韻要求而就韻生句、積句成段、構段

---

[99]　見何沛雄編，《賦話六種》（香港：三聯書店，1982 年），頁 19。

[100]　游適宏，〈限制式寫作測驗源起之一考察〉，載於氏著，《試賦與識賦
　　——從考試的賦到賦的教學》（臺北：秀威資訊科技公司，2008
　　年），頁 31。

[101]　國立臺南大學《人文研究學報》第 42 卷 1 期，2008 年 4 月，頁 23-
　　38。

[102]　載於詹杭倫、李立信、廖國棟合著，《唐宋賦學新探》（臺北：萬卷樓
　　圖書公司，2005 年），頁 268。

成篇，創作出優秀的律賦作品，著實考驗作者的能力。關於律賦依韻成篇的構篇模式，唐抄本《賦譜》的建議是：

> 至今新體分為四段：初三、四對約三十字為「頭」，次三對約四十字為「項」，次二百餘字為「腹」，最末約四十字為「尾」。就腹中更分為五：初約四十字為「胸」，次約四十字為「上腹」，次約四十字為「中腹」，次約四十字為「下腹」，次約四十字為「腰」。都八段，段轉韻、發語為常體。[103]

《賦譜》提示律賦寫作宜分「頭」、「項」、「腹」、「尾」四部分，「腹」再分為「胸」、「上腹」、「中腹」、「下腹」及「腰」五個區段，並隨著八段依次「轉韻」，形成完整的構篇模式。至於由韻生段的組段模式，唐抄本《賦譜》也建議「近來官韻多勒八字，而賦體八段，宜乎一韻管一段，則轉韻必待發語，遞相牽綴，實得其便，若〈木雞〉是也。」[104]當律賦走向八字韻腳、八韻成篇模式時，「一韻一段」成為合理的構段模式，但唐代律賦是否悉數遵循《賦譜》建議「一韻管一段」的標準範式，抑或有其他的構段模式？是頗值得探討的議題。

祝尚書歸納宋體律賦的特點有四：一、命題範圍由無限制到有限制；二、韻數由不定到一定，三、用韻次序、韻書由不限到

---

103 詹杭倫、李立信、廖國棟合著，《唐宋賦學新探》（臺北：萬卷樓圖書公司，2005 年），2005，頁 77。

104 同上注，頁 81。

嚴限,四、程式較唐代更加繁瑣[105]。若能檢視北宋四大家律賦
限韻之內涵,相信有助於理解唐宋律賦的嬗變過程。以下本書即
從北宋四大家律賦用韻之規律、題下限韻之形式與依韻生篇之模
式,抉發其發展歷程、具體內涵與傳承情形,以全面考察北宋四
大家律賦之限韻。

---

[105]　〈論宋體律賦〉,《社會科學研究》2006 年 5 期,頁 162-164。

第二章　北宋四大家律賦用韻規律之考察

第一節　平聲韻之整體形態

一、上平聲

以下臚列北宋四大家律賦上平聲韻獨用、同用、合用與通押之韻譜，並以方框標示題韻字，韻字後標明韻部，篇名後標明韻段，以見其用韻之規律：

表 2-1

1	東	(1)	中東功東風東　東御試不陣而成功賦一　田錫　咸平集9/5
		(2)	空東融東風東中東　春色賦一　田錫　咸平集9/7
		(3)	窮東終東空東　厄言日出賦三　王禹偁　小畜集1086-11上
		(4)	融東中東空東　火星中而寒暑退賦三　王禹偁　小畜集1086-16下
		(5)	窮東通東中東功東　老子猶龍賦五　范仲淹　范仲淹全集15
		(6)	崇東蒙東融東窮東　蒙以養正賦五　范仲淹　范仲淹全集16
		(7)	崇東功東窮東　禮義為器賦一　范仲淹　范仲淹全集16-17
		(8)	豐東中東同東風東　今樂猶古樂賦三　范仲淹　范仲淹全集18
		(9)	通東中東窮東功東　窮神知化賦一　范仲淹　范仲淹全集433
		(10)	通東終東中東同東　易兼三材賦一　范仲淹　范仲淹全集437
		(11)	宮東同東風東功東崇東　陽禮教讓賦三　范仲淹　范仲淹全集443

		(12)	驄東豐東籠東通東功東	天驥呈才賦三	范仲淹	范仲淹全集444
		(13)	崇東功東同東	稼穡惟寶賦三	范仲淹	范仲淹全集445
		(14)	窮東同東通東功東	水火不相入而相資賦五	范仲淹	范仲淹全集450
		(15)	通東同東窮東	大禮與天地同節賦七	范仲淹	范仲淹全集683
		(16)	崇東東東風東	省試青圭禮東方賦五	文彥博	潞公文集1100-578上
		(17)	鴻東崇東風東	鴻漸于陸賦一	文彥博	潞公文集1100-579下
		(18)	窮東中東崇東	多文為富賦三	文彥博	潞公文集1100-582下
2	冬					
3	鍾	(1)	峯鍾容鍾	羣玉峰賦六	田錫	咸平集8/8
		(2)	雍鍾封鍾容鍾	大合樂賦七	王禹偁	小畜集1086-267下
	冬鍾	(1)	宗冬從鍾恭鍾封鍾	堯舜帥天下以仁賦七	范仲淹	范仲淹全集425
		(2)	恭鍾從鍾宗冬容鍾	從諫如流賦三	范仲淹	范仲淹全集430
		(3)	宗冬容鍾龍鍾農冬從鍾	土牛賦五	文彥博	潞公文集1100-586上-586下
4	江	(1)	邦江降江雙江	御試不陣而成功賦三	田錫	咸平集9/5-6
		(2)	江江雙江邦江	得地千里不如一賢賦三	范仲淹	范仲淹全集440-441
5	支	(1)	為支虧支危支	多文為富賦七	文彥博	潞公文集1100-583上
6	脂					
7	之	(1)	思之之之基之	中者天下之大本賦三	文彥博	潞公文集1100-581上
	支脂	(1)	移支為支資脂知支	省試自誠而明謂之性賦三	范仲淹	范仲淹全集19
		(2)	為支私脂規支	聖人抱一為天下賦七	范仲淹	范仲淹全集448
		(3)	湄脂縻支儀支	鴻漸于陸賦七	文彥博	潞公文集1100-580上
	脂之	(1)	夷脂疑之之之時之	老子猶龍賦三	范仲淹	范仲淹全集14-15
		(2)	而之之之資脂其之	水火不相入而相資賦一	范仲淹	范仲淹全集449
		(3)	資脂基之師脂	能自得師者王賦三	文彥博	潞公文集1100-581下
		(4)	師脂之之基之	主善為師賦七	文彥博	潞公文集1100-583下

	(5)	而之追脂時之	玉雞賦七	文彥博	潞公文集1100-587下
支之	(1)	辭之期之儀支離支時之	西郊講武賦三	田錫	咸平集8/2
	(2)	厄支隨支之之為支	厄言日出賦五	王禹偁	小畜集1086-11上-1086-11下
	(3)	時之基之之之斯支	復其見天地之心賦七	王禹偁	小畜集1086-14上
	(4)	熙之枝支岐支馳之衰支之之孜之	尺蠖賦三	王禹偁	小畜集1086-14上-1086-14下
	(5)	為支施支時之之之麂支茲之	橐籥賦三	王禹偁	小畜集1086-15下
	(6)	知支茲之飴之之之	醴泉無源賦三	王禹偁	小畜集1086-16上
	(7)	儀支茲之斯支時之	火星中而寒暑退賦七	王禹偁	小畜集1086-17上
	(8)	旗之隨支之之	崆峒山問道賦三	王禹偁	小畜集1086-260上
	(9)	皮支儀支之之	射宮選士賦七	王禹偁	小畜集1086-263上
	(10)	斯支其之隨支知支	蒙以養正賦七	范仲淹	范仲淹全集16
	(11)	茲之為支規支之之	禮義為器賦七	范仲淹	范仲淹全集17
	(12)	茲之危支基之之之施支	聖人大寶曰位賦三	范仲淹	范仲淹全集431
	(13)	茲之知支疑之之之	窮神知化賦七	范仲淹	范仲淹全集433
	(14)	斯支茲之其之知支虧支	乾為金賦五	范仲淹	范仲淹全集434-435
	(15)	隨支熙之之之	仁足以長人賦五	范仲淹	范仲淹全集442
	(16)	奇支斯支為支時之	天驥呈才賦七	范仲淹	范仲淹全集444
	(17)	茲之移支為支知支	稼穡惟寶賦七	范仲淹	范仲淹全集446
	(18)	宜支施支之之慈	政在順民心賦三	范仲淹	范仲淹全集448-449
	(19)	時之之之儀支	焚雉頭裘賦三	文彥博	潞公文集1100-578下
	(20)	奇支卑支之之為支知支	鴻漸于陸賦五	文彥博	潞公文集1100-580上
	(21)	而之宜支斯支	中者天下之大本賦七	文彥博	潞公文集1100-581上
	(22)	疲支其之儀支	主善為師賦三	文彥博	潞公文集1100-583上
	(23)	之之宜支時之	祭法天道賦三	文彥博	潞公文集1100-583下-584上

		(24)	之之為支儀支	一生二賦三	文彥博	潞公文集1100-584下
		(25)	之之垂支儀支	玉雞賦三	文彥博	潞公文集1100-587上-587下
	支脂之	(1)	貌脂罷支之之披支知支	西郊講武賦五	田錫	咸平集8/2
		(2)	怡之曦支遲脂絲之而之	春色賦五	田錫	咸平集9/7
		(3)	姿脂熙之縶之宜支	天道如張弓賦五	王禹偁	小畜集1086-12上
		(4)	衰脂夷脂之之卑支疲支基之而之	仲尼為素王賦三	王禹偁	小畜集1086-12下
		(5)	為支知支夷脂之之	聖人無名賦三	王禹偁	小畜集1086-14下-1086-15上
		(6)	師脂資脂其之斯支	上棗籩賦五	王禹偁	小畜集1086-15下
		(7)	之之私脂儀支	鄉老獻賢能書賦三	王禹偁	小畜集1086-255下
		(8)	師脂之之頤之儀支	賢人不家食賦三	王禹偁	小畜集1086-265下
		(9)	儀支夷脂之之	大合樂賦三	王禹偁	小畜集1086-267上
		(10)	持之資脂斯支宜支	禮義為器賦五	范仲淹	范仲淹全集17
		(11)	其支湄脂之之思之	臨川羨魚賦一	范仲淹	范仲淹全集21
		(12)	期之飢脂危支為支	水車賦二	范仲淹	范仲淹全集22
		(13)	知支之之知支遺脂夷脂	王者無外賦七	范仲淹	范仲淹全集436
		(14)	儀支維脂之之疑之遺脂	易兼三材賦七	范仲淹	范仲淹全集438
		(15)	茲之為支基之姿脂	淡交若水賦七	范仲淹	范仲淹全集439
		(16)	資脂知支宜支詞之	養老乞言賦五	范仲淹	范仲淹全集440
		(17)	斯支遺脂規支之之	養老乞言賦七	范仲淹	范仲淹全集440
		(18)	遺脂之之為支宜支	天道益謙賦七	范仲淹	范仲淹全集447
		(19)	維脂私脂虧支之之	大禮與天地同節賦三	范仲淹	范仲淹全集682
		(20)	之之儀支湄脂奇支	汾陰出寶鼎賦三	文彥博	潞公文集1100-579上
		(21)	詩之私脂斯支	汾陰出寶鼎賦七	文彥博	潞公文集1100-579下
		(22)	夷脂之之卑支	天衢賦三	文彥博	潞公文集1100-586下
8	微	(1)	飛微歸微依微	雁陣賦一	田錫	咸平集9/1
		(2)	圍微威微歸微	御試不陣而成功賦五	田錫	咸平集9/6
		(3)	肥微騑微非微	黃屋非堯心賦五	王禹偁	小畜集1086-257下

		(4)	騑微飛微歸微圍微　歸馬華山賦五　王禹偁　小畜集1086-264上
9	魚	(1)	舒魚如魚初魚　君者以百姓為天賦五　王禹偁　小畜集1086-13上
		(2)	車魚骨魚如魚篠魚　屋非堯心賦三　王禹偁　小畜集1086-257上
		(3)	舒魚如魚諸魚疏魚　老子猶龍賦七　范仲淹　范仲淹全集15
		(4)	魚魚諸魚予魚疏魚　臨川羨魚賦七　范仲淹　范仲淹全集21-22
		(5)	徐魚如魚餘魚舒魚　水車賦四　范仲淹　范仲淹全集22
		(6)	予魚如魚初魚　君以民為體賦五　范仲淹　范仲淹全集425-426
		(7)	虛魚居魚魚魚如魚　從諫如流賦五　范仲淹　范仲淹全集430
		(8)	於魚疏魚諸魚　水火不相入而相資賦七　范仲淹　范仲淹全集450
	魚虞	(1)	踰虞虛魚濡虞余魚　五聲聽政賦七　田錫　咸平集8/5
		(2)	徐魚于虞居魚　鴻漸于陸賦三　文彥博　潞公文集1100-579下
10	虞	(1)	駒虞無虞榆虞　歸馬華山賦三　王禹偁　小畜集1086-264上
		(2)	無虞敷虞踰虞珠虞孚虞　聖人抱一為天下賦三　范仲淹　范仲淹全集447-448
		(3)	無虞敷虞踰虞珠虞孚虞　聖人抱一為天下賦三　范仲淹　范仲淹全集447-448
		(4)	殊虞衢虞無虞　天衢賦五　文彥博　潞公文集1100-587上
11	模		
	虞模	(1)	圖模區虞塗模乎模　聖德合天地賦七　田錫　咸平集8/4
		(2)	區虞圖模蘇模踰虞乎模　開封府試人文化成天下賦七　田錫　咸平集9/3-4
		(3)	圖模儒虞孤模徒模　仲尼為素王賦一　王禹偁　小畜集1086-12上
		(4)	樞虞徒模虞虞圖模無虞　聖人無名賦五　王禹偁　小畜集1086-15上
		(5)	孤模隅虞無虞圖模榆虞　老人星賦三　范仲淹　范仲淹全集13-14
		(6)	徒模圖模無虞　六官賦三　范仲淹　范仲淹全集426
		(7)	鑪模夭虞須虞無虞模模　鑄劍戟為農器賦三　范仲淹　范仲淹全集427-428
		(8)	乎模殊虞圖模　制器尚象賦七　范仲淹　陳元龍　編歷代賦彙4/234
		(9)	無虞塗模乎模　焚雉頭裘賦七　文彥博　潞公文集1100-578下-579上

		(10)	無虞逾虞途模　土牛賦七　文彦博　潞公文集1100-586下
12	齊	(1)	西齊蹄齊鼙齊溪齊　歸馬華山賦七　王禹偁　小畜集1086-264下
		(2)	稽齊黎齊臍齊　君以民為體賦三　范仲淹　范仲淹全集425
		(3)	西齊迷齊圭齊　省試青圭禮東方賦七　文彦博　潞公文集1100-578上
13	佳		
14	皆	(1)	懷皆諧皆階皆　五聲聽政賦三　田錫　咸平集8/4
15	灰		
16	咍		
17	真	(1)	民真親真伸真新真人真　五聲聽政賦一　田錫　咸平集8/4
		(2)	旻真民真人真陳真　君者以百姓為天賦三　王禹偁　小畜集1086-13上
		(3)	神真伸真人真身真　尺蠖賦七　王禹偁　小畜集1086-14下
		(4)	賓真仁真人真　用天下心為心賦一　范仲淹　范仲淹全集23
		(5)	民真仁真辰真　聖人大寶曰位賦一　范仲淹　范仲淹全集431
		(6)	仁真陳真人真　體仁足以長人賦三　范仲淹　范仲淹全集442
		(7)	人真民真貧真珍真　稼穡惟寶賦五　范仲淹　范仲淹全集445
		(8)	神真民真珍真　焚雉頭裘賦七　文彦博　潞公文集1100-578下
		(9)	人真因真　孝者善繼人之志賦一　文彦博　潞公文集1100-580上
		(10)	人真身真親真神真　經神賦七　文彦博　潞公文集1100-586上
18	諄		
19	臻		
	真諄	(1)	民真綸諄津真　西郊講武賦七　田錫　咸平集8/2
		(2)	春諄伸真人真仁真新真親真峋諄　羣玉峰賦八　田錫　咸平集8/8
		(3)	辰真春諄輪諄新真　春色賦三　田錫　咸平集9/7
		(4)	人真倫諄身真人真失真親真　天道如張弓賦三　王禹偁　小畜集1086-11下
		(5)	人真民真倫諄人真　今樂猶古樂賦一　范仲淹　范仲淹全集17
		(6)	神真人真鈞諄仁真　窮神知化賦三　范仲淹　范仲淹全集433
		(7)	倫諄珍真純諄陳真　乾為金賦三　范仲淹　范仲淹全集434

		韻脚	題目	作者	出處
	(8)	陳真人真臣真伸真倫諄	易兼三材賦五	范仲淹	范仲淹全集437
	(9)	民真倫諄人真陽禮教讓賦五		范仲淹	范仲淹全集443
	(10)	人真神真倫諄淳諄	聖人抱一為天下賦一	范仲淹	范仲淹全集447
	(11)	倫諄民真遵諄人真	政在順民心賦七	范仲淹	范仲淹全集449
	(12)	陳真因真倫諄	制器尚象賦五	范仲淹　陳元龍編	范仲淹全集683-684
	(13)	春諄新真濱真陳真珍真	省試諸侯春入貢賦五	文彥博	潞公文集1100-577下
	(14)	珍真春諄譚陳真	省試青圭禮東方賦三	文彥博	潞公文集1100-578上
	(15)	民真春諄因真平	土牛賦一	文彥博	潞公文集1100-586上
	(16)	因真晨真人真倫諄	玉雞賦五	文彥博	潞公文集1100-587下
真諄臻	(1)	神真綸諄仁真臻臻	堯舜帥天下以仁賦三	范仲淹	范仲淹全集424
真欣	(1)	欣欣神真珍真	汾陰出寶鼎賦五	文彥博	潞公文集1100-579上
20 文	(1)	云文雲文軍文	雁陣賦五	田錫	咸平集9/2
	(2)	君文勳文文墳文	開封府試人文化成天下賦一	田錫	咸平集9/2-3
	(3)	君文文文縕文	君者以百姓為天賦一	王禹偁	小畜集1086-13上
	(4)	群文分文君文	蒙以養正賦一	范仲淹	范仲淹全集15-16
	(5)	君文分文紛文	君以民為體賦一	范仲淹	范仲淹全集425
	(6)	君文分文勳文	六官賦一	范仲淹	范仲淹全集426
	(7)	群文分文聞文	任官惟賢材賦一	范仲淹	范仲淹全集428
	(8)	君文聞文分文	聖人大寶曰位賦七	范仲淹	范仲淹全集431
	(9)	聞文分文君文	淡交若水賦一	范仲淹	范仲淹全集438
	(10)	文文群文君文	體仁足以長人賦一	范仲淹	范仲淹全集442
	(11)	君文分文雲文群文	天驥呈才賦一	范仲淹	范仲淹全集444
	(12)	焚文君文文文芬文	焚雉頭裘賦五	文彥博	潞公文集1100-578下
	(13)	君文聞文分文	祭法天道賦一	文彥博	潞公文集1100-583下

			(14)	氛文雲文文文　雁字賦一　文彥博　潞公文集1100-585上
21	欣			
22	元			
23	魂		(1)	尊魂坤魂存魂　仲尼為素王賦五　王禹偁　小畜集1086-12下
24	痕			
		元魂	(1)	元元尊魂言元　聖人無名賦一　王禹偁　小畜集1086-14下
			(2)	原元飜元崙魂源元　醴泉無源賦七　王禹偁　小畜集1086-16上-1086-16下
			(3)	元元尊魂源元　老子猶龍賦一　范仲淹　范仲淹全集14
			(4)	門魂尊魂園元論魂　賢不家食賦一　范仲淹　范仲淹全集432
			(5)	尊魂煩元言元　體仁足以長人賦七　范仲淹　范仲淹全集442
			(6)	元元存魂原元　一生二賦一　文彥博　潞公文集1100-584上
		元魂痕	(1)	恩痕尊魂言元　養老乞言賦三　范仲淹　范仲淹全集439-440
25	寒			
26	桓			
		寒桓	(1)	端桓觀桓寬桓官桓安寒難寒　復其見天地之心賦五　王禹偁　小畜集1086-13下
			(2)	殘寒懽桓安寒寒寒　火星中而寒暑退賦五　王禹偁　小畜集1086-16下-1086-17上
			(3)	端桓安寒觀桓　制器尚象賦三　范仲淹　范仲淹全集683
27	刪			
28	山			
		刪山	(1)	寰刪關刪閑山　御試不陣而成功賦七　田錫　咸平集9/6
			(2)	間山環刪關刪閑山　橐籥賦四　王禹偁　小畜集1086-15下

製表人：陳成文

根據上述表格，可知北宋四大家律賦上平聲韻之用韻規律：

　　1.上平聲二十八韻之中，依《廣韻》規定獨用者，「東」韻獨用有十八例：田錫兩例、王禹偁兩例、范仲淹十一例、文彥博三例；「江」韻獨用有兩例：田錫一例、范仲淹一例；「微」韻獨用有四例：田錫兩例、王禹偁兩例；「魚」韻獨用有八例：王禹偁兩例、范仲淹六例；「齊」韻獨用有三例：王禹偁一例、范仲淹一例、文彥博一例。

　　2.上平聲二十八韻之中，依《廣韻》規定同用者，「鍾」韻單押有兩例：田錫一例，王禹偁一例；「冬鍾」同用三例：范仲淹兩例，文彥博一例；「支」韻單押有文彥博一例，「之」韻單押有文彥博一例；「支脂」同用三例：范仲淹兩例，文彥博一例；「脂之」同用五例：范仲淹兩例，文彥博三例；「支之」同用有二十五例：田錫一例，王禹偁八例，范仲淹九例，文彥博七例；「支脂之」同用有二十二例：田錫兩例，王禹偁七例，范仲淹十例，文彥博三例；「虞」韻單押有四例：王禹偁一例，范仲淹兩例，文彥博一例；「虞模」同用有十例：田錫兩例、王禹偁兩例、范仲淹四例、文彥博兩例；「皆」韻單押有田錫一例；「真」韻單押有十例：田錫一例、王禹偁兩例、范仲淹四例、文彥博三例；「真諄」同用有十六例：田錫三例、王禹偁一例、范仲淹八例、文彥博四例；「真諄臻」同用有范仲淹一例；「文」韻單押有十四例：田錫兩例、王禹偁一例、范仲淹八例、文彥博三例；「魂」韻單押有王禹偁一例；「元魂」同用有六例：王禹偁兩例、范仲淹三例、文彥博一例；「元魂痕」同用有范仲淹一例；「寒桓」同用有三例：王禹偁兩例、范仲淹一例；「刪山」同用有兩例：田錫一例、王禹偁一例。

　　至於「佳」韻、「灰」韻、「咍」韻、「欣」韻則未見押

用。

　　3.上平聲「合用」有三例：田錫〈五聲聽政賦以「聖人虛懷求理設教」為韻〉第七韻「魚、虞」合用；文彥博〈鴻漸于陸賦以「鴻在于陸為世儀表」為韻〉第三韻「魚、虞」合用，〈汾陰出寶鼎賦以「皇漢之道神鼎斯出」為韻〉第五韻「真、欣」合用。

二、下平聲

　　以下臚列北宋四大家律賦下平聲韻獨用、同用、合用與通押之韻譜，以見其用韻之規律：

表 2-2

1	先	(1)	懸先天先**賢**先前先　賢人不家食賦一　王禹偁　小畜集1086-265下
		(2)	偏仙**然**仙愆仙　窮神知化賦五　范仲淹　范仲淹全集433
2	仙		
	先仙	(1)	宣仙然仙**天**先乾仙　聖德合天地賦一　田錫　咸平集8/3
		(2)	天先仙仙**鮮**仙千先焉仙　羣玉峰賦二　田錫　咸平集8/7
		(3)	先先然仙**天**先宣仙　開封府試人文化成天下賦三　田錫　咸平集9/3
		(4)	乾仙先先**宣**仙然仙　南省試聖人並用三代禮樂賦一　田錫　咸平集9/4
		(5)	鮮仙**圓**仙連仙**天**先然仙　曉鶯賦五　田錫　咸平集9/8
		(6)	先先宣仙焉仙　君者以百姓為天賦七　王禹偁　小畜集1086-13上
		(7)	焉仙然仙玄先**天**先　復其見天地之心賦一　王禹偁　小畜集1086-13下
		(8)	玄先焉仙**天**先傳仙全仙偏仙　槖籥賦一　王禹偁　小畜集1086-15上-1086-15下
		(9)	賢先**天**先焉仙　鄉老獻賢能書賦七　王禹偁　小畜集1086-256上
		(10)	然仙**天**先偏仙年先　日月光天德賦七　王禹偁　小畜集1086-259上
		(11)	焉仙然仙**天**先前先　崆峒山問道賦五　王禹偁　小畜集1086-260下

		(12)	天先然仙焉仙　大合樂賦一　王禹偁　小畜集1086-267上		
		(13)	先先宣仙天先　省試自誠而明謂之性賦七　范仲淹　范仲淹全集19		
		(14)	權仙專仙宣仙天先　用天下心為心賦五　范仲淹　范仲淹全集23-24		
		(15)	膻仙先先焉仙　堯舜帥天下以仁賦五　范仲淹　范仲淹全集424		
		(16)	天先焉仙先仙　鑄劍戟為農器賦一　范仲淹　范仲淹全集427		
		(17)	宣仙愆仙然仙妍先傳仙賢先　任官惟賢材賦七　范仲淹　范仲淹全集429		
		(18)	平仙邊先天先偏仙　王者無外賦三　范仲淹　范仲淹全集435		
		(19)	先先賢先田先　賢不家食賦三　范仲淹　范仲淹全集432		
		(20)	先天先權仙宣仙全仙　易兼三材賦三　范仲淹　范仲淹全集437		
		(21)	賢先焉仙先先　得地千里不如一賢賦一　范仲淹　范仲淹全集440		
		(22)	乾仙天先埏仙旋先先先　天驥呈才賦五　范仲淹　范仲淹全集444		
		(23)	筌仙天先宣仙焉仙　天道益謙賦一　范仲淹　范仲淹全集446		
		(24)	筌仙天先焉仙　聖人抱一為天下賦五　范仲淹　范仲淹全集448		
		(25)	筌仙全仙天先然仙焉仙　大禮與天地同節賦五　范仲淹　范仲淹全集682-683		
		(26)	筌仙先先焉仙　制器尚象賦一　范仲淹　范仲淹全集683		
		(27)	天先宣仙先先　省試諸侯春入貢賦一　文彥博　潞公文集1100-577上		
		(28)	先先賢先川仙　孝者善繼人之志賦七　文彥博　潞公文集1100-580下		
		(29)	天先前先焉仙　中者天下之大本賦一　文彥博　潞公文集1100-580下-581上		
		(30)	天先乾仙躚先　祭法天道賦七　文彥博　潞公文集1100-584上		
		(31)	天先全仙邊先　一生二賦七　文彥博　潞公文集1100-584下		
		(32)	聯仙連仙然仙天先　雁字賦三　文彥博　潞公文集1100-585上		
3	蕭				
4	宵	(1)	朝宵妖宵昭宵蕘宵　聖德合天地賦五　田錫　咸平集8/3-4		
		(2)	饒宵銷宵朝宵　鑄劍戟為農器賦七　范仲淹　范仲淹全集428		
	蕭宵	(1)	堯蕭朝宵韶宵昭宵　南省試聖人並用三代禮樂賦三　田錫　咸平集9/4		

		(2)	堯蕭昭宵驕宵　黃屋非堯心賦七　王禹偁　小畜集1086-257下
		(3)	堯蕭饒宵朝宵　堯舜帥天下以仁賦一　范仲淹　范仲淹全集424
5	肴		
6	豪		
7	歌	(1)	那歌何歌它歌疴歌　醴泉無源賦五　王禹偁　小畜集1086-16上
8	戈		
	歌戈	(1)	多歌何歌和戈河歌波戈　春色賦七　田錫　咸平集9/7-8
		(2)	那歌何歌和戈波戈　卮言日出賦七　王禹偁　小畜集1086-11下
		(3)	和戈他歌何歌　今樂猶古樂賦七　范仲淹　范仲淹全集18
		(4)	波戈河歌和戈何歌多歌　臨川羨魚賦三　范仲淹　范仲淹全集21
		(5)	訛戈和戈何歌　王者無外賦五　范仲淹　范仲淹全集435-436
		(6)	何歌多歌和戈　得地千里不如一賢賦五　范仲淹　范仲淹全集441
		(7)	多歌磋歌過戈　多文為富賦七　文彥博　潞公文集1100-582下
9	麻	(1)	加麻霞麻家麻　賢人不家食賦五　王禹偁　小畜集1086-265下
		(2)	賒麻嘉麻鯋麻邪麻車麻　臨川羨魚賦五　范仲淹　范仲淹全集21
		(3)	遐麻家麻嗟麻　賢不家食賦七　范仲淹　范仲淹全集432
10	陽	(1)	章陽鏘陽常陽彰陽　開封府試人文化成天下賦五　田錫　咸平集9/3
		(2)	長陽觴陽祥陽王陽　醴泉無源賦一　王禹偁　小畜集1086-16上
		(3)	彰陽王陽驤陽陽陽　歸馬華山賦一　王禹偁　小畜集1086-264上
		(4)	常陽方陽良陽彰陽　省試自誠而明謂之性賦五　范仲淹　范仲淹全集19
		(5)	昌陽芳陽常陽彰陽　天道益謙賦三　范仲淹　范仲淹全集446
		(6)	章陽陽陽方陽王陽　省試諸侯春入貢賦七　文彥博　潞公文集1100-577下
		(7)	王陽彰陽莊陽昌陽　能自得師者王賦五　文彥博　潞公文集1100-581下
		(8)	方陽祥陽揚陽　玉雞賦一　文彥博　潞公文集1100-587上
	陽漾	(1)	湯陽陽陽昌陽方陽忘漾相陽　水火不相入而相資賦三　范仲淹　范仲淹全集45

11	唐	(1)	桑唐荒唐藏唐光唐　日月光天德賦五　王禹偁　小畜集1086-259上
	陽唐	(1)	章陽皇唐綱唐彰陽　聖德合天地賦三　田錫　咸平集8/3
		(2)	相陽翔陽張陽颺陽行唐堂唐　雁陣賦三　田錫　咸平集9/2
		(3)	皇唐王陽陽陽　南省試聖人並用三代禮樂賦五　田錫　咸平集9/4-5
		(4)	蒼唐芳陽光陽商陽　曉鶯賦一　田錫　咸平集9/8
		(5)	洋陽王陽裳陽唐光唐　仲尼為素王賦七　王禹偁　小畜集1086-12下
		(6)	鄉陽王陽王唐　鄉老獻賢能書賦一　王禹偁　小畜集1086-255下
		(7)	唐唐光唐康唐章陽黃唐　黃屋非堯心賦一　王禹偁　小畜集1086-257上
		(8)	煌唐陽陽蒼唐王陽　日月光天德賦一　王禹偁　小畜集1086-258下
		(9)	王陽光唐岡唐黃唐　崆峒山問道賦一　王禹偁　小畜集1086-260上
		(10)	洋陽章陽王陽張陽行唐　大合樂賦五　王禹偁　小畜集1086-267下
		(11)	光唐長陽疆陽　老人星賦七　范仲淹　范仲淹全集14
		(12)	剛唐良陽方陽將陽　金在熔賦三　范仲淹　范仲淹全集20
		(13)	臧唐防陽荒唐當唐方陽　用天下心為心賦三　范仲淹　范仲淹全集23
		(14)	常陽荒唐王陽　六官賦五　范仲淹　范仲淹全集427
		(15)	昌陽當唐方陽臧唐　任官惟賢材賦五　范仲淹　范仲淹全集429
		(16)	綱唐王陽方陽揚陽　從諫如流賦一　范仲淹　范仲淹全集430
		(17)	昌陽光唐方陽疆陽　聖人大寶曰位賦五　范仲淹　范仲淹全集431
		(18)	陽陽剛唐方陽常陽　乾為金賦一　范仲淹　范仲淹全集434
		(19)	皇唐王陽疆陽方陽　王者無外賦一　范仲淹　范仲淹全集435
		(20)	王陽臧唐堂唐　稼穡惟寶賦一　范仲淹　范仲淹全集445
		(21)	詳陽綱唐常陽　大禮與天地同節賦一　范仲淹　范仲淹全集682
		(22)	彰陽昌陽祥陽皇唐　汾陰出寶鼎賦一　文彥博　潞公文集1100-579上
	陽唐德	(1)	長陽量陽強陽臧唐常陽德德王陽　天道如張弓賦七　王禹偁　小畜集1086-12上
12	庚	(1)	平庚兵庚橫庚　西郊講武賦一　田錫　咸平集8/1

			限韻	賦題	作者	出處
		(2)	亨庚明庚行庚	天衢賦一	文彥博	潞公文集1100-586下
13	耕					
14	清	(1)	傾清名清盈清	扈言日出賦一	王禹偁	小畜集1086-11上
	庚耕	(1)	爭耕平庚兵庚	鑄劍戟為農器賦五	范仲淹	范仲淹全集428
	耕清	(1)	名清爭耕程清情清	陽禮教讓賦七	范仲淹	范仲淹全集443
	庚清	(1)	生庚名清英庚城清明庚	羣玉峰賦四	田錫	咸平集8/7
		(2)	情清笙庚聲清清清	曉鶯賦三	田錫	咸平集9/8
		(3)	聲清呈清正清平庚	射宮選士賦三	王禹偁	小畜集1086-262下
		(4)	明庚清清聲清成清	崆峒山問道賦七	王禹偁	小畜集1086-260下
		(5)	聲清生庚榮庚貞清羹庚	賢人不家食賦七	王禹偁	小畜集1086-266上
		(6)	英庚明庚名清	老人星賦一	范仲淹	范仲淹全集13
		(7)	成清程清行庚明庚盈清	禮義為器賦三	范仲淹	范仲淹全集17
		(8)	誠清明庚英庚	省試自誠而明謂之性賦一	范仲淹	范仲淹全集18-19
		(9)	英庚亨庚成清	金在熔賦七	范仲淹	范仲淹全集20
		(10)	名清情清行庚明庚	六官賦七	范仲淹	范仲淹全集427
		(11)	明庚平庚令清情清	政在順民心賦一	范仲淹	范仲淹全集448
		(12)	盛清行庚誠清成清	孝者善繼人之志賦三	文彥博	潞公文集1100-580下
		(13)	成清明庚行庚	能自得師者王賦七	文彥博	潞公文集1100-581下
		(14)	成清驚庚誠清	主善為師賦五	文彥博	潞公文集1100-583上-583
		(15)	生庚成清行庚	一生二賦五	文彥博	潞公文集1100-584下
		(16)	程清明庚成清	雁字賦七	文彥博	潞公文集1100-585上
		(17)	成清生庚名清明庚	經神賦一	文彥博	潞公文集1100-585下
15	青	(1)	星青齡青經青冥青	老人星賦五	范仲淹	范仲淹全集14
		(2)	經青寧青靈青庭青	賢不家食賦五	范仲淹	范仲淹全集432
		(3)	經青靈青冥青	經神賦三	文彥博	潞公文集1100-585下

16	蒸		
17	登		
	蒸登	(1)	稱蒸徵蒸能登　聖人無名賦七　王禹偁　小畜集1086-15上
		(2)	膺蒸登登徵蒸能登繩蒸　鄉老獻賢能書賦五　王禹偁　小畜集1086-255下-1086-256上
		(3)	能登蒸蒸升蒸登登興蒸　射宮選士賦一　王禹偁　小畜集1086-262下
		(4)	能登矜蒸稱蒸應蒸　蒙以養正賦三　范仲淹　范仲淹全集16
		(5)	能登興蒸徵蒸矜蒸　得地千里不如一賢賦七　范仲淹　范仲淹全集441
		(6)	稱蒸承蒸能登　孝者善繼人之志賦五　文彥博　潞公文集1100-580下
		(7)	膺蒸凝蒸能登　能自得師者王賦一　文彥博　潞公文集1100-581下
		(8)	興蒸稱蒸膺蒸能登　主善為師賦一　文彥博　潞公文集1100-583上
		(9)	兢蒸能登承蒸　祭法天道賦五　文彥博　潞公文集1100-584上
		(10)	騰登能登繩蒸　雁字賦五　文彥博　潞公文集1100-585上
		(11)	稱蒸能登憑蒸膺蒸　經神賦五　文彥博　潞公文集1100-585下-586上
		(12)	繩蒸登凝蒸　天衢賦七　文彥博　潞公文集1100-587上
	蒸登庚	(1)	平庚興蒸能登蒸蒸　政在順民心賦五　范仲淹　范仲淹全集449
18	尤	(1)	謀尤收尤憂尤流尤求尤　五聲聽政賦五　田錫　咸平集8/5
		(2)	修尤流尤猷尤　南省試聖人並用三代禮樂賦七　田錫　咸平集9/5
		(3)	猶尤柔尤求尤　橐籥賦六　王禹偁　小畜集1086-15下
		(4)	求尤謀尤由尤　金在熔賦五　范仲淹　范仲淹全集20
		(5)	休尤修尤求尤謀尤　任官惟賢材賦三　范仲淹　范仲淹全集429
		(6)	尤尤謀尤流尤　從諫如流賦七　范仲淹　范仲淹全集430
		(7)	流尤求尤羞尤秋尤　淡交若水賦三　范仲淹　范仲淹全集439
		(8)	求尤休尤猷尤　養老乞言賦一　范仲淹　范仲淹全集439
		(9)	州尤由尤修尤　陽禮教讓賦一　范仲淹　范仲淹全集443
		(10)	儔尤脩尤休尤　省試青圭禮東方賦一　文彥博　潞公文集1100-577下

		(11)	由尤脩尤勾尤　中者天下之大本賦五　文彥博　潞公文集1100-581上
		(12)	儔尤流尤羞尤牛尤　土牛賦三　文彥博　潞公文集1100-586上
19	侯		
20	幽		
	尤侯	(1)	侯侯休尤脩尤猷尤州尤　省試諸侯春入貢賦三　文彥博　潞公文集1100-577
	尤幽	(1)	幽幽休尤收尤求尤　復其見天地之心賦三　王禹偁　小畜集1086-13下
		(2)	流尤柔求尤由尤留尤幽幽　尺蠖賦五　王禹偁　小畜集1086-14下
21	侵	(1)	陰侵深侵吟侵音侵　曉鶯賦七　田錫　咸平集9/9
		(2)	臨侵陰侵心侵沈侵　火星中而寒暑退賦一　王禹偁　小畜集1086-16下
		(3)	心侵陰侵沈侵臨侵　日月光天德賦三　王禹偁　小畜集1086-259上
		(4)	音侵心侵今侵琴侵　今樂猶古樂賦五　范仲淹　范仲淹全集18
		(5)	金侵臨侵心侵　金在鎔賦一　范仲淹　范仲淹全集20
		(6)	深侵心侵霖侵　水車賦七　范仲淹　范仲淹全集23
		(7)	深侵心侵臨侵　用天下心為心賦七　范仲淹　范仲淹全集24
		(8)	禁侵任侵　任官惟賢材賦六　范仲淹　范仲淹全集429
		(9)	金侵深侵心侵　乾為金賦七　范仲淹　范仲淹全集435
22	覃	(1)	參覃男覃　射宮選士賦五　王禹偁　小畜集1086-263上
23	談		
	覃談	(1)	南覃藍談涵覃參談　雁陣賦七　田錫　咸平集9/2
24	鹽		
25	添		
	鹽添	(1)	嫌添恬添謙添廉鹽　淡交若水賦五　范仲淹　范仲淹全集439
		(2)	占鹽沾鹽謙添　天道益謙賦五　范仲淹　范仲淹全集447
26	咸		
27	銜		

28	嚴	
29	凡	

製表人：陳成文

根據上述表格，可知北宋四大家律賦下平聲韻之用韻規律：

　　1.下平聲二十九韻之中，依《廣韻》規定獨用者，「麻」韻獨用有三例：王禹偁一例、范仲淹兩例；「青」韻獨用有三例：范仲淹兩例、文彥博一例；「侵」韻獨用有九例：田錫一例、王禹偁兩例、范仲淹六例。至於「肴」韻、「豪」韻則未見押用。

　　2.下平聲二十九韻之中，依《廣韻》規定可同用者：

　　「先」韻單押有兩例：王禹偁一例、范仲淹一例；「先仙」同用有三十二例：田錫五例、王禹偁七例、范仲淹十四例、文彥博六例；

　　「宵」韻單押有兩例：田錫一例、范仲淹一例；「蕭宵」同用有三例：田錫一例、王禹偁一例、范仲淹一例；

　　「歌」韻單押有王禹偁一例；「歌戈」同用有七例：田錫一例、王禹偁一例、范仲淹四例、文彥博一例；

　　「陽」韻單押有八例：田錫一例、王禹偁兩例、范仲淹兩例、文彥博三例；「唐」韻單押有王禹偁一例；「陽唐」同用有二十二例：田錫四例、王禹偁六例、范仲淹十一例、文彥博一例；「庚」韻單押有兩例：田錫一例、文彥博一例；「清」韻單押有王禹偁一例；「庚耕」同用有范仲淹一例；「耕清」同用有范仲淹一例；「庚清」同用有十七例：田錫兩例、王禹偁三例、范仲淹六例、文彥博六例；

　　「蒸登」同用有十二例：王禹偁三例、范仲淹兩例、文彥博

七例；

　　「尤」韻單押有十二例：田錫兩例、王禹偁一例、范仲淹六例、文彥博三例；「尤侯」同用有文彥博一例；尤幽同用有王禹偁兩例；

　　「覃」韻單押有王禹偁一例：「覃談」同用有田錫一例；

　　「鹽」添同用有范仲淹兩例；

　　至於「咸」韻、「銜」韻、嚴韻、凡韻則未見押用。

　　3.下平聲「合用」有一例：范仲淹〈政在順民心賦以「明主施政能順民欲」為韻〉第五韻「蒸登、庚」合用。

　　4.「平去通押」有一例：范仲淹〈水火不相入而相資賦以「其性相反同濟於用」為韻〉第三韻「陽、漾」平去通押。「平入通押」有一例：王禹偁〈天道如張弓賦以「王者喻身則此宜施」為韻〉第七韻「陽唐、德」平入通押。

第二節　仄聲韻之整體形態

一、上聲

　　以下臚列北宋四大家律賦上聲韻獨用、同用、合用與通押之韻譜，以見其用韻之規律：

表 2-3

1	董					
2	腫	(1)	恐腫聳腫奉腫　羣玉峰賦七	田錫	咸平集8/8
3	講					
4	紙					

5	旨		
6	止	(1)	止止里止子止矣止　射宮選士賦六　王禹偁　小畜集1086-263上
		(2)	子止理止矣止　蒙以養正賦二　范仲淹　范仲淹全集16
		(3)	子止以止恥止　禮義為器賦六　范仲淹　范仲淹全集17
		(4)	己止理止矣止　堯舜帥天下以仁賦八　范仲淹　范仲淹全集425
		(5)	士止理止矣止六官賦八　范仲淹　范仲淹全集427
		(6)	紀止理止美旨矣止　任官惟賢材賦四　范仲淹　范仲淹全集429
		(7)	擬止理止矣止子止　淡交若水賦二　范仲淹　范仲淹全集438-439
		(8)	已止紀止矣止　陽禮教讓賦八　范仲淹　范仲淹全集443
	紙旨	(1)	徙紙彼紙美旨　主善為師賦六　文彥博　潞公文集1100-583下
	旨止	(1)	理止水旨己止　五聲聽政賦二　田錫　咸平集8/4
		(2)	里止水旨起止　雁陣賦二　田錫　咸平集9/1-2
		(3)	指旨美旨止止　御試不陣而成功賦四　田錫　咸平集9/6
		(4)	旨旨士止美旨　厎言日出賦八　王禹偁　小畜集1086-11下
		(5)	己止子止比旨　仲尼為素王賦六　王禹偁　小畜集1086-12下
		(6)	履旨始止以止　蒙以養正賦四　范仲淹　范仲淹全集16
		(7)	士止理止水旨　從諫如流賦八　范仲淹　范仲淹全集430
		(8)	以止旨旨喜止耳止　止養老乞言賦四　范仲淹　范仲淹全集440
		(9)	旨旨子止始止美旨　孝者善繼人之志賦二　文彥博　潞公文集1100-580上-580下
		(10)	美旨理止矣止　能自得師者王賦八　文彥博　潞公文集1100-582上
		(11)	美旨鄙旨履旨以止比旨　多文為富賦六　文彥博　潞公文集1100-582下-583上
		(12)	美旨理止旨旨　經神賦四　文彥博　潞公文集1100-585下
		(13)	祀止始止軌旨起止　土牛賦二　文彥博　潞公文集1100-586上
	紙止	(1)	起止彼紙里止恥止　鄉老獻賢能書賦六　王禹偁　小畜集1086-256上
		(2)	此紙彼紙理止矣止　省試自誠而明謂之性賦六　范仲淹　范仲淹全集19

			韻字	賦題	作者	出處
		(3)	已止邇紙矣止	用天下心為心賦八	范仲淹	范仲淹全集24
		(4)	理止此紙始止	中者天下之大本賦六	文彥博	潞公文集1100-581上
	紙旨止	(1)	理止里止軌旨旨旨邇紙俾紙	西郊講武賦八	田錫	咸平集8/2-3
		(2)	彼紙此紙旨旨己止已止	天道如張弓賦六	王禹偁	小畜集1086-12上
		(3)	旨旨以止止止起止子止此紙	尺蠖賦二	王禹偁	小畜集1086-14上
		(4)	水旨里止委紙彼紙	日月光天德賦六	王禹偁	小畜集1086-259上
		(5)	美旨瀰紙祀止	大合樂賦八	王禹偁	小畜集1086-267下
		(6)	旨旨始止此紙	老子猶龍賦八	范仲淹	范仲淹全集15
		(7)	比旨氏紙子止彼紙毀紙	君以民為體賦六	范仲淹	范仲淹全集426
		(8)	軌旨彼紙旨旨士止美旨	從諫如流賦六	范仲淹	范仲淹全集430
		(9)	旨旨始止彼紙矣止理止	窮神知化賦二	范仲淹	范仲淹全集433
		(10)	旨旨紀止彼紙理止矣止易	兼三材賦二	范仲淹	范仲淹全集437
		(11)	彼紙美旨理止	體仁足以長人賦六	范仲淹	范仲淹全集442
		(12)	彼紙祀止矣止美旨	省試青圭禮東方賦四	文彥博	潞公文集1100-578上
		(13)	子止祀止美旨紀止彼紙	祭法天道賦二	文彥博	潞公文集1100-583下
		(14)	靡紙是紙始止水旨	一生二賦六	文彥博	潞公文集1100-584下
	紙止尾	(1)	此紙齔尾矣止	經神賦八	文彥博	潞公文集1100-586上
7	尾					
8	語	(1)	舉語紁語呂語	南省試聖人並用三代禮樂賦四	田錫	咸平集9/4
		(2)	所語禦語暑語	火星中而寒暑退賦六	王禹偁	小畜集1086-17上
		(3)	汝語舉語渚語	水車賦三	范仲淹	范仲淹全集22
		(4)	舉語敘語佇語所語	省試青圭禮東方賦二	文彥博	潞公文集1100-577下-1100-578上
		(5)	去語緒語宁語	焚雉頭裘賦六	文彥博	潞公文集1100-578下
9	虞	(1)	輔虞雨虞取虞	水車賦八	范仲淹	范仲淹全集23

		(2)	矩麌主麌輔麌	主善為師賦二	文彥博	潞公文集1100-583上
10	姥	(1)	苦姥土姥鼓姥古姥	今樂猶古樂賦六	范仲淹	范仲淹全集18
	麌姥	(1)	古姥五姥府麌	鄉老獻賢能書賦八	王禹偁	小畜集1086-256上
		(2)	主麌土姥舞麌	用天下心為心賦二	范仲淹	范仲淹全集23
		(3)	主麌睹姥普姥	政在順民心賦二	范仲淹	范仲淹全集448
		(4)	主麌取麌古姥	焚雉頭裘賦八	文彥博	潞公文集1100-579上
11	薺	(1)	禮薺體薺	南省試聖人並用三代禮樂賦六	田錫	咸平集9/5
		(2)	濟薺禮薺禰薺	大合樂賦四	王禹偁	小畜集1086-267上-1086-267下
		(3)	啓薺禮薺體薺	禮義為器賦二	范仲淹	范仲淹全集17
		(4)	啓薺禮薺體薺	君以民為體賦八	范仲淹	范仲淹全集426
		(5)	啓薺體薺禮薺	體仁足以長人賦二	范仲淹	范仲淹全集442
		(6)	禮薺體薺啓薺	大禮與天地同節賦二	范仲淹	范仲淹全集682
12	蟹					
13	駭					
14	賄					
15	海	(1)	乃海凱海采海海海	御試不陣而成功賦八	田錫	咸平集9/6
		(2)	在海彩海待海	金在熔賦二	范仲淹	范仲淹全集20
		(3)	在海塏海海海	鴻漸于陸賦二	文彥博	潞公文集1100-579下
16	軫					
17	準					
18	吻					
19	隱					
20	阮	(1)	遠阮反阮晚阮	水火不相入而相資賦四	范仲淹	范仲淹全集450
21	混					
22	很					
	阮混	(1)	本混遠阮混混	體泉無源賦八	王禹偁	小畜集1086-16下
		(2)	遠阮偃阮本混	鑄劍戟為農器賦八	范仲淹	范仲淹全集428
		(3)	苑阮遠阮混混坂阮	天驥呈才賦四	范仲淹	范仲淹全集444
		(4)	本混損混遠阮	稼穡惟寶賦四	范仲淹	范仲淹全集445

		(5)	本混**損**混遠阮遁混　天道益謙賦六　范仲淹　范仲淹全集447	
		(6)	**遠**阮混混袞阮　雁字賦四　文彥博　潞公文集1100-585上	
23	旱			
24	緩	(1)	**暖**緩滿緩管緩　春色賦四　田錫　咸平集9/7	
	旱緩	(1)	短緩暖緩**旱**旱　水車賦五　范仲淹　范仲淹全集22	
25	濟			
26	產			
27	銑			
28	獮			
	銑獮	(1)	典銑選獮**善**獮　養老乞言賦二　范仲淹　范仲淹全集439	
		(2)	闡獮顯銑**善**獮　主善為師賦四　文彥博　潞公文集1100-583上	
29	篠			
30	小			
	篠小	(1)	**曉**篠悄小杪小　曉鶯賦二　田錫　咸平集	
		(2)	鳥篠沼小表小　鴻漸于陸賦八　文彥博　潞公文集1100-580上	
31	巧			
32	皓	(1)	**寶**皓討皓**道**皓　仲尼為素王賦四　王禹偁　小畜集1086-12下	
		(2)	道皓造皓**老**皓好皓　鄉老獻賢能書賦二　王禹偁　小畜集1086-255下	
		(3)	老皓**道**皓寶皓　崆峒山問道賦四　王禹偁　小畜集1086-260上-1086-260下	
		(4)	**寶**皓道皓鎬皓老皓　賢人不家食賦四　王禹偁　小畜集1086-265下	
		(5)	保皓造皓**道**皓考皓六官賦六　范仲淹　范仲淹全集427	
		(6)	造皓考皓**道**皓　窮神知化賦四　范仲淹　范仲淹全集433	
		(7)	考皓道皓**寶**皓　得地千里不如一賢賦四　范仲淹　范仲淹全集441	
		(8)	造皓**道**皓寶皓　體仁足以長人賦四　范仲淹　范仲淹全集442	
		(9)	道皓**寶**皓昊皓　稼穡惟寶賦八　范仲淹　范仲淹全集446	
		(10)	造皓考皓**道**皓　天道益謙賦二　范仲淹　范仲淹全集446	
		(11)	藻皓**道**皓寶皓　汾陰出寶鼎賦四　文彥博　潞公文集1100-579上	

		(12)	道皓考皓保皓	能自得師者王賦六	文彥博　潞公文集1100-581下
		(13)	考皓寶皓道皓	主善為師賦八	文彥博　潞公文集1100-583下
		(14)	澡皓昊皓道皓	祭法天道賦八	文彥博　潞公文集1100-584上
	皓号	(1)	寶皓號号道皓	聖人無名賦四	王禹偁　小畜集1086-15上
33	哿				
34	果				
	哿果	(1)	火果我哿可哿	火星中而寒暑退賦二	王禹偁　小畜集1086-16下
		(2)	瑣果左哿可哿	臨川羨魚賦六	范仲淹　范仲淹全集21
35	馬	(1)	夏馬雅馬馬下馬	開封府試人文化成天下賦八	田錫　咸平集9/4
		(2)	也馬冶馬野馬	春色賦二	田錫　咸平集9/7
		(3)	下馬者馬上聲	天道如張弓賦八	王禹偁　小畜集1086-12上
		(4)	夏馬社馬者馬	仲尼為素王賦八	王禹偁　小畜集1086-13上-1086-12下
		(5)	野馬寡馬也馬	君者以百姓為天賦八	王禹偁　小畜集1086-13上-1086-13下
		(6)	者馬也馬捨馬寡馬	尺蠖賦八	王禹偁　小畜集1086-14下
		(7)	下馬夏馬也馬	聖人無名賦八	王禹偁　小畜集1086-15上
		(8)	下馬者馬也馬	醴泉無源賦二	王禹偁　小畜集1086-16上
		(9)	野馬下馬馬馬者馬	歸馬華山賦二	王禹偁　小畜集1086-264上
		(10)	也馬者馬冶馬寫馬	金在熔賦四	范仲淹　范仲淹全集20
		(11)	捨馬夏馬下馬	用天下心為心賦六	范仲淹　范仲淹全集24
		(12)	下馬冶馬者馬	鑄劍戟為農器賦二	范仲淹　范仲淹全集427
		(13)	捨馬下馬者馬	任官惟賢材賦八	范仲淹　范仲淹全集429
		(14)	社馬夏馬寫馬下馬者馬	從諫如流賦二	范仲淹　范仲淹全集430
		(15)	假馬者馬野馬	賢不家食賦四	范仲淹　范仲淹全集432
		(16)	舍馬者馬下馬也馬	乾為金賦八	范仲淹　范仲淹全集435
		(17)	社馬夏馬也馬者馬	王者無外賦二	范仲淹　范仲淹全集435
		(18)	野馬下馬寡馬	王者無外賦四	范仲淹　范仲淹全集435

		(19)	戲馬 **馬** 馬者馬	天驥呈才賦六　范仲淹	范仲淹全集444
		(20)	雅馬捨 **者** 馬者馬	稼穡惟寶賦二　范仲淹	范仲淹全集445
		(21)	捨也馬夏馬 **下** 馬	聖人抱一為天下賦六　范仲淹	范仲淹全集448
		(22)	者馬假馬 **下** 馬	省試諸侯春入貢賦二　文彥博	潞公文集1100-577上
		(23)	舍馬 **下** 馬也馬	中者天下之大本賦二　文彥博	潞公文集1100-581上
		(24)	雅馬 **者** 馬也馬夏馬	能自得師者王賦四　文彥博	潞公文集1100-581下
		(25)	下馬也馬 **者** 馬	多文為富賦二　文彥博	潞公文集1100-582下
	馬旨	(1)	也馬 **下** 馬美旨	堯舜帥天下以仁賦六　范仲淹	范仲淹全集424-425
	馬禡	(1)	馬馬化禡 **下** 馬	崆峒山問道賦六　王禹偁	小畜集1086-260下
		(2)	下馬 **射** 禡化禡	陽禮教讓賦二　范仲淹	范仲淹全集443
36	養	(1)	仰養往養 **象** 養爽養	乾為金賦六　范仲淹	范仲淹全集435
		(2)	長養 **象** 養往養	制器尚象賦四　范仲淹	陳元龍編　歷代賦彙4/233
37	蕩				
	養蕩	(1)	想養象養上養蕩蕩 **仰** 養	戹言日出賦四　王禹偁	小畜集1086-11上
		(2)	掌養 **象** 養蕩蕩往養	復其見天地之心賦六　王禹偁	小畜集1086-13下-1086-14上
		(3)	廣蕩往養 **養** 養爽養	蒙以養正賦六　范仲淹	范仲淹全集16
		(4)	廣蕩爽養 **仰** 養	體仁足以長人賦八　范仲淹	范仲淹全集442
38	梗				
39	耿				
40	靜				
	梗靜	(1)	井靜永梗 **景** 梗影梗	曉鶯賦六　田錫	咸平集9/8-9
		(2)	影梗 **景** 梗騁靜	日月光天德賦二　王禹偁	小畜集1086-258下-1086-259上
41	迥	(1)	**鼎** 迥梃迥並迥	汾陰出寶鼎賦六　文彥博	潞公文集1100-579下
42	拯				
43	等				

44	有	(1)	有有久有**守**有　聖人大寶曰位賦四　范仲淹　范仲淹全集431
		(2)	**有**有久有**壽**有　王者無外賦八　范仲淹　范仲淹全集436
		(3)	**友**有守有有有　淡交若水賦四　范仲淹　范仲淹全集439
		(4)	**不**有**壽**有有有　陽禮教讓賦六　范仲淹　范仲淹全集443
45	厚		
46	黝		
	有厚	(1)	首有**有**有走厚手有上　君者以百姓為天賦二　王禹偁　小畜集1086-13
		(2)	耦厚醜有斗厚**有**有首有　醴泉無源賦六　王禹偁　小畜集1086-16上
		(3)	偶厚叟厚**有**有　老人星賦四　范仲淹　范仲淹全集14
		(4)	**壽**有久有后厚友有　老人星賦二　范仲淹　范仲淹全集13
		(5)	首有口厚**有**有咎有　臨川羨魚賦四　范仲淹　范仲淹全集21
		(6)	醜有**有**有偶厚藪厚畝厚　賢不家食賦六　范仲淹　范仲淹全集432
		(7)	有有**後**厚咎有　窮神知化賦六　范仲淹　范仲淹全集433
47	寢	(1)	品寢**飲**寢審寢寢寢稟寢　陽禮教讓賦四　范仲淹　范仲淹全集443
48	感		
49	敢		
	感敢	(1)	**覽**敢**淡**敢感感　淡交若水賦六　范仲淹　范仲淹全集439
50	琰		
51	忝		
52	儼		
53	豏		
54	檻		
55	范		

製表人：陳成文

根據上述表格，可知北宋四大家律賦上聲韻之用韻規律：

　　1.上聲五十五韻之中，依《廣韻》規定獨用者，「腫」韻獨

用有田錫一例；「語」韻獨用有五例：田錫一例、王禹偁一例、范仲淹一例、文彥博兩例；「薺」韻獨用有六例：田錫一例、王禹偁一例、范仲淹四例；「皓」韻獨用有十四例：王禹偁四例、范仲淹六例、文彥博四例；「馬」韻獨用有二十五例：田錫兩例、王禹偁七例、范仲淹十二例、文彥博四例；「迥」韻獨用有文彥博一例；「寢」韻獨用有范仲淹一例。至於「董」韻、「講」韻、「尾」韻、「巧」韻則未見押用。

　　2.上聲韻之中，依《廣韻》規定可同用者：

　　「止」韻單押有八例：王禹偁一例、范仲淹七例；「紙旨」同用有文彥博一例；「旨止」同用有十三例：田錫三例、王禹偁兩例、范仲淹三例、文彥博五例；「紙止」同用有四例：王禹偁一例、范仲淹兩例、文彥博一例；「紙旨止」同用有十四例：田錫一例、王禹偁四例、范仲淹六例、文彥博三例；

　　「纇」韻單押有范仲淹一例、文彥博一例；「姥」韻單押有范仲淹一例；「纇姥」同用有四例：王禹偁一例、范仲淹兩例、文彥博一例；

　　「海」韻單押有三例：田錫一例、范仲淹一例、文彥博一例；

　　「阮」韻單押有范仲淹一例；「阮混」同用有六例：王禹偁一兩例、范仲淹四例、文彥博一例；

　　「緩」韻單押有田錫一例；「旱緩」同用有范仲淹一例；

　　「銑獮」同用有兩例：范仲淹一例、文彥博一例；

　　「篠小」同用有兩例：田錫一例、文彥博一例；

　　「晳果」同用有兩例：王禹偁一例、范仲淹一例；

　　「養」韻單押有范仲淹兩例；「養蕩」同用有四例：王禹偁

兩例、范仲淹兩例；

「耿靜」同用有兩例：田錫一例、王禹偁一例；

「有」韻單押有范仲淹四例；「有厚」同用有七例：王禹偁兩例、范仲淹五例；

「感敢」同用有范仲淹一例；

至於「蟹」韻、「駭」韻、「賄」韻、「很」韻、「軫」韻、「準」韻、「吻」韻、「隱」韻、「潸」韻、「產」韻、「拯」韻、「等」韻、「黝」韻、「琰」韻、「忝」韻、「儼」韻、「瑑」韻、「檻」韻、「范」韻則未見押用。

3.上聲「合用」有兩例：范仲淹〈堯舜帥天下以仁賦以「堯舜仁化天下從矣」為韻〉第六韻「馬、旨」合用；文彥博〈經神賦以「明識經旨能若神矣」為韻〉第八韻「紙止、尾」合用。

4.「上去通押」有三例：王禹偁〈崆峒山問道賦以「黃帝之道天下清淨」為韻〉第六韻「馬、禡」上去通押、〈陽禮教讓賦以「修射崇飲民不爭矣」為韻〉第二韻「馬、禡」上去通押、王禹偁〈聖人無名賦以「元聖之道無得稱焉」為韻〉第四韻「皓、号」上去通押。

二、去聲

以下臚列北宋四大家律賦去聲韻獨用、同用、合用與通押之韻譜，以見其用韻之規律：

表2-4

1	送	(1)	眾送貢送 中 送 射宮選士賦二 王禹偁 小畜集1086-262下
2	宋		
3	用	(1)	共用頌用從 用 用 用天下心為心賦四 范仲淹 范仲淹全集23

		(2)	用用訟用共用	水火不相入而相資賦八	范仲淹	范仲淹全集450
	宋用	(1)	用用綜宋從用	一生二賦四	文彥博	潞公文集1100-584下
4	絳					
5	寘					
6	至	(1)	彙未逐至地至	聖德合天地賦四	田錫	咸平集8/3
		(2)	地至類至備至	南省試聖人並用三代禮樂賦二	田錫	咸平集9/4
		(3)	義至地至自至至至下	復其見天地之心賦二	王禹偁	小畜集1086-13
		(4)	致至器至備至次至地至	大禮與天地同節賦六	范仲淹	范仲淹全集683
		(5)	器至二至地至	一生二賦八	文彥博	潞公文集1100-584下
	至未志	(1)	彙未逐至地至	聖德合天地賦四	田錫	咸平集8/3
7	志					
	寘至	(1)	地至至至瑞寘	醴泉無源賦四	王禹偁	小畜集1086-16上
		(2)	義寘二至墜至利至	禮義為器賦四	范仲淹	范仲淹全集17
		(3)	被寘義寘器至	鑄劍戟為農器賦六	范仲淹	范仲淹全集428
		(4)	位至地至被寘	聖人大寶曰位賦八	范仲淹	范仲淹全集431
		(5)	位至粹至施寘義寘	乾為金賦四	范仲淹	范仲淹全集434
		(6)	位至地至義寘利至備至	易兼三材賦四	范仲淹	范仲淹全集437
		(7)	施寘逐至義寘	天道益謙賦八	范仲淹	范仲淹全集447
		(8)	義寘器至利至	制器尚象賦八	范仲淹	范仲淹全集684
	至志	(1)	志志事志利至	射宮選士賦八	王禹偁	小畜集1086-263上
		(2)	墜至賈至轡至事志	馬華山賦四	王禹偁	小畜集1086-264上
		(3)	逐至類至致至餌志至至	臨川羨魚賦二	范仲淹	范仲淹全集21
		(4)	異志字志類至	雁字賦八	文彥博	潞公文集1100-585上-585下
		(5)	異志至至萃至	玉雞賦八	文彥博	潞公文集1100-587下
	寘	(1)	義寘被寘思志	開封府試人文化成天下賦四	田錫	咸平集9/3

志	(2)	瑞實意志事志　黃屋非堯心賦八　王禹偁　小畜集1086-257下
實志廢	(1)	被實乂廢異志　焚雉頭裘賦二　文彥博　潞公文集1100-578下
實至志	(1)	吹實異志地至至至　橐籥賦二　王禹偁　小畜集1086-15下
	(2)	事志志志次至義實至地至自至　大合樂賦二　王禹偁　小畜集1086-267
	(3)	被實志志器至　禮義為器賦八　范仲淹　范仲淹全集17
	(4)	被實地至異志　今樂猶古樂賦八　范仲淹　范仲淹全集18
	(5)	義實試志器至　金在熔賦八　范仲淹　范仲淹全集20
	(6)	棄至事志類至賜實利至　鑄劍戟為農器賦四　范仲淹　范仲淹全集428
	(7)	地至懿至智實　得地千里不如一賢賦六　范仲淹　范仲淹全集441
	(8)	義實志志墜至　孝者善繼人之志賦八　文彥博　潞公文集1100-580下
	(9)	志志義實地至瑞實　玉雞賦二　文彥博　潞公文集1100-587上
實至志止	(1)	理止異志施實萃至　天道如張弓賦四　王禹偁　小畜集1086-11下-1086-12上
8 未	(1)	畏未貴未彙未　黃屋非堯心賦四　王禹偁　小畜集1086-257上-257下
	(2)	謂未既未緯未氣未　易兼三材賦六　范仲淹　范仲淹全集438
	(3)	緯未彙未氣未　一生二賦二　文彥博　潞公文集1100-584上-584下
	(4)	貴未魏未氣未　玉雞賦四　文彥博　潞公文集1100-587下
9 御	(1)	庶御御御楚御　君者以百姓為天賦四　王禹偁　小畜集1086-13上
	(2)	慮御著御庶御　今樂猶古樂賦二　范仲淹　范仲淹全集17-18
	(3)	庶御豫御著御　君以民為體賦四　范仲淹　范仲淹全集425
	(4)	曏御筯御著御　雁字賦六　文彥博　潞公文集1100-585上
10 遇		
11 暮	(1)	路暮素暮步暮　天衢賦四　文彥博　潞公文集1100-586下-587上
遇	(1)	固暮喻遇注遇　天道如張弓賦二　王禹偁　小畜集1086-11下

	韻		限韻	賦題	作者	出處
	暮	(2)	務遇顧暮鑄遇	金在熔賦六	范仲淹	范仲淹全集20
	暮御	(1)	素暮庶御度暮	仲尼為素王賦二	王禹偁	小畜集1086-12上-1086-12下
12	霽	(1)	濟霽惠霽契霽	水火不相入而相資賦六	范仲淹	范仲淹全集450
		(2)	繼霽替霽悌霽	孝者善繼人之志賦六	文彥博	潞公文集1100-580下
13	祭	(1)	逝祭勢祭世祭	鴻漸于陸賦六	文彥博	潞公文集1100-580上
		(2)	滯祭際祭世祭	天衢賦八	文彥博	潞公文集1100-587上
	霽祭	(1)	帝霽替霽世祭	黃屋非堯心賦六	王禹偁	小畜集1086-257下
		(2)	制祭帝霽濟霽世祭	崆峒山問道賦二	王禹偁	小畜集1086-260上
		(3)	制祭濟霽惠霽世祭歲祭	水車賦一	范仲淹	范仲淹全集22
		(4)	弊祭濟霽制祭際祭	制器尚象賦六	范仲淹	陳元龍編　歷代賦彙4/234
		(5)	祭祭契霽制祭	祭法天道賦四	文彥博	潞公文集1100-584上
14	泰	(1)	會泰大泰害泰	水車賦六	范仲淹	范仲淹全集22-23
		(2)	泰泰大泰賴泰	聖人大寶曰位賦六	范仲淹	范仲淹全集431
		(3)	外泰蓋泰會泰	王者無外賦六	范仲淹	范仲淹全集436
		(4)	泰泰外泰太泰	大禮與天地同節賦四	范仲淹	范仲淹全集682
15	卦					
16	怪					
17	夬					
18	隊					
19	代					
	隊代泰	(1)	退隊在代大泰	火星中而寒暑退賦八	王禹偁	小畜集1086-17上
20	廢					
21	震	(1)	陣震刃震吝震	賢人不家食賦八	王禹偁	小畜集1086-266上
22	稕					
	震	(1)	奮震震震舜稕	御試不陣而成功賦六	田錫	咸平集9/6

	韻		用韻字例	賦名	作者	出處
	穋	(2)	信震徇穋順穋進震	政在順民心賦六	范仲淹	范仲淹全集449
	震穋問	(1)	訓問慎震運問順穋	西郊講武賦二	田錫	咸平集8/1-2
	震穋燉	(1)	舜穋近燉振震	堯舜帥天下以仁賦二	范仲淹	范仲淹全集424
23	問					
24	燉					
25	願	(1)	勸願建願願願萬願	老人星賦八	范仲淹	范仲淹全集14
26	恩					
27	恨					
	願恩	(1)	憲願遁慇健願	乾為金賦二	范仲淹	范仲淹全集434
28	翰	(1)	漢翰旰翰贊翰	汾陰出寶鼎賦二	文彥博	潞公文集1100-579上
29	換					
	翰換	(1)	幹翰亂換煥換	開封府試人文化成天下賦六	田錫	咸平集9/3
		(2)	觀換爛翰漢翰	老人星賦六	范仲淹	范仲淹全集14
30	諫					
31	襇					
	諫襇	(1)	諫諫訕諫間襇	從諫如流賦四	范仲淹	范仲淹全集430
32	霰					
	霰願	(1)	讌霰薦霰衒霰勸願	鄉老獻賢能書賦四	王禹偁	小畜集1086-255下
33	線	(1)	禪線變線戰線	巵言日出賦六	王禹偁	小畜集1086-11下
		(2)	彥線倦線羨線	臨川羨魚賦八	范仲淹	范仲淹全集22
	霰線	(1)	旬霰轉線戰線	西郊講武賦四	田錫	咸平集8/2
		(2)	變線扇線見霰	復其見天地之心賦八	王禹偁	小畜集1086-14上
		(3)	變線見霰便線	老子猶龍賦六	范仲淹	范仲淹全集15

		(4)	彥線見霰便線	天驥呈才賦八	范仲淹	范仲淹全集444-445
		(5)	羨線變線薦霰	省試青圭禮東方賦八	文彥博	潞公文集1100-578上
34	嘯					
35	笑					
	嘯笑小	(1)	詔小峭笑篠嘯	羣玉峰賦三	田錫	咸平集8/7
36	效	(1)	教效貌效樂效効效	五聲聽政賦六	田錫	咸平集8/5
		(2)	效效孝效教效	聖人抱一為天下賦四	范仲淹	范仲淹全集448
		(3)	効效孝效教效	孝者善繼人之志賦四	文彥博	潞公文集1100-580下
		(4)	斅效教效孝效	中者天下之大本賦四	文彥博	潞公文集1100-581上
		(5)	孝效豹效效效	玉雞賦六	文彥博	潞公文集1100-587下
37	号					
38	箇					
39	過					
40	禡	(1)	化禡暇禡霸禡	開封府試人文化成天下賦二	田錫	咸平集9/3
		(2)	詐禡暇禡化禡	堯舜帥天下以仁賦四	范仲淹	范仲淹全集424
		(3)	夜禡暇禡化禡	窮神知化賦八	范仲淹	范仲淹全集433
41	漾	(1)	望漾上漾妄漾	淡交若水賦八	范仲淹	范仲淹全集439
		(2)	尚漾狀漾向漾	省試青圭禮東方賦六	文彥博	潞公文集1100-578上
42	宕					
	漾宕	(1)	曠宕上漾當宕	六官賦四	范仲淹	范仲淹全集426-427
		(2)	上漾曠宕當訪漾尚漾	賢不家食賦二	范仲淹	范仲淹全集432
43	映					
44	諍					
45	勁	(1)	聖勁政勁令勁	聖德合天地賦二	田錫	咸平集8/3
		(2)	政勁盛勁聖勁	五聲聽政賦八	田錫	咸平集8/5
		(3)	聖勁正勁姓勁	聖人無名賦二	王禹偁	小畜集1086-14下
		(4)	令勁聘勁淨勁	崆峒山問道賦八	王禹偁	小畜集1086-260下

		(5)	聖勁性勁盛勁　老子猶龍賦二　范仲淹　范仲淹全集14
		(6)	性勁聖勁正勁　蒙以養正賦八　范仲淹　范仲淹全集16
		(7)	聖勁正勁性勁　制器尚象賦二　范仲淹　陳元龍編歷代賦彙4/233
	映勁	(1)	聖勁命映性勁　省試自誠而明謂之性賦八　范仲淹　范仲淹全集19
		(2)	政勁命映盛勁　養老乞言賦八　范仲淹　范仲淹全集440
		(3)	慶映性勁政勁命映　政在順民心賦四　范仲淹　范仲淹全集449
		(4)	生映命映盛勁性勁　水火不相入而相資賦二　范仲淹　范仲淹全集449-450
		(5)	淨勁勁勁映映　雁字賦二　文彥博　潞公文集1100-585上
46	徑	(1)	令徑佞徑徑徑定徑聽徑　曉鶯賦八　田錫　咸平集9/9
47	證		
48	嶝		
49	宥		
50	候		
51	幼		
	宥候	(1)	獸宥瘦宥寇候溜宥　歸馬華山賦六　王禹偁　小畜集1086-264上-1086-264下
		(2)	秀宥茂候富宥　多文為富賦八　文彥博　潞公文集1100-583上
52	沁		
53	勘		
54	闞		
55	豔		
56	㮇		
57	釅		
58	陷		
59	鑑		
60	梵		

製表人：陳成文

根據上述表格，可知北宋四大家律賦去聲韻之用韻規律：

　　1.去聲六十韻之中，依《廣韻》規定獨用者，「送」韻獨用有王禹偁一例；「未」韻獨用有四例：王禹偁一例、范仲淹一例、文彥博兩例；「御」韻獨用有四例：王禹偁一例、范仲淹兩例、文彥博一例；「泰」韻獨用有范仲淹四例；「效」韻獨用有五例：田錫一例、范仲淹一例、文彥博三例；「禡韻」獨用有三例：田錫一例、范仲淹兩例；「徑」韻獨用有田錫一例。至於「絳」韻、「廢」韻、「問」韻、「焮」韻、「号」韻、「沁」韻則未見押用。

　　2.去聲六十韻之中，依《廣韻》規定同用者：

　　「用」韻單押有范仲淹兩例；「宋用」同用有文彥博一例；

　　「至」韻單押有五例：田錫兩例、王禹偁一例、范仲淹一例、文彥博一例；「寘至」同用有八例：王禹偁一例、范仲淹七例；「至志」同用有五例：王禹偁兩例、范仲淹一例、文彥博兩例；「寘志」同用有兩例：田錫一例、王禹偁一例；「寘至志」同用有九例：王禹偁兩例、范仲淹五例、文彥博兩例；

　　「暮」韻單押有文彥博一例；「遇暮」同用有兩例：王禹偁一例、范仲淹一例；

　　「霽」韻單押有兩例：范仲淹一例、文彥博一例；「祭」韻單押有文彥博兩例；「霽祭」同用有五例：王禹偁兩例、范仲淹兩例、文彥博一例；

　　「震」韻單押有王禹偁一例；「震稕」同用有兩例：田錫一例、范仲淹一例；

　　「願」韻單押有范仲淹一例；「願慁」同用有范仲淹一例；

　　「翰換」同用有兩例：田錫一例、范仲淹一例；

「諫襉」同用有范仲淹一例;

「線」韻單押有兩例:王禹偁一例、范仲淹一例;「霰線」同用有五例:田錫一例、王禹偁一例、范仲淹兩例、文彥博一例;

「漾」韻單押有兩例:范仲淹一例、文彥博一例;

「漾宕」同用有范仲淹兩例;

「勁」韻單押有七例:田錫兩例、王禹偁兩例、范仲淹三例;「映勁」同用有五例:范仲淹四例、文彥博一例;

「宥候」同用有兩例:王禹偁一例、文彥博一例;

至於「卦」韻、「怪」韻、「夬」韻、「隊」韻、「代」韻、「恨」韻、「箇」韻、「過」韻、「諍」韻、「證」韻、「嶝」韻、「宥」韻、「勘」韻、「闞」韻、「豔」韻、「桥」韻、「釀」韻、「陷」韻、「鑑」韻、「梵」韻則未見押用。

3.去聲「合用」有七例:田錫〈聖德合天地賦以「聖德昭彰合乎天地」為韻〉第四韻「未、至」合用、〈西郊講武賦以「順時閱兵俾民知戰」為韻〉第二韻「震稕、問」合用;王禹偁〈仲尼為素王賦以「儒素之道尊比王者」為韻〉第二韻「御、暮」合用、〈火星中而寒暑退賦以「心火中則寒暑斯退」為韻〉第八韻「隊代、泰」合用、〈鄉老獻賢能書賦以「鄉老之薦登彼天府」為韻〉第四韻「霰、願」合用;范仲淹〈堯舜帥天下以仁賦以「堯舜仁化天下從矣」為韻〉第二韻「震稕、焮」合用;文彥博〈焚雉頭裘賦以「珍異之服焚去無取」為韻〉第二韻「寘志、廢」合用。

4.「上去通押」有三例:王禹偁〈天道如張弓賦以「王者喻身則此宜施」為韻〉第四韻「寘至志、止」上去通押。

三、入聲

　　以下臚列北宋四大家律賦入聲韻獨用、同用、合用與通押之韻譜，以見其用韻規律：

表 2-5

			韻字	賦題 作者 出處
1	屋	(1)	牧屋 轂屋 屋屋 屋屋	黃屋非堯心賦二　王禹偁　小畜集1086-257上
		(2)	服屋 育屋 速屋	君以民為體賦二　范仲淹　范仲淹全集425
		(3)	郁屋 服屋 燠屋	焚雉頭裘賦四　文彥博　潞公文集1100-578下
		(4)	宿屋 鷔屋 陸屋 木屋	鴻漸于陸賦四　文彥博　潞公文集1100-579下-580上
		(5)	速屋 復屋 陸屋	天衢賦六　文彥博　潞公文集1100-587上
	屋沃	(1)	鵠沃 燠屋 宿屋	雁陣賦八　田錫　咸平集9/2
2	沃			
3	燭	(1)	欲燭 玉燭	羣玉峰賦一　田錫　咸平集8/7
		(2)	俗燭 欲燭 燭燭	政在順民心賦八　范仲淹　范仲淹全集449
	沃燭	(1)	鵠沃 屬燭 辱燭 昴燭	射宮選士賦四　王禹偁　小畜集1086-263上
4	覺	(1)	箭覺 嶽覺 朔覺 樂覺	南省試聖人並用三代禮樂賦八　田錫　咸平集9/5
		(2)	樸覺 樂覺 覺覺	大合樂賦六　王禹偁　小畜集1086-267下
		(3)	學覺 樸覺 齷覺 璞覺	多文為富賦四　文彥博　潞公文集1100-582下
5	質	(1)	一質 室質 日質 質質 密質 溢質	春色賦六　田錫　咸平集9/7
		(2)	失質 一質 秩質	聖人抱一為天下賦二　范仲淹　范仲淹全集447
6	術			
7	櫛			
	質術	(1)	實質 失質 出術	得地千里不如一賢賦二　范仲淹　范仲淹全集440
		(2)	秩質 質質 出術	汾陰出寶鼎賦八　文彥博　潞公文集1100-579下
		(3)	出術 質質 一質	中者天下之大本賦八　文彥博　潞公文集1100-581上

8	物	(1)	物物屈物　尺蠖賦四　王禹偁　小畜集1086-14下
		(2)	物物蔚物怫物　省試諸侯春入貢賦八　文彥博　潞公文集1100-577下
9	迄		
10	月	(1)	越月發月月月竭月　省試自誠而明謂之性賦二　范仲淹　范仲淹全集19
11	沒		
12	曷		
13	末		
	曷末	(1)	遏曷末末達曷　天衢賦二　文彥博　潞公文集1100-586下
14	黠		
15	鎋		
16	屑		
17	薛		
	屑薛	(1)	悅薛列薛節屑烈薛閱薛　西郊講武賦六　田錫　咸平集8/2
		(2)	設薛列薛節屑缺薛　五聲聽政賦四　田錫　咸平集8/4-5
		(3)	設薛列薛節屑缺薛　五聲聽政賦四　田錫　咸平集8/4-5
		(4)	絕薛缺薛潔屑　羣玉峰賦五　田錫　咸平集8/7-8
		(5)	悅薛玦屑節屑切屑　曉鶯賦四　田錫　咸平集9/8
		(6)	節屑列薛設薛　大禮與天地同節賦八　范仲淹　范仲淹全集683
		(7)	節屑設薛別薛　土牛賦四　文彥博　潞公文集1100-586上
18	藥		
19	鐸	(1)	莫鐸度鐸作鐸　橐籥賦八　王禹偁　小畜集1086-15下-1086-16上
		(2)	度鐸樂鐸作鐸　今樂猶古樂賦四　范仲淹　范仲淹全集18
	藥鐸	(1)	落鐸漠鐸卻藥　雁陣賦四　田錫　咸平集9/2
		(2)	蠖鐸躍藥卻藥弱藥　尺蠖賦一　王禹偁　小畜集1086-14上
		(3)	橐鐸籥藥若藥　橐籥賦七　王禹偁　小畜集1086-15下
		(4)	度鐸託鐸若藥　經神賦六　文彥博　潞公文集1100-586上
		(5)	落鐸作鐸若藥　土牛賦六　文彥博　潞公文集1100-586下

藥鐸覺	(1)	鑠藥索鐸岳覺　歸馬華山賦八　王禹偁　小畜集1086-264下
20 陌	(1)	魄陌赫陌宅陌　日月光天德賦四　王禹偁　小畜集1086-259上1086-259上
21 麥	(1)	革麥索麥畫麥磧麥　復其見天地之心賦四　王禹偁　小畜集1086-13下
22 昔	(1)	跡昔尺昔　尺蠖賦六　王禹偁　小畜集1086-14下
	(2)	迹昔適昔益昔斁昔　天道益謙賦四　范仲淹　范仲淹全集446-447
昔陌	(1)	適昔澤陌易昔　易兼三材賦八　范仲淹　范仲淹全集438
23 錫		
24 職		
25 德	(1)	克德得德則德　君者以百姓為天賦六　王禹偁　小畜集1086-13上
	(2)	塞德得德國德　聖人無名賦六　王禹偁　小畜集1086-15上
	(3)	克德則德德德　日月光天德賦八　王禹偁　小畜集1086-259上
	(4)	德德國德忒德則德　養老乞言賦六　范仲淹　范仲淹全集440
	(5)	克德得德國德德德　能自得師者王賦二　文彥博　潞公文集1100-581下
職德	(1)	國德域職忒德德德　聖德合天地賦八　田錫　咸平集8/4
	(2)	德德式職克德　御試不陣而成功賦二　田錫　咸平集9/5
	(3)	識職側職執德默德得德則德　唇言日出賦二　王禹偁　小畜集1086-11上
	(4)	抑職則德極職　天道如張弓賦一　王禹偁　小畜集1086-11下
	(5)	抑職息職色職則德得德　火星中而寒暑退賦四　王禹偁　小畜集1086-16下
	(6)	國德側職直職力職　賢人不家食賦二　王禹偁　小畜集1086-265下
	(7)	食職職職得德　賢人不家食賦六　王禹偁　小畜集1086-265下-1086-266上
	(8)	極職德德食職　賢不家食賦八　范仲淹　范仲淹全集432
	(9)	極職則德域職德德　老子猶龍賦四　范仲淹　范仲淹全集15

	(10)	域職識職德德　省試自誠而明謂之性賦四　范仲淹　范仲淹全集19	
	(11)	國德德德職職　六官賦二　范仲淹　范仲淹全集426	
	(12)	職職忒德得德　任官惟賢材賦二　范仲淹　范仲淹全集428-429	
	(13)	極職德德國德　聖人大寶曰位賦二　范仲淹　范仲淹全集431	
	(14)	極職國德德億職直職　天驥呈才賦二　范仲淹　范仲淹全集444	
	(15)	力職食職德德忒德得德　稼穡惟寶賦六　范仲淹　范仲淹全集445-446	
	(16)	德德式職域　職聖人抱一為天下賦八　范仲淹　范仲淹全集448	
	(17)	域職忒德國德　省試諸侯春入貢賦四　文彥博　潞公文集1100-577上-577下	
	(18)	識職則德測職直職　經神賦二　文彥博　潞公文集1100-585下	
	(19)	忒德德德穡職　土牛賦八　文彥博　潞公文集1100-586下	
職德薛	(1)	國德德德勒德折薛色職　春色賦八　田錫　咸平集9/8	
26 緝	(1)	急緝緝緝及緝　得地千里不如一賢賦八　范仲淹　范仲淹全集441	
	(2)	襲緝集緝入緝　省試諸侯春入貢賦六　文彥博　潞公文集1100-577下	
27 合			
28 盍			
合盍	(1)	納合合合闔盍　聖德合天地賦六　田錫　咸平集8/4	
	(2)	納合合合臘盍　祭法天道賦六　文彥博　潞公文集1100-584上	
29 葉	(1)	接葉葉葉妾葉　雁陣賦六　田錫　咸平集9/2	
30 帖			
31 洽			
32 狎			
33 業			
34 乏			

製表人：陳成文

根據上述表格，可知北宋四大家律賦入聲韻之用韻規律：

　　1.入聲三十四韻韻之中，依《廣韻》規定獨用者，「屋」韻獨用有五例：王禹偁一例，范仲淹一例，文彥博三例；「覺」韻獨用有三例：田錫一例、王禹偁一例、文彥博一例；「物」韻獨用有兩例：王禹偁一例，文彥博一例；「緝」韻獨用有兩例：范仲淹一例，文彥博一例。至於「迄」韻、「錫」韻則未見押用。

　　2.入聲三十四韻之中，依《廣韻》規定可同用者：

　　「燭」韻單押有兩例：田錫一例、范仲淹一例；「沃燭」同用有王禹偁一例；

　　「質」韻單押有兩例：田錫一例、范仲淹一例；

　　「質術」同用有三例：范仲淹一例、文彥博兩例；

　　「月」韻單押有范仲淹一例；

　　「曷末」同用有文彥博一例；

　　「屑薛」同用有七例：田錫五例、范仲淹一例、文彥博一例；

　　「鐸」韻單押有兩例：王禹偁一例、范仲淹一例；「藥鐸」同用有五例：田錫一例、王禹偁兩例、文彥博兩例；

　　「陌」韻單押有王禹偁一例；「麥」韻單押有王禹偁一例；「昔」韻單押有兩例：王禹偁一例、范仲淹一例；「昔陌」同用有范仲淹一例；

　　「德」韻單押有五例：王禹偁三例、范仲淹一例、文彥博一例；「職德」同用有十九例：田錫兩例、王禹偁五例、范仲淹九例、文彥博三例；

　　「合盍」同用有兩例：田錫一例、文彥博一例；

　　「葉韻」單押有田錫一例；

至於「櫛」韻、「沒」韻、「黠」韻、「鎋」韻、「帖」韻、「洽」韻、「狎」韻、「業」韻、「乏」韻則未見押用。

3.入聲「合用」有三例：田錫〈雁陣賦以「葉落南翔雲飛水宿」為韻〉第八韻「沃、屋」合用、春色賦〈以「暖日和風春之色也」為韻〉第八韻「職德、薛」合用；王禹偁〈歸馬華山賦以「王者無事歸歐西岳」為韻〉第八韻「藥鐸、覺」合用。

第三節　用韻規律之特殊形態

一、同用單押

為解決創作時遇到窄韻難押的困難，《廣韻》允許窄韻可與鄰韻同用，考察北宋四大家律賦《廣韻》同用之例，多見「同用」之例單押一韻者，北宋四大家律賦之頻繁使用「同用」單押一韻，可見其驅遣窄韻之深厚功力，其中以《廣韻》「文韻」單押、「真韻」單押最具聲韻上之意義，茲分別加以說明：

依《廣韻》下平聲二十「文」韻獨用，二十一「欣」韻獨用，因「文」韻屬窄韻，故依宋代《禮部韻略》下平聲二十「文」韻與下平聲二十一「欣」韻同用。關於「文欣」通用的情形，南宋李燾《續資治通鑑長編》卷一百二十云：

> 景祐四年（1037）六月丙申，……又詔國子監以翰林學士丁度所修《禮部韻略》頒行。初，崇政殿說書賈昌朝言舊《韻略》多無訓釋，又疑混聲與重疊出字，不顯義理，致舉人詩賦或誤用之。遂詔度等以唐諸家韻本刊定其韻窄者

凡十三處，許令附近通用，疑混聲及重疊出字，皆於本字下解注之。[1]

至於這十三處韻部具體所指，李燾並未進一步說明，揆諸史料，亦無相關記載。《廣韻》「文欣」同用例是否為其中之一？清初顧炎武《音論》卷上「唐宋韻譜異同」先臚列《廣韻》韻部，依《廣韻》二十「文」獨用、二十一「殷」獨用[2]；又臚列《禮部韻略》韻部，依《禮部韻略》二十「文」與二十一「欣」通。顧炎武通觀上述兩本韻書，指出「《廣韻》二十『文』獨用，二十一『殷』獨用，今二十『文』與『欣』通」，並下注語：

宋許觀《東齋記事》云：「景祐四年詔國子監以翰林學士丁度所修《禮部韻略》頒行，其韻窄者凡十三處，許令附近通用。」；《玉海》亦云：「景祐中，直講賈昌朝請修《禮部韻略》其窄韻凡十有三，聽學者通用。」按唐時二十一「殷」雖云獨用，而字少韻窄，無獨用成篇者，往往於真韻中間一用之。如杜甫〈崔氏東山草堂詩〉用「芹」字；獨孤及〈送韋明府〉、〈答李滁州〉二詩用「勤」字是也。然絕無通「文」者。而二十「文」獨用則又絕無通「殷」者。合為一韻始自景祐。[3]

---

[1]　〔宋〕李燾，《續資治通鑑長編》（臺北：世界書局，1961 年），頁 298。

[2]　〔清〕顧炎武，《音學五書》（北京：中華書局，1982 年），頁 16。

[3]　同上注，頁 24。

「殷」韻即「欣」韻，因避宋廟諱，故改之。清戴震《聲韻考》卷二〈考定廣韻獨用同用四聲表〉考定：「文二十獨用，欣二十一獨用。」其按語云：

> 殷、隱二韻，顧氏辨之甚詳。後有吳下張刻宋本《廣韻》：「文」，注「欣同用」；「吻」，注「隱同用」，曹刻宋本《廣韻》同，皆景祐《禮部韻略》頒行後塗改之本，非《廣韻》舊注也。[4]

可見戴震認定《廣韻》「文」韻原本為「獨用」；清代錢大昕《十駕齋養新錄》卷五「唐宋韻同用獨用不同」也認為：

> 今以《廣韻》、《集韻》目錄參考，乃知昌朝所請改者：「殷」與「文」同用也，「隱」與「吻」同用也，「齗、橤」與「問」同用也，「迄」與「物」同用也，「廢」與「隊」、「代」同用也，「嚴」與「鹽」、「添」同用也，「凡」與「咸」、「銜」同用也，「儼」與「琰」、「忝」同用也，「范」與「謙」、「檻」同用也，「釅」與「豔」、「㮇」同用也。「梵」與「陷」、「鑑」同用也，「業」與「葉」「帖」同用也，「乏」與「洽」、「狎」同用也。《廣韻》殷、隱、焮、迄、廢五部皆獨用，「嚴」與「凡」同用，「儼」與「范」同用，「釅」

　　與「梵」同用，「業」與乏同用，此唐時相承之韻，而昌
　　朝輒請改之。[5]

錢氏也同意「文」、「殷」同用在賈昌期奏請合併《廣韻》十三
處同用之列。可見清代學者大多認可宋代賈昌朝奏請十三處窄
韻，許令附近通用，其中包括「文」、「欣」同用。晚近學者進
一論證唐代「文」、「欣」獨用，至宋代景祐四年之後而「文
欣」同用的現象，如王兆鵬《唐代科舉考試詩賦用韻研究》即詳
列從唐先天二年（713）至光化四年（901）科舉詩賦的用韻情
形，其中「文」、「欣」兩韻皆單押，未見同用。可見唐代確立
《廣韻》獨用、同用之例，「文」韻使用頻繁，但無一例是「文
欣」同用，遵守《廣韻》「文」、「欣」皆獨用之韻例[6]。胡建
升〈從唐宋科舉詩賦用韻看《廣韻》「文欣」同用的起始時間〉
[7]則考察宋代現存三十一篇試賦，發現其中押「文」韻或「欣」
韻者有六篇：太平興國二年（977）田錫解試〈開封府試人文化
成天下賦以「煥乎人文化成天下」為韻〉第一韻以「勳、文、墳」為
韻字；天聖八年（1030）歐陽修殿試〈殿試藏珠於淵賦以「君子
非貴難得之物為韻」〉其中第一韻以「君、分、聞」為韻字；慶曆二
年（1042）歐陽修擬御試〈進擬御試應天以實不以文賦以「推誠
應天，豈尚文飾」為韻〉其中第七韻以「文、聞、君、勳、云」為

5　載於〔清〕錢大昕著，陳文和、孫顯軍校點，《嘉定錢大昕全集》（南
　　京：江蘇古籍出版社，2000 年），頁 144。

6　詳參王兆鵬，《唐代科舉考試詩賦用韻研究》（濟南：齊魯書社，2004
　　年），頁 22-192。

7　《語言研究》第 30 卷第 2 期，2014 年 4 月，頁 38-42。

韻字；范祖禹錫慶院試〈天子龍袞賦以「天子龍袞文以為貴」為韻〉
其中第五韻以「君、勳、文、分」為韻字；嘉泰四年（1204）方
大琮鄉試〈文武之道同於伏羲賦以「文武之道上同伏羲」為韻〉，其
中第五韻以「文、君、聞、分、墳」為韻字，以上五篇試賦均單
押「文」韻。唯一例外的是慶曆二年（1042）金君卿御試〈應天
以實不以文賦以「推誠應天豈尚文飾」為韻〉，其中第七韻以「君、
聞、勤、文」為韻字，「君、聞、文」屬「文」韻，「勤」屬
「欣」韻，出現了唐宋科舉考試以來的第一例「文欣」同用。[8]
胡建升又考察現存宋代律賦剩下的二百七十餘篇中使用「文」韻
和「欣」韻的情形，其中關於北宋四大家律賦者，胡健升共摘出
范仲淹〈六官賦以「分職無曠王道行矣」為韻〉、〈任官惟賢材賦以
「分職求理當任賢者」為韻〉、〈聖人大寶曰位賦以「仁德之守光大君
位」為韻〉、〈淡交若水賦以「君子求友恬淡為上」為韻〉、〈體仁足
以長人賦以「君體仁道隨彼尊仰」為韻〉、〈天驥呈才賦以「君德通遠
天馬斯見」為韻〉，文彥博〈焚雉頭裘賦以「珍異之服焚去無取」為
韻〉、〈祭法天道賦以「君子之祭能合天道」為韻〉、〈雁字賦以「雲
淨天遠騰書成字」為韻〉共九篇單押《廣韻》「文」韻[9]，就筆者檢
索所及，北宋四大家律賦共有十四例單押《廣韻》「文」韻，茲
臚列如下：

　　1 豈天陣地陣之能詢，何圓陣方陣之足 云 。但見乘夕靄，
　　拂朝 雲 。羽翼自高，不讓於漢家飛將；煙霞遠沒，疑沉

於朔漢孤 軍 。　雁陣賦五　田錫　咸平集 9/2

2 大哉至明之 君 ，曆景運，集洪 勳 。躋域中於皇極，化天下以人 文 。時屬昇平，煥聲明於禮樂；道尊儒雅，發謨猷於典 墳 。　開封府試人文化成天下賦一　田錫　咸平集 9/2-3

3 勿謂乎天之在上，能覆於人；勿謂乎人之在下，不覆於 君 。政或施焉，乃咈違於民意；民斯叛矣，同謫見於天 文 。在乎觀百姓之勞逸，豈止仰一氣之絪 縕 而已哉！　君者以百姓為天賦一　王禹偁　小畜集 1086-13 上

4 蒙者處晦而弗曜，正者居中而弗 群 。守晦蒙而靡失，養中正而可 分 。處下韜光，允謂含章之士；居上弃智，斯為抱一之 君 。　蒙以養正賦一　范仲淹　范仲淹全集 15-16

5 聖人居域中之大，為天下之 君 。育黎庶而是切，喻肌體而可 分 。正四民而似正四支，每防怠墮；調百姓而如調百脉，何患糾 紛 ？　君以民為體賦一　范仲淹　范仲淹全集 425

6 伊六官之設也，所以經綸庶政，輔弼大 君 。治四方而公共，宅百揆而職 分 。克勤于邦，同致皇王之道；各揚其職，以成社稷之 勳 。　六官賦一　范仲淹　范仲淹全集 426

7 官也者，名器所守；賢也者，才謀不 群 。當建官而公共，惟任賢而職 分 。大則論道經邦，帝賚之猷允著；小則陳力就列，家食之嘆無 聞 。　任官惟賢材賦一　范仲淹　范仲淹全集 428

8 大哉！君以守位，位以居 君 。能辯方而是處，則行教而有 聞 。聖域旁連，想善鄰而是比；皇圖斯啓，睹王度以爰 分 。　聖人大寶曰位賦七　范仲淹　范仲淹全集 431

9 伊淡交之相愛，諭柔水於前 聞 。惟久要之情不瀆，而靈

長之德爰 分 。如通潤下之功，同行其道；似得朝宗之便，相薦於 君 。　淡交若水賦一　范仲淹　范仲淹全集 438

10　聖人受天命，體〈乾〉 文 。既克仁而是務，遂長人而不 群 。法元善之功，可處域中之大；奉博施之德，宜為天下之 君 。　體仁足以長人賦一　范仲淹　范仲淹全集 442

11　天產神驥，瑞符大 君 。偶昌運以斯出，呈良才而必 分 。眸迴紫電，鬣妥紅 雲 。星精效祥，聿歸三五之聖；龍姿挺异，不溺三千之 群 。　天驥呈才賦一　范仲淹　范仲淹全集 444

12　帝乃念茲至巧，命以俱 焚 。慮淫靡之下澌薄俗，恐奢華之上惑明 君 。俄委燎原之勢，遂同有齒之 文 。紅焰初騰，漠漠而漸成餘燼；青烟欲斷，依依而尚靄微 芬 。　焚雉頭裘賦五　文彥博　潞公文集 1100-578 下

13　稽立言於往典，考至德於明 君 。承大祭以無忒，法高穹而有 聞 。礿祀為儀，隨時之義寧爽；蘋蘩致潔，用天之道爰 分 。　祭法天道賦一　文彥博　潞公文集 1100-583 下

14　草木落兮雁來賓，揚清音兮凌紫 氛 。迆邐而齊舒勁羽，聯翩而宛類崩 雲 。幾陣斜飛，認初成於鳥跡；數行高騫，疑上雜於天 文 。　雁字賦一　文彥博　潞公文集 1100-585 上

田錫〈雁陣賦以「葉落南翔雲飛水宿」為韻〉其中第五韻以「云、雲、軍」為韻字；〈開封府試人文化成天下賦以「煥乎文章化被天下」為韻〉其中第一韻以「君、勳、文、墳」為韻字；王禹偁〈君者以百姓為天賦以「君有庶民如得天也」為韻〉其中第一韻以

「君、文、縕」為韻字；范仲淹〈蒙以養正賦以「君子能以蒙養其正」為韻〉其中一第韻以「群、分、君」為韻字；〈君以民為體賦以「君育黎庶如彼身體」為韻〉其中第一韻以「君、分、紛」為韻字；〈六官賦以「分職無曠王道行矣」為韻〉其中第一韻以「君、分、勛」為韻字；〈任官惟賢材賦以「分職求理當任賢者」為韻〉其中第一韻以「群、分、聞」為韻字；〈聖人大寶曰位賦以「仁德之守光大君位」為韻〉其中第七韻以「君、聞、分」為韻字；〈淡交若水賦以「君子求友恬淡為上」為韻〉其中第一韻以「聞、分、君」為韻字；〈體仁足以長人賦以「君體仁道隨彼尊仰」為韻〉其中第一韻以「文、群、君」為韻字；〈天驥呈才賦以「君德通遠天馬斯見」為韻〉其中第一韻以「君、分、雲、群」為韻字；文彥博〈焚雉頭裘賦以「珍異之服焚去無取」為韻〉其中第五韻以「焚、君、文、芬」為韻字；〈祭法天道賦以「君子之祭能合天道」為韻〉其中第一韻以「君、聞、分」為韻字；〈雁字賦以「雲淨天遠騰翥成字」為韻〉其中第一韻以「氛、雲、文」為韻字。以上韻字均屬《廣韻》「文」韻。

至於「真韻單押」，顧炎武《音論》卷上「唐宋韻譜異同」一文曾提及「唐時二十一『殷』雖云獨用，而字少韻窄，無獨用成篇者，往往於真韻中間一用之。」考諸唐代詩賦用韻，可見「真欣」合用之例[10]，但檢索北宋四大家律賦，卻未見「欣」韻押用，至於「真欣」合用則僅見於文彥博〈汾陰出寶賦以「皇漢之道神鼎斯出」為韻〉第五韻，試錄原文如下：

10　詳參耿志堅〈唐代元和前後詩人用韻考〉論證「真諄臻文欣魂痕合用」之例，載於《彰化師範大學學報》第 15 期，頁 130-134。

偉夫！萬邦悉慶，百辟咸 欣 。非鑄鼎以象物，蓋至誠之
感 神 。瑞啓明時，豈類宗周之寶；天祚皇德，實為巨漢
之 珍 。文彥博　潞公文集 1100-583 下

由上可知，本段以「欣、神、珍」為韻字，「欣」屬《廣韻》
「欣」韻，「神、珍」屬「真」韻，依《廣韻》「欣」獨用、
「真諄臻」同用，本段「欣真」合用，知其用韻較一官韻為寬；
值得注意的是，檢閱北宋四大家律賦，《廣韻》「真」韻單押就
有十例之多，茲臚列於下：

1 伊昔夏禹，君臨兆 民 ，設五聲以羅列，從萬務以躬 親 。
詢采謨猷，雖芻蕘之必達；敷陳忠讜，因金石以來 伸 。
故德如天贊，功惟日 新 。所以文命稱為聖 人 者也。　五聲
聽政賦一　田錫　咸平集 8/4
2 取彼穹 旻 ，方茲兆 民 。匪在蒼蒼之色，勿輕蠢蠢之
人 。雖令不從，反時之災是比；撫我則后，無親之義斯
陳 。　君者以百姓為天賦三　王禹偁　小畜集 1086-13 上
3 探諸妙，賾諸 神 ，知我者謂我在屈而求 伸 。異蜂蠆之
毒，唯思螫 人 ；等龍蛇之蟄，實可存 身 。　尺蠖賦七　王禹
偁　小畜集 1086-14 下
4 至明在上，無遠弗 賓 。得天下為心之要，示聖王克己之
仁 。政必順民，蕩蕩洽大同之化；禮皆從俗，熙熙無不
獲之 人 。　用天下心為心賦一　范仲淹　范仲淹全集 23
5 聖人以正茲盛位，御彼兆 民 。故稱之於大寶，實守之於
至 仁 。保于域中，既永綏於南面；貴乎天下，自可象於

北 辰 。　聖人大寶曰位賦一　范仲淹　范仲淹全集431

6 君子乃時法斯道，力行乎 仁 。俾剛健之克著，致惻隱以

昭 陳 。敦惠愛以為心，首出庶物；得慈和而示化，利見

大 人 。　體仁足以長人賦三　范仲淹　范仲淹全集442

7 是知寶金璧者，見弃於聖 人 ；寶稼穡者，克濟於生 民 。

得之則九年利用，闕之則百姓食 貧 。多既如雲，寧愧白

虹之氣？析於元日，似求赤水之 珍 。　稼穡惟寶賦五　范仲淹

范仲淹全集445

8 晉武帝以德繼惟睿，功齊乃 神 。焚雉裘而崇儉，負鳳辰

以臨 民 。化彼元元，必被先王之服；燔茲楚楚，蓋除希

世之 珍 。　焚雉頭裘賦一　文彥博　潞公文集1100-578下

9 稽禮經之垂訓，見孝子之奉 親 。俾繼襲于先志，蓋博諭

於後 人 。必學為箕，既顯奉親之孝；無改于父，克彰務

本之 因 。　孝者善繼人之志賦一　文彥博　潞公文集1100-580上

10 偉哉斯 人 ，揚名立 身 。以學優而既顯，將誠感以斯

親 。有同乎周季劉臻，皆稱漢聖；且異夫隋初楊素，止

號江 神 。　經神賦七　文彥博　潞公文集1100-586上

田錫〈五聲聽政賦以「聖人虛懷求理設教」為韻〉第一韻以「民、親、伸、新、人」為韻字；王禹偁〈君者以百姓為天賦以「君有庶民如得天也」為韻〉第三韻以「旻、民、人、陳」為韻字；〈尺蠖賦以「尺蠖之屈以求伸也」為韻〉第七韻以「神、伸、人、身」為韻字；范仲淹〈用天下心為心賦以「人主當用天下心矣」為韻〉第一韻以「賓、仁、人」為韻字；范仲淹〈聖人大寶曰位賦以「仁德之守光大君位」為韻〉第一韻以「民、仁、辰」為韻字；〈體仁足以長

以長人賦以「君體仁道隨彼尊仰」為韻〉第三韻以「仁、陳、人」為韻字；〈稼穡惟寶賦以「王者崇本民食為貴」為韻〉第五韻以「人、民、貧、珍」為韻字；文彥博〈焚雉頭裘賦以「珍異之服焚去無取」為韻〉第一韻以「神、民、珍」為韻字；〈孝者善繼人之志賦以「人子行孝能繼先志」為韻〉第一韻以「親、人、因」為韻字；〈經神賦以「明識經旨能若神矣」為韻〉第七韻以「人、身、親、神」為韻字。以上韻字均屬《廣韻》「真」韻。

　　上述十例「真韻」皆單押，「真」韻屬窄韻，依《廣韻》規定，可與「諄」韻、「臻」韻同用，北宋四大家律賦之中，「真臻」同用有田錫一例；「真諄」同用有十六例：田錫三例、王禹偁一例、范仲淹八例、文彥博四例；「真諄臻」同用有田錫一例。可見上述顧炎武《音論》所謂「欣」韻「無獨用成篇者，往往於真韻中間一用之。」的變通現象在北宋四大家律賦已多回歸《廣韻》正常的用韻規範，「真欣」合用僅偶一為之。

二、異部合用

　　北宋四大家律賦使用合用有十六韻，可分為「上平聲合用」、「下平聲合用」、「上聲合用」、「去聲合用」、「入聲合用」五種，茲引錄各韻原文如下：

> 1 美哉！謙尊而卑不可踰，體道而受人以虛。信君臣之共濟，若魚水之相濡。諫有五焉，所以五器之音命爾；德惟一也，宜以一言之善弼余。　　五聲聽政賦七　田錫　咸平集
> 8/5
> 2 徒觀其載飛載止，匪疾匪徐。矧徊翔而翩若，心高潔以

依 于 。翩迅羽以噰噰，弋人何慕；仰層巒而岌岌，陽鳥

攸 居 。　鴻漸于陸賦三　文彥博　潞公文集 1100-579 下

3 偉夫！萬邦悉慶，百辟咸 欣 。非鑄鼎以象物，蓋至誠之

感 神 。瑞啟明時，豈類宗周之寶；天祚皇德，實為巨漢

之 珍 。　汾陰出寶鼎賦五　文彥博　潞公文集 1100-579 上

4 豈不以政者為民而設，民者惟政是 平 ？違之則事悖，順

之則教 興 。乃古今之必重，實聖賢之所 能 。亦猶梓匠任

材，因曲直而制作；化工造物，隨大小而陶 甄 。　政在順

民心賦五　范仲淹　范仲淹全集 449

5 然則帝者民之宗焉，仁者教之大 也 。帝居大於域內，仁

為表於天 下 。諮詢四岳，何异樂山之情？統御八元，允

謂長人之 美 。　堯舜帥天下以仁賦六　范仲淹　范仲淹全集 424-425

6 是何盛德昭然，遺芬若 此 。當一時之攸仰，俾千載而可

蹝 。神兮神兮與百神而有殊，吾亦禱之久 矣 。　經神賦八

文彥博　潞公文集 1100-586 上

7 宜乎恩普黎元，澤均品 彙 。鹿鳴食野以斯樂，魚性悅泉

而自 遂 。亦猶高無不覆，三辰垂象於昊天；廣無不包，

萬物流形於厚 地 。　聖德合天地賦四　田錫　咸平集 8/3-4

8 原夫聖澤遐敷，皇風廣 被 。當百度之攸敘，見萬邦之從

乂 。諸侯述職，既悉貢于瑰奇；擴俗賓王，亦咸輸于珍

異 。　焚雉頭裘賦二　文彥博　潞公文集 1100-578 下

9 原其運屬陵遲，力興儒 素 。道將侔於皇極，化實被于黔

庶 。文、行、忠、信，設萬世之紀綱；《禮》、

《樂》、《詩》、《書》，崇百王之法 度 。　仲尼為素王賦

二　王禹偁　小畜集 1086-12 上-1086-12 下

10　大矣哉！行度無差，寒暄自□退□。天垂象以是仰，世作則而斯□在□。年年兮東作西成，明明而可久可□大□。　　火星中而寒暑退賦八　王禹偁　小畜集 1086-17 上

11　蓋以安不忘危，先王之□訓□；理不忘亂，聖人所□慎□。雖寶祚之重熙，當昌朝之應□運□。《禮》稱秋獮，法無爽於威加；《易》貴師貞，動必遵於豫□順□。　　西郊講武賦二　田錫　咸平集 8/1-2

12　當其如天者堯，繼堯者□舜□。守位而時既相接，行仁而性亦相□近□。內睦九族，善鄰之志咸和；外黜四凶，有勇之風遐□振□。　　堯舜帥天下以仁賦二　范仲淹　范仲淹全集 424

13　厥時徵□讘□，拜書以□薦□。遂使乎賢者能者，靡至乎自謀自□衒□。有才見舉，固於我以何求；在邦必詢，所欲人之知□勸□。　　鄉老獻賢能書賦四　王禹偁　小畜集 1086-255 下

14　乃知接武煙鴻，追蹤霜□鶬□。既橫空而似陣，自違寒而順□燠□。北方遠兮南圖，遙雲飛兮水□宿□。　　雁陣賦八　田錫　咸平集 9/2

15　有多士逢時，觀光上□國□。金牓中太常之第，玉階謝帝皇之□德□。柳陌杏園，花驄寶□勒□。雪袍綴行，桂枝新□折□。觀者如堵，有以見滿身春□色□。　　春色賦八　田錫　咸平集 9/8

16　美矣夫帝道方行，王師既□鑠□。取威罔在於凶器，耀德唯矜於朽□索□。有以見太平之業兮邁前王，可登封於泰□岳□。　　歸馬華山賦八　王禹偁　小畜集 1086-264 下

根據上述引文，可知：

北宋四大家律賦上平聲「合用」有三例：田錫〈五聲聽政賦

以「聖人虛懷求理設教」為韻〉、文彥博〈鴻漸于陸賦以「鴻在于陸為世儀表」為韻〉、〈汾陰出寶鼎賦以「皇漢之道神鼎斯出」為韻〉，茲分述如下：

田錫〈五聲聽政賦以「聖人虛懷求理設教」為韻〉第七韻「魚、虞」合用：本韻以「踰、虛、濡、余」為韻字，「踰、濡」屬《廣韻》「虞」韻，「虛、余」屬「魚」韻；依《廣韻》「虞模」同用；「魚」獨用。今「魚、虞」合用，知其用韻較一般官韻為寬。

文彥博〈鴻漸于陸賦以「鴻在于陸為世儀表」為韻〉第三韻「魚、虞」合用：本韻以「徐、于、居」為韻字，「徐、居」屬《廣韻》「魚」韻，「于」屬「虞」韻；依《廣韻》「虞模」同用；「魚」獨用。今「魚、虞」合用，知其用韻較一般官韻為寬。

文彥博〈汾陰出寶鼎賦以「皇漢之道神鼎斯出」為韻〉第五韻「真、欣」合用：本韻以「欣、神、珍」為韻字，「欣」屬《廣韻》「欣」韻，「神、珍」屬「真」韻，依《廣韻》「文欣」同用；「真諄臻」同用。今「真、欣」合用，知其用韻較一般官韻為寬。

北宋四大家律賦下平聲「合用」有一例，出現於范仲淹〈政在順民心賦以「明主施政能順民欲」為韻〉第五韻。本韻以「平、興、能、蒸」為韻字，「平」屬《廣韻》庚韻，「興、蒸」屬蒸韻，「能」屬登韻，依《廣韻》「庚耕清」同用；「蒸登」同用。今「蒸登、庚」合用，知其用韻較一般官韻為寬。

北宋四大家律賦上聲「合用」有兩例，分別出現於范仲淹〈堯舜帥天下以仁賦以「堯舜仁化天下從矣」為韻〉第六韻、文彥博

〈經神賦以「明識經旨能若神矣」為韻〉第八韻，茲分述如下：

范仲淹〈堯舜帥天下以仁賦以「堯舜仁化天下從矣」為韻〉第六韻以「也、下、美」為韻字，「也、下」屬《廣韻》馬韻，「美」屬旨韻。依《廣韻》「馬」獨用；「紙旨止」同用。今「馬、旨」合用，知其用韻較一般官韻為寬。文彥博〈經神賦以「明識經旨能若神矣」為韻〉第八韻以「此、䪥、矣」為韻字，「此」屬《廣韻》「紙」韻，「䪥」屬「尾」韻，「矣」屬「止」韻，依《廣韻》「紙旨止」同用；「尾」獨用。今「紙止、尾」合用，知其用韻較一般官韻為寬。

北宋四大家律賦去聲「合用」有七例，分別出現於田錫〈聖德合天地賦以「聖德昭彰合乎天地」為韻〉第四韻、文彥博〈焚雉頭裘賦以「珍異之服焚去無取」為韻〉第二韻、王禹偁〈仲尼為素王賦以「儒素之道尊比王者」為韻〉第二韻、〈火星中而寒暑退賦以「心火中則寒暑斯退」為韻〉第八韻、田錫〈西郊講武賦以「順時閱兵俾民知戰」為韻〉第二韻、范仲淹〈堯舜帥天下以仁賦以「堯舜仁化天下從矣」為韻〉第二韻、王禹偁〈鄉老獻賢能書賦以「鄉老之薦登彼天府」為韻〉第四韻，茲分述如下：

田錫〈聖德合天地賦以「聖德昭彰合乎天地」為韻〉第五韻以「彙、遂、地」為韻字，「彙」屬《廣韻》「未」韻，「遂、地」屬「至」韻，依《廣韻》「未」獨用；「寘至志」同用。今「未、至」合用，知其用韻較一般官韻為寬。

文彥博〈焚雉頭裘賦以「珍異之服焚去無取」為韻〉第二韻以「被、义、異」為韻字，「被」屬《廣韻》「寘」韻，「义」屬「廢」韻，「異」屬「志」韻，依《廣韻》「寘至志」同用；「廢」獨用。今「寘志、廢」合用，知其用韻較一般官韻為寬。

　　王禹偁〈仲尼為素王賦以「儒素之道尊比王者」為韻〉第二韻
「御、暮」合用：本段以「素、庶、度」為韻字，「素、度」屬
《廣韻》「暮」韻，「庶」屬「御」韻，依《廣韻》「遇暮」同
用；「御」獨用。今「御、暮」合用，知其用韻較一般官韻為
寬。

　　王禹偁〈火星中而寒暑退賦以「心火中則寒暑斯退」為韻〉第八
韻以「退、在、大」為韻字，「退」屬《廣韻》「隊」韻，
「在」屬「代」韻，「大」屬「泰」韻，依《廣韻》「隊代」同
用；「泰」獨用。今「隊代、泰」合用，知其用韻較一般官韻為
寬。

　　田錫〈西郊講武賦以「順時閱兵俾民知戰」為韻〉第二韻以
「訓、慎、運、順」為韻字，「訓、運」屬《廣韻》「問」韻，
「慎」屬「震」韻，「順」屬「稕」韻，依《廣韻》「問」獨
用；「震稕」同用。今「震稕、問」合用，知其用韻較一般官韻
為寬。

　　范仲淹〈堯舜帥天下以仁賦以「堯舜仁化天下從矣」為韻〉第二
韻以「舜、近、振」為韻字，「舜」屬《廣韻》「稕」韻，
「近」屬「焮」韻，「振」屬「震」韻，依《廣韻》「震稕」同
用；「焮」獨用。今「震稕、焮」合用，知其用韻較一般官韻為
寬。

　　王禹偁〈鄉老獻賢能書賦以「鄉老之薦登彼天府」為韻〉第四韻
以「譴、薦、衒、勸」為韻字，「譴、薦、衒」屬《廣韻》
「霰」韻，「勸」屬「願」韻，依《廣韻》「霰線」同用；「願
恩恨」同用。今「霰、願」合用，知其用韻較一般官韻為寬。

　　北宋四大家律賦入聲「合用」有三例，分別出現於田錫〈雁

陣賦以「葉落南翔雲飛水宿」為韻〉第八韻、春色賦〈以「暖日和風春之色也」為韻〉第八韻、王禹偁〈歸馬華山賦以「王者無事歸歌西岳」為韻〉第八韻，茲分述如下：

　　田錫〈雁陣賦以「葉落南翔雲飛水宿」為韻〉第八韻以「鵠、燠、宿」為韻字，「鵠」屬《廣韻》「沃」韻，「燠、宿」屬「屋」韻，依《廣韻》「沃燭」同用；「屋」獨用。今「沃、屋」合用，知其用韻較一般官韻為寬。

　　田錫〈春色賦以「暖日和風春之色也」為韻〉第八韻「職德、薛」合用：本韻以「國、德、勒、折、色」為韻字，「國、德、勒」屬《廣韻》「德」韻，「折」屬「薛」韻，「色」屬「職」韻。依《廣韻》「職德」同用；「屑薛」同用。今「職德、薛」合用，知其用韻較一般官韻為寬。

　　王禹偁〈歸馬華山賦以「王者無事歸歌西岳」為韻〉第八韻以「鑠、索、岳」為韻字，「鑠」屬《廣韻》「藥」韻，「索」屬「鐸韻」，「岳」屬「覺」韻，依《廣韻》「藥鐸」同用；「覺」獨用。今「藥鐸、覺」合用，知其用韻較一般官韻為寬。

三、四聲通押

　　北宋四大家律賦使用通押有六韻，可分為「上去通押」、「平去通押」、「平入通押」三種，茲引錄各韻原文如下：

> 1 徒觀其妙有羣生，躬臨大 寶 。寧鑽燧以啟祚，豈巢居而建 號 ？聰明盡黜，周求濬哲之裦；迹用弗彰，但守虛無之 道 。　聖人無名賦四　王禹偁　小畜集 1086-15 上
>
> 2 徒觀其御彼六龍，齊乎一 馬 。尚恭默之至道，闡希夷之

大[化]。國風穆若，克清壽域之中；物態熙然，盡列春臺之[下]。　崆峒山問道賦六　王禹偁　小畜集 1086-260 下

3 又嘗觀上玄之[理]，與張弓兮匪[異]。損有餘以示誡，補不足而平[施]。小人用壯，唯六極而是[懼]；君子好謙，乃百祥而咸[萃]。　天道如張弓賦四　王禹偁　小畜集 1086-11 下-1086-12 上

4 觀其司徒之職既揚，王者之教云[下]。使穆穆而鄉飲，俾濟濟而燕[射]。將以弧矢之利，習彼威儀；復於樽俎之間，宣其教[化]。　陽禮教讓賦二　范仲淹　范仲淹全集 443

5 烈烈湯[湯]，曰陰曰陽。其數六者柔而勝，其數七者熾而[昌]。六以陰而習乎〈坎〉位，七以陽而配彼〈離〉[方]。〈離〉〈坎〉誠非其一致，陰陽安得而兩[忘]？雖天生之材，本四象而區別；蓋日月之利，合二體以交[相]。　水火不相入而相資賦三　范仲淹　范仲淹全集 450

6 夫如是，則張其弓，挾其矢，體由基之所[長]；天道遠，人道邇，非禆寵之能[量]。是以君者撫其弱，抑其[強]。如猿臂之盡妙，中鵠心而允[臧]。向使天理或爽，君道靡[常]。自然及時而反[德]，又烏可稱帝而稱[王]者哉？　天道如張弓賦七　王禹偁　小畜集 1086-12 上

根據上述引文，可知：

　　北宋四大家律賦「上去通押」有四例，分別出現於王禹偁〈聖人無名賦以「元聖之道無得稱焉」為韻〉第四韻、〈崆峒山問道賦以「黃帝之道天下清淨」為韻〉第六韻、〈天道如張弓賦以「王者喻身則此宜施」為韻〉第四韻、范仲淹〈陽禮教讓賦以「修射崇飲民不爭

矣」為韻〉第二韻，茲分述如下：

王禹偁〈聖人無名賦以「元聖之道無得稱焉」為韻〉第四韻以「寶、號、道」為韻字，「寶、道」屬《廣韻》「皓」韻，「號」屬「号」韻，依《廣韻》「皓」獨用；「号」獨用。今「皓、号」上去通押，知其用韻較一般官韻為寬。〈崆峒山問道賦以「黃帝之道天下清淨」為韻〉第六韻以「馬、化、下」為韻字，「馬、下」屬《廣韻》「馬」韻，「化」屬「禡」韻，依《廣韻》「馬」獨用；「禡」獨用。今「馬、禡」上去通押，知其用韻較一般官韻為寬。

王禹偁〈天道如張弓賦以「王者喻身則此宜施」為韻〉第四韻以「理、異、施、萃」為韻字，「理」屬《廣韻》「止」韻，「異」屬「志」韻，「施」屬「寘」韻，「萃」屬「至」韻，依《廣韻》「寘至志」同用。律賦一般於聯句句末押韻，其中「理」字位居上下句之句腰，本可不押韻，但其與下段形成分韻聯對，分韻聯對一般上下兩聯於同一句式位置押韻，且看本段以下一段的原文與韻字：

> 又嘗觀上聖之 姿 ，法天道兮緝 熙 。令先禁於強暴，心不忘於悍 婺 。百姓與能，自樂財成之道；四時咸序，爰歸輔相之 宜 。　《小畜集》　1086/11 下-12 上

本韻以「姿、熙、婺、宜」為韻字，「姿」屬《廣韻》「脂」韻，「熙、婺」屬「之」韻，「宜」屬「支」韻，依《廣韻》「脂之支」同用。本段之「姿」與上段之「理」字相對成文，故「理」字亦當為韻字，「理」既屬「止」韻，則該段「寘至志、

止」上去通押，知其用韻較一般官韻為寬。

　　范仲淹〈陽禮教讓賦以「修射崇飲民不爭矣」為韻〉其中第二韻以「下、射、化」為韻字，「下」屬《廣韻》馬韻，「射、化」屬禡韻，依《廣韻》「馬」獨用；「禡」獨用。今「馬、禡」上去通押，知其用韻較一般官韻為寬。

　　北宋四大家律賦「平去通押」有范仲淹〈水火不相入而相資賦以「其性相反同濟於用」為韻〉一例：本篇第三韻以「湯、陽、昌、方、忘、相」為韻字，「湯、陽、昌、方、相」屬《廣韻》「陽」韻，「忘」屬「漾」韻，依《廣韻》「陽唐」同用；「漾宕」同用。今「陽、漾」平去通押，知其用韻較一般官韻為寬。

　　北宋四大家律賦「平入通押」也僅有一例，出現於王禹偁〈天道如張弓賦以「王者喻身則此宜施」為韻〉。本篇第七韻以「長、量、強、臧、常、德、王」為韻字，「長、量、強、常、王」屬《廣韻》「陽」韻，「臧」屬「唐」韻，「德」屬「德」韻，依《廣韻》「陽唐」同用；「職德」同用。今「陽唐、德」合用，知其用韻較一般官韻為寬。

第三章　北宋四大家
律賦題下限韻之考察

第一節　題下限韻之整體形態

一、押本字與不押本字

　　以下表列北宋四大家律賦之題下限韻字，題韻後標示篇名、作者、篇章出處；以「○」表示不押本字，至於因版本不同出現之異文，亦一併表列，並以方框標示，以見其押用之情形：

表 3-1

編號	題韻	實押題韻	
		田錫	
1	順時閱兵俾民知戰	兵順時戰知閱民俾	西郊講武賦　咸平集8/1-3
2	聖德昭彰合乎天地	天聖彰地昭合乎德	聖德合天地賦　咸平集8/3-4
3	聖人虛懷求理設教	人理懷設求教虛聖	五聲聽政賦　咸平集8/4-5
4	玉峯礐峭鮮潔新明	玉鮮峭明潔礐峯礐新	羣玉峰賦　咸平集8/7-8
5	葉落南翔雲飛水宿	飛水翔落雲葉南宿	雁陣賦　咸平集9/1-2
6	煥乎文章化被天下	文化天被章煥乎下	開封府試人文化成天下賦　咸平集9/2-4
7	皇猷昭宣禮樂備舉	宣備昭舉皇禮猷樂	南省試聖人並用三代禮樂賦　咸平集9/4-5

編號	題韻	實押題韻	
8	功德雙美威震寰海	功德雙美威震寰海 9/5-6	御試不陣而成功賦　咸平集
9	暖日和風春之色也	風也春暖○日和色	春色賦　咸平集8/6-8
10	芳天曉景悅聽清音	芳曉清悅天景音聽	曉鶯賦　咸平集9/8-9
		王禹偁	
1	盈側空仰隨變和美	盈側空仰隨變和美 上-11下	卮言日出賦　小畜集1086-11
2	王者喻身則此宜施	則喻身施宜此王者 265下-266上	天道如張弓賦　小畜集1086-
3	儒素之道尊比王者	儒素之道尊比王者 12下	仲尼為素王賦　小畜集12上-
4	君有庶民如得天也	君有民庶如得○也 1086-265下-266上	君者以百姓為天賦　小畜集
5	天地幽賾觀象斯見	天地幽賾觀象斯見 1086-13下-14上	復其見天地之心賦　小畜集
6	尺蠖之屈以求伸也	蠖以之屈求尺伸也 下	尺蠖賦　小畜集1086-14上-14
7	元聖之道無得稱焉	大聖之道無得稱也 《四部叢刊・初編》17	聖人無名賦　《小畜集》
8	天地之間其猶橐籥	天地之間其猶橐籥 上	橐籥賦　小畜集1086-15上-16
9	王者之瑞何有源本	王者之瑞何有原本 《四部叢刊・初編》19	醴泉無源賦　《小畜集》
10	心火中則寒暑斯退	心火中則寒暑斯退 1086-16下-17上	火星中而寒暑退賦　小畜集
11	鄉老之薦登彼天府	鄉老之薦登彼天府 1086-255下-256上	鄉老獻賢能書賦　小畜集
12	黃屋車貴非帝堯意	黃屋車貴非帝堯意 257上-257下	黃屋非堯心賦　小畜集1086-
13	陽景陰魄光彼天德	陽景陰魄光被天德	日月光天德賦　小畜集

編號	題韻	實押題韻
		《四部叢刊・初編》367
14	黃帝之道天下清淨	黃帝之道天下清淨　崆峒山問道賦　小畜集1086-260上-260下
15	能中正鵠男子之事	能中正鵠男子之事　射宮選士賦　小畜集1086-262下-263上
16	王者無事歸歟西岳	王者無事歸歟西岳　歸馬華山賦　小畜集1086-264上-264下
17	賢國之寶家食生客	賢國之寶家食生客　賢不家食賦　小畜集1086-265下-266上
18	天地之禮張樂雍美	天地之禮張樂雍美　大合樂賦　小畜集1086-267上-267下
	范仲淹	
1	明星有爛萬壽無疆	明壽無有星爛疆萬　老人星賦　范仲淹全集13-14
2	元聖之德通變如此	元聖之[道]通變如此　老子猶龍賦　范文正公集《四部叢刊》148下
3	君子能以蒙養其正	君子能以蒙養其正　蒙以養正賦　范仲淹全集15-16
4	崇禮明義斯以為器	崇禮明義斯以為器　禮義為器賦　范仲淹全集16-17
5	民庶同樂今古何異	民庶同樂今古何異　今樂猶古樂賦　范仲淹全集17-18
6	誠發為德彰彼天性	誠發為德彰彼天性　省試自誠而明謂之性賦　范仲淹全集18-19
7	金在良冶求鑄成器	金在良冶求鑄成器　金在熔賦　范仲淹全集20
8	嘉魚可致何羨之有	之致何有嘉可魚羨　臨川羨魚賦　范仲淹全集21-22
9	如歲大旱汝為霖雨	歲為汝如旱大霖雨　水車賦　范仲淹全集22-23
10	人主當用天下心矣	人主當用天下心矣　用天下心為心賦　范仲淹全集23-24
11	堯舜仁化天下從矣	堯舜仁化○下從矣　堯舜帥天下以仁賦　范仲淹全

編號	題韻	實押題韻
		集424-425
12	君育黎庶如彼身體	君育黎庶如彼身體 425-426　　君以民為體賦　范仲淹全集
13	分職無曠王道行矣	分職無曠王道行矣　　六官賦　范仲淹全集426-427
14	天下無事兵器銷偃	天下無事兵器銷偃 427-428　　鑄劍戟為農器賦　范仲淹全集
15	分職求理當任賢者	分職求理當任賢者 428-429　　任官惟賢材賦　范仲淹全集
16	王者從諫如彼流水	王者從諫如彼流水　　從諫如流賦　范仲淹全集430
17	仁德之守光大君位	仁德之守光大君位 431　　聖人大寶曰位賦　范仲淹全集
18	尊尚賢者寧有家食	尊尚賢者寧有家食　　賢不家食賦　范仲淹全集432
19	窮彼神道然後知化	窮彼神道然後知化　　窮神知化賦　范仲淹全集433
20	剛健純粹其象金也	剛健純粹其象金也 434-435　　乾為金賦　范仲淹全集
21	王者天下何外之有	王者天下何外之有 436　　王者無外賦　范仲淹全集435-
22	通彼天地人謂之易	通彼天地人謂之易 438　　易兼三材賦　范仲淹全集437-
23	君子求友恬淡為上	君子求友恬淡為上 439　　淡交若水賦　范仲淹全集438-
24	求善言以資國之用	求善言以資國之○ 440　　養老乞言賦　范仲淹全集439-
25	賢實邦寶何地能及	賢實邦本何地能及　　得地千里不如一賢賦　范文正公集　《四部叢刊》163下
26	君體仁道隨彼尊仰	君體仁道隨彼尊仰 442　　體仁足以長人賦　范仲淹全集
27	修射崇飲民不爭矣	修射崇飲民不爭矣　　陽禮教讓賦　范仲淹全集443
28	君德通遠天馬斯見	君德通遠天馬斯見 445　　天驥呈才賦　范仲淹全集444-

編號	題韻	實押題韻	
29	王者崇本民食為貴	王者崇本民食為○	稼穡惟寶賦　范仲淹全集445-446
30	天道常益謙損之義	天道常益謙損之義	天道益謙賦　范仲淹全集446-447
31	淳一敷教為天下式	淳一敷教天下為式	聖人抱一為天下賦　范仲淹全集447-448
32	明主施政能順民欲	明主施政能順民欲	政在順民心賦　范仲淹全集448-449
33	其性相反同濟於用	其性相反同濟於用	水火不相入而相資賦　范仲淹全集449-450
34	常禮之外天地同節	常禮之外天地同節	大禮與天地同節賦　范仲淹全集682-683
35	先聖觀象因制乎器	先聖觀象因制乎器	觀象制器賦　范仲淹全集683-684
		文彥博	
1	天下侯國春入方物	天下侯國春入方物	省試諸侯春入貢賦　潞公文集1100-577上-577下
2	修舉春祀崇尚圭薦	修舉春祀崇尚圭薦	省試青圭禮東方賦　潞公文集1100-577下-578上
3	珍異之服焚去無取	珍異之服焚去無取	焚雉頭裘賦　潞公文集1100-578下-579上
4	皇漢之道神鼎斯出	皇漢之道神鼎斯出	汾陰出寶鼎賦　潞公文集1100-579上-579下
5	鴻在于陸為世儀表	鴻在于陸為世儀表	鴻漸于陸賦　潞公文集1100-579下-580上
6	人子行孝能繼先志	人子行孝能繼先志	孝者善繼人之志賦　潞公文集1100-580上-580下
7	天下之教由此而出	天下之教由此而出	中者天下之大本賦　潞公文集1100-580下-581上
8	能得師者王道成矣	能得師者王道成矣	能自得師者王賦　潞公文集

編號	題韻	實押題韻
		1100-581下-582上
9	儒者崇學多以為富	儒者崇學多以為富　多以為富賦　潞公文集1100-581下-582上
10	能主其善成此師道	能主其善成此師道　主善為師賦　潞公文集1100-583上-583下
11	君子之祭能合天道	君子之祭能合天道　祭法天道賦　文彥博　潞公文集1100-583下-584上
12	元氣之用生是天地	元氣之用生是天地　一生二賦　潞公文集1100-584上-584下
13	雲淨天遠騰書成字	雲淨天遠騰書成字　雁字賦　潞公文集1100-584下-585下
14	明識經旨能若神矣	明識經旨能若神矣　經神賦　潞公文集1100-585下-586上
15	春祀牛設農作無忒	春祀牛設農作無忒　土牛賦　潞公文集1100-586上下-586下
16	亨達之路無復凝滯	祥瑞之氣因孝而至　天衢賦　潞公文集1100-587上-587下
17	祥瑞之氣因孝而至	亨達之路無復凝滯　玉雞賦　潞公文集1100-586下-587上

製表人：陳成文

根據上述表格，可知：

（一）田錫十篇律賦之中，不押本字者有〈春色賦〉一篇，其餘九篇均押本字；王禹偁十八篇律賦之中，不押本字者〈君者以百姓為天賦〉一篇，其餘十七篇均押本字；范仲淹三十五篇律賦之中，不押本字者有〈堯舜帥天下以仁賦〉、〈養老乞言賦〉、〈稼穡惟寶賦〉三篇，其餘三十二篇均押本字；文彥博十七篇律賦均押本字。

　　（二）因版本不同，題下限韻字偶見異文者，如王禹偁《小畜集》卷二收〈聖人無名賦〉一篇，其題韻四庫本標為「元聖之道無得稱焉」，《四部叢刊‧初編》本則標為「大聖之道無得稱也」；《小畜集》卷二收〈醴泉無源賦〉一篇，其題韻四庫本標為「王者之瑞何有源本」，《四部叢刊‧初編》本則標為「王者之瑞何有原本」；又，《小畜集》卷二十六收〈日月光天德賦〉一篇，其題韻四庫本標為「陽景陰魄光彼天德」，《四部叢刊‧初編》本則標為「「陽景陰魄光被天德」。范仲淹《范文正公文集》卷一收〈老子猶龍賦〉一篇，其題韻四庫本標為「元聖之德通變如此」，《四部叢刊》本則標為「元聖之道德通變如此」；又范仲淹《范文正公別集》卷二收〈得地千里不如一賢賦〉一篇，其題韻四庫本標明「賢實邦寶何地能及」，《四部叢刊》本則標為「賢實邦本何地能及」。

二、限韻次序與平仄

　　以下表列北宋四大家律賦之作者、篇名、題下限韻、題下限韻平仄次序、實押題韻、實押題韻四聲次序、平仄總數，以見其題下限韻之平仄、實押平仄與四聲配置之情形：

表 3-2

編號	篇名	原題韻	原題韻平仄次序	實押題韻	實押題韻四聲次序	平仄總數
			田錫			
1	西郊講武賦	順時閱兵 俾民知戰	仄平仄平 仄平平仄	兵順時戰 知閱民俾	平去平去 平入平上	四平 四仄
2	聖德合天地賦	聖德昭彰 合乎天地	仄仄平平 仄平平仄	天聖彰地 昭合乎德	平去平去 平入平入	四平 四仄

編號	篇名	原題韻	原題韻平仄次序	實押題韻	實押題韻四聲次序	平仄總數
3	五聲聽政賦	聖人虛懷 求理設教	仄平平平 平仄仄仄	人理懷設 求教虛聖	平上平入 平去平去	四平 四仄
4	羣玉峰賦	玉峯嶒峭 鮮潔新明	仄平平仄 平仄平平	玉鮮峭明 潔峯嶒新	入平去平 入平上平	四平 四仄
5	雁陣賦	葉落南翔 雲飛水宿	仄仄平仄 平平仄仄	飛水翔落 雲葉南宿	平上平入 平入平入	四平 四仄
6	開封府試人文化成天下賦	煥乎文章 化被天下	仄平平平 仄仄平仄	文化天被 章煥乎下	平去平去 平平平上	四平 四仄
7	南省試聖人並用三代禮樂賦	皇猷昭宣 禮樂備舉	平平平平 仄仄仄仄	宣備昭舉 皇禮猷樂	平去平上 平上平入	四平 四仄
8	御試不陣而成功賦	功德雙美 威震寰海	平仄平仄 平仄平仄	功德雙美 威震寰海	平入平上 平去平上	四平 四仄
9	春色賦	暖日和風 春之色也	仄仄平平 平平仄仄	風也春暖 之日和色	平上平上 平入平入	四平 四仄
10	曉鶯賦	芳天曉景 悅聽清音	平平仄仄 仄仄平平	芳曉清悅 天景音聽	平上平入 平去平去	四平 四仄
			王禹偁			
1	卮言日出賦	盈側空仰 隨變和美	平仄平仄 平仄平仄	盈側空仰 隨變和美	平入平上 平去平上	四平 四仄
2	天道如張弓賦	王者喻身 則此宜施	平仄仄平 仄仄平平	則喻身施 宜此王者	入去平去 平上平上	三平 五仄
3	仲尼為素王賦	儒素之道 尊比王者	平仄平仄 平仄平仄	儒素之道 尊比王者	平去平上 平上平上	四平 四仄
4	君者以百姓為天賦	君有庶民 如得天也	平仄仄平 平仄平仄	君有民庶 如得天也	平上平去 平入平上	四平 四仄
5	復其見天地之心賦	天地幽賾 觀象斯見	平仄平仄 平仄平仄	天地幽賾 觀象斯見	平去平入 平上平去	四平 四仄
6	尺蠖賦	尺蠖之屈 以求伸也	仄仄平仄 仄平平仄	蠖以之屈 求尺伸也	入上平入 平入平上	三平 五仄
7	聖人無名賦	元聖之道	平仄平仄	元聖之道	平去平上	四平

編號	篇名	原題韻	原題韻平仄次序	實押題韻	實押題韻四聲次序	平仄總數
		無得稱也	平仄平仄	無得稱也	平入平上	四仄
8	橐籥賦	天地之間 其猶橐籥	平仄平平 平平仄仄	天地之間 其猶橐籥	平去平平 平平入入	五平 三仄
9	醴泉無源賦	王者之瑞 何有源本	平仄平仄 平仄平仄	王者之瑞 何有源本	平上平去 平上平上	四平 四仄
10	火星中而寒暑退賦	心火中則 寒暑斯退	平仄平仄 平仄平仄	心火中則 寒暑斯退	平上平入 平上平去	四平 四仄
11	鄉老獻賢能書賦	鄉老之薦 登彼天府	平仄平仄 平仄平仄	鄉老之薦 登彼天府	平上平去 平上平上	四平 四仄
12	黃屋非堯心賦	黃屋車貴 非帝堯意	平仄平仄 平仄平仄	黃屋車貴 非帝堯意	平入平去 平去平去	四平 四仄
13	日月光天德賦	陽景陰魄 光彼天德	平仄平仄 平仄平仄	陽景陰魄 光彼天德	平上平入 平上平入	四平 四仄
14	崆峒山問道賦	黃帝之道 天下清淨	平仄平仄 平仄平仄	黃帝之道 天下清淨	平去平去 平上平去	四平 四仄
15	射宮選士賦	能中正鵠 男子之事	平仄平仄 平仄平仄	能中正鵠 男子之事	平去平入 平上平去	四平 四仄
16	歸馬華山賦	王者無事 歸獸西岳	平仄平仄 平仄平仄	王者無事 歸獸西岳	平上平去 平去平入	四平 四仄
17	賢人不家食賦	賢國之寶 家食生否	平仄平仄 平仄平仄	賢國之寶 家食生否	平入平上 平入平去	四平 四仄
18	大合樂賦	天地之禮 張樂雍美	平仄平仄 平仄平仄	天地之禮 張樂雍美	平去平上 平入平上	四平 四仄
范仲淹						
1	老人星賦	明星有爛 萬壽無疆	平平仄仄 仄仄平平	明壽無有 星爛疆萬	平上平上 平去平去	四平 四仄
2	老子猶龍賦	玄聖之道 通變如此	平仄平仄 平仄平仄	玄聖之道 通變如此	平去平入 平去平上	四平 四仄
3	蒙以養正賦	君子能以 蒙養其正	平仄平仄 平仄平仄	君子能以 蒙養其正	平上平上 平上平去	四平 四仄

編號	篇名	原題韻	原題韻平仄次序	實押題韻	實押題韻四聲次序	平仄總數
4	禮義為器賦	崇禮明義 斯以為器	平仄平仄 平仄平仄	崇禮明義 斯以為器	平上平去 平上平去	四平 四仄
5	今樂猶古樂賦	民庶同樂 今古何異	平仄平仄 平仄平仄	民庶同樂 今古何異	平去平入 平上平去	四平 四仄
6	省試自誠而明謂之性賦	誠發為德 彰彼天性	平仄平仄 平仄平仄	誠發為德 彰彼天性	平入平入 平上平去	四平 四仄
7	金在熔賦	金在良冶 求鑄成器	平仄平仄 平仄平仄	金在良冶 求鑄成器	平上平上 平去平去	四平 四仄
8	臨川羨魚賦	嘉魚可致 何羨之有	平平仄仄 平仄平仄	之致何有 嘉可魚羨	平去平上 平上平去	四平 四仄
9	水車賦	如歲大旱 汝為霖雨	平仄仄仄 仄平平仄	歲為汝如 旱大霖雨	去平上平 上去平上	三平 五仄
10	用天下心為心賦	人主當用 天下心矣	平仄平仄 平仄平仄	人主當用 天下心矣	平上平去 平上平上	四平 四仄
11	堯舜帥天下以仁賦	堯舜仁化 天下從矣	平仄平仄 平仄平仄	堯舜仁化 天下從矣	平去平去 平上平上	四平 四仄
12	君以民為體賦	君育黎庶 如彼身體	平仄平仄 平仄平仄	君育黎庶 如彼身體	平入平去 平上平上	四平 四仄
13	六官賦	分職無曠 王道行矣	平仄平仄 平仄平仄	分職無曠 王道行矣	平入平去 平上平上	四平 四仄
14	鑄劍戟為農器賦	天下無事 兵器銷偃	平仄平仄 平仄平仄	天下無事 兵器銷偃	平上平去 平去平上	四平 四仄
15	任官惟賢材賦	分職求理 當任賢者	平仄平仄 平平平仄	分職求理 當任賢者	平入平上 平平平上	五平 三仄
16	從諫如流賦	王者從諫 如彼流水	平仄平仄 平仄平仄	王者從諫 如彼流水	平上平去 平上平上	四平 四仄
17	聖人大寶曰位賦	仁德之守 光大君位	平仄平仄 平仄平仄	仁德之守 光大君位	平入平上 平去平去	四平 四仄
18	賢不家食賦	尊尚賢者 寧有家食	平仄平仄 平仄平仄	尊尚賢者 寧有家食	平去平上 平上平入	四平 四仄

編號	篇名	原題韻	原題韻平仄次序	實押題韻	實押題韻四聲次序	平仄總數
19	窮神知化賦	窮彼神道然後知化	平仄平仄平仄平仄	窮彼神道然後知化	平上平上平上平去	四平四仄
20	乾為金賦	剛健純粹其象金也	平仄平仄平仄平仄	剛健純粹其象金也	平去平去平上平上	四平四仄
21	王者無外賦	王者天下何外之有	平仄平仄平仄平仄	王者天下何外之有	平上平上平去平上	四平四仄
22	易兼三材賦	通彼天地人謂之易	平仄平仄平仄平仄	通彼天地人謂之易	平上平去平去平入	四平四仄
23	淡交若水賦	君子求友恬淡為上	平仄平仄仄仄平仄	君子求友恬淡為上	平上平上入平入上	三平五仄
24	養老乞言賦	求善言以資國之用	平仄平仄平仄平仄	求善言以資國之用	平上平上平入平去	四平四仄
25	得地千里不如一賢賦	賢實邦寶何地能及	平仄平仄平仄平仄	賢實邦寶何地能及	平入平上平去平入	四平四仄
26	體仁足以長人賦	君體仁道隨彼尊仰	平仄平仄平仄仄仄	君體仁道隨彼尊仰	平上平上平上平上	四平四仄
27	陽禮教讓賦	修射崇飲民不爭矣	平仄平仄平仄平仄	修射崇飲民不爭矣	平去平上平上平上	四平四仄
28	天驥呈才賦	君德通遠天馬斯見	平仄平仄平仄平仄	君德通遠天馬斯見	平入平上平上平去	四平四仄
29	稼穡惟寶賦	王者崇本民食為貴	平仄平仄平仄平仄	王者崇本民食為貴	平上平上平入平去	四平四仄
30	天道益謙賦	天道常益謙損之義	平仄平仄仄仄平仄	天道常益謙損之義	平上平入平上平去	四平四仄
31	聖人抱一為天下賦	淳一敷教為天下式	平仄平仄平平仄仄	淳一敷教天下為式	平入平去平上平入	四平四仄
32	政在順民心賦	明主施政能順民欲	平仄平仄平仄平仄	明主施政能順民欲	平上平去平去平入	四平四仄
33	水火不相入而相資賦	其性相反同濟於用	平仄平仄平仄平仄	其性相反同濟於用	平去平上平去平去	四平四仄

編號	篇名	原題韻	原題韻平仄次序	實押題韻	實押題韻四聲次序	平仄總數
34	大禮與天地同節賦	常禮之外 天地同節	平仄平仄 平仄平仄	常禮之外 天地同節	平上平去 平去平入	四平 四仄
35	制器尚象賦	先聖觀象 因制乎器	平仄平仄 平仄平仄	先聖觀象 因制乎器	平去平上 平去平去	四平 四仄
文彥博						
1	省試諸侯春入貢賦	天下侯國 春入方物	平仄平仄 平仄平仄	天下侯國 春入方物	平上平入 平入平入	四平 四仄
2	省試青圭禮東方賦	修舉春祀 崇尚圭薦	平仄平仄 平仄平仄	修舉春祀 崇尚圭薦	平上平上 平去平去	四平 四仄
3	焚雉頭裘賦	珍異之服 焚去無取	平仄平仄 平仄平仄	珍異之服 焚去無取	平去平入 平上平上	四平 四仄
4	汾陰出寶鼎賦	皇漢之道 神鼎斯出	平仄平仄 平仄平仄	皇漢之道 神鼎斯出	平去平上 平上平入	四平 四仄
5	鴻漸于陸賦	鴻在于陸 為世儀表	平仄平仄 平仄平仄	鴻在于陸 為世儀表	平上平入 平去平上	四平 四仄
6	孝者善繼人之志賦	人子行孝 能繼先志	平仄平仄 平仄平仄	人子行孝 能繼先志	平上平去 平去平去	四平 四仄
7	中者天下之大本賦	天下之教 由此而出	平仄平仄 平仄平仄	天下之教 由此而出	平上平去 平上平入	四平 四仄
8	能自得師者王賦	能得師者 王道成矣	平仄平仄 平仄平仄	能得師者 王道成矣	平入平上 平上平上	四平 四仄
9	多文為富賦	儒者崇學 多以為富	平仄平仄 平仄平仄	儒者崇學 多以為富	平上平入 平上平去	四平 四仄
10	主善為師賦	能主其善 成此師道	平仄平仄 平仄平仄	能主其善 成此師道	平上平上 平上平上	四平 四仄
11	祭法天道賦	君子之祭 能合天道	平仄平仄 平仄平仄	君子之祭 能合天道	平上平去 平入平上	四平 四仄
12	一生二賦	元氣之用 生是天地	平仄平仄 平仄平仄	元氣之用 生是天地	平去平去 平上平去	四平 四仄
13	雁字賦	雲淨天遠	平仄平仄	雲淨天遠	平去平上	四平

編號	篇名	原題韻	原題韻平仄次序	實押題韻	實押題韻四聲次序	平仄總數
		騰驤成字	平仄平仄	騰驤成字	平去平去	四仄
14	經神賦	明識經旨	平仄平仄	明識經旨	平入平上	四平
		能若神矣	平仄平仄	能若神矣	平入平上	四仄
15	土牛賦	春祀牛設	平仄平仄	春祀牛設	平上平入	四平
		農作無忒	平仄平仄	農作無忒	平入平入	四仄
16	天衢賦	亨達之路	平仄平仄	亨達之路	平入平去	四平
		無復凝滯	平仄平仄	無復凝滯	平入平去	四仄
17	玉雞賦	祥瑞之氣	平仄平仄	祥瑞之氣	平去平去	四平
		因孝而至	平仄平仄	因孝而至	平去平去	四仄

製表人：陳成文

根據上述表格，可知北宋四大家律賦題下限韻形式之整體形態：

（一）就韻腳數而言，北宋四大家律賦全用八字韻腳。至於平仄數，田錫十篇律賦均押四平四仄；王禹偁十八篇律賦之中，押三平五仄有〈天道如張弓賦〉、〈尺蠖賦〉兩篇，押五平三仄有〈橐籥賦〉一篇，其餘十五篇均為四平四仄；范仲淹三十五篇律賦之中，押三平五仄有〈水車賦〉、〈淡交若水賦〉押兩篇，五平三仄有〈任官惟賢材賦〉一篇，其餘三十二篇均押四平四仄；文彥博十七篇律賦均押四平四仄。

（二）就押韻次序而言，田錫十篇律賦之中，僅〈御試不陣而成功賦〉一篇依次用韻，其餘九篇均不依次用韻；王禹偁十八篇律賦之中，僅〈天道如張弓賦〉、〈尺蠖賦〉、〈君者以百姓為天賦〉三篇不依次用韻，其餘十五篇均依次用韻；范仲淹三十五篇律賦之中，僅〈老人星賦〉、〈臨川羨魚賦〉、〈水車賦〉、〈聖人抱一為天下賦〉四篇不依次用韻，其餘三十一篇均依次用韻；文彥博十七篇律賦則均依次用韻。

第二節　題下限韻之特殊形態

一、異文

　　律賦作品因版本的不同，有時律賦題下限韻字會產生歧異，這就有賴檢視各韻的詳細用韻情形，才能得出正確的題韻字。北宋四大家律賦之中，因版本不同而造成題下限韻字產生異文，有王禹偁〈聖人無名賦以「元聖之道無得稱焉」為韻〉、〈醴泉無源賦以「王者之瑞何有本原」為韻〉、〈日月光天德賦以「陽景陰魄光彼天德」為韻〉三篇；范仲淹〈老子猶龍賦以「玄聖之道通變如此」為韻〉、〈得地千里不如一賢賦以「賢寶邦寶何地能及」為韻〉兩篇。以下標明上述篇章之押韻情形，並以方框標示韻字，以考訂其正確題韻：

　　王禹偁〈聖人無名賦以「元聖之道無得稱焉」為韻〉各韻之使用情形如下：

　　1 元尊言上平聲元魂同用　2 聖正姓去聲勁韻　3 為知夷之上平聲支脂之同用　4 寶號道皓号上去通押　5 樞徒虞圖無上平聲虞模同用　6 塞得國入聲德韻　7 稱徵能下平聲蒸登同用　8 下夏也上聲馬韻獨用　王禹偁　小畜集 1086-14 下-15

由上可知，本篇依次為韻，其所屬韻部為元、勁、之、皓、虞、德、蒸、馬韻。其中第一韻以「元、尊、言」為韻字，可見「大」字並非題韻字，「元」字才是正確的限韻字；第八韻以「下、夏、也」為韻字，可見「也」字才是正確的限韻字，因

此，本篇之題韻應校正為「元聖之道無得稱也」。王禹偁〈醴泉無源賦以「王者之瑞何有源本」為韻〉各韻之使用情形如下：

> 1 長觴祥王 下平聲陽韻　2 下者也 上聲馬韻獨用　3 知茲飴之 上平聲支之同用　4 地至瑞 去聲至寘同用　5 那何它屆 下平聲歌韻　6 耦醜鬥有 首上聲厚有同用　7 原飜崙源 上平聲元魂同用　8 本遠混 上聲混阮同用　小畜集 1086-16 上-16 下

由上可知，本篇依次為韻，其所屬韻部為陽、馬、之、寘、歌、有、元、混韻。其中第七韻以「原、飜、崙、源」為韻字，故「原、源」兩字皆可為題韻字。王禹偁〈日月光天德賦以「陽景陰魄光彼天德」為韻〉各韻之使用情形如下：

> 1 煌陽蒼王 下平聲唐陽同用　2 影景騁 上聲梗靜同用　3 心陰沈臨 下平聲侵韻獨用　4 魄赫宅 入聲陌韻　5 桑荒藏光 下平聲唐韻　6 水裡委彼 上聲旨止紙同用　7 然天偏年 下平聲仙先同用　8 克則德 入聲德韻　小畜集 1086-258 下-259 上

由上可知，本篇依次為韻，其所屬《廣韻》韻部為陽、梗、侵、陌、唐、紙、先、德韻。其中第六韻以「水、裡、委、彼」為韻字，可見「被」字並非題韻字，「彼」字才是正確的限韻字，本篇之題韻應校正為「陽景陰魄光彼天德」。

范仲淹〈老子猶龍賦以「玄聖之道通變如此」為韻〉各韻之使用情形如下：

1 元尊源上平聲元魂同用　2 聖性勁去聲勁韻　3 夷疑之時上平聲脂之同用　4 極則域德入聲職德同用　5 窮通中功上平聲東韻獨用　6 變見便去聲線霰同用　7 舒如諸疏上平聲魚韻獨用　8 旨始此上聲旨止紙同用　范仲淹　范仲淹全集 14-15

由上可知，本篇依次為韻，其所屬《廣韻》韻部為元、勁、之、德、東、線、魚、紙韻。其中第四韻以「極、則、域、德」為韻字，可見「道」字並非題韻字，「德」字才是正確的限韻字，本篇之題韻應校正為「元聖之德通變如此」。范仲淹〈得地千里不如一賢賦以「賢實邦寶何地能及」為韻〉各韻之使用情形如下：

1 賢焉先下平聲先仙同用　2 實失出入聲質術同用　3 江雙邦上平聲江韻獨用　4 考道寶上聲皓韻獨用　5 何多和下平聲歌戈同用　6 地懿智去聲至寘同用　7 能興徵矜下平聲登蒸同用　8 急緝緝及入聲緝韻獨用　范仲淹全集 440-441

由上可知，本篇依次為韻，其所屬《廣韻》韻部為先、質、江、皓、歌、至、登、緝韻。其中第四韻以「考、道、寶」為韻字，可見「本」字並非題韻字，「寶」字才是正確的限韻字，本篇之題韻應校正為「賢實邦寶何地能及」。

二、落韻

「落韻」是指題韻字不押限定之韻部而押用其他韻部。律賦重視聲律和諧、避忌聲病，自然嚴守平仄格律，以期因難見巧，呈現語言加工的美感，而在選韻定調的格律要求中，如果不押本

字甚或誤押他韻，就被視為偷韻或落韻，成為寫作律賦的大忌。而當「清濁通流，口吻調利」[1]的聲律要求成為固定的考試規範之後，書寫者便須嚴格遵守，無法隨意押用，在考場中如果不依規定押用限韻字，不僅破壞聲律調諧，也無法得到考官青睞，終究難逃黜落的命運。《冊府元龜‧貢舉部‧條制第四》就記載宋代中書門下覆核新及第進士詩賦的情況：

> 六月中書門下奏勅：新及第進士所試新文，委中書門下細覽詳覆，方具奏聞，不得輒徇人情，有瀆事體。中書於今年四月二十九日帖貢院，准元勅指揮中書量重具詳覆者：李飛賦內三處犯韻，李穀一處犯韻，兼詩內錯書「青」字為「清」字；並以詞翰可嘉，望特恕此誤。今後舉人詞賦屬對並須要切，或有犯韻及諸雜違格，不得放及第，仍望付翰林別撰律詩賦各一首，具體式一一曉示。將來舉人合作者，即與及第，其李飛、樊吉、夏侯珙、吳油、王德柔、李穀等六人。盧價賦內「薄伐」字合使平聲字，今使側聲字，犯格。孫澄賦內「御」字韻使「宇」字，已落韻；又使「瞥」字，是上聲「有」字韻，中押「售」字，是去聲，又有「朽」字，犯韻；詩內「田」字犯韻。李象賦內一句「六石慶兮」，併合使此「奚」字；「道之以禮」，合使此「導」字；及「錯下事嘗字」，韻內使「方」字。詩中言「十千」，「十」字處合使平聲字；

1　鍾嶸著，廖棟樑撰述，《詩品‧詩品序》（臺北：金楓出版公司，1986年），頁49。

「偏」字犯韻。楊文龜賦內「均」字韻內使「民」字；「以君上爲駿騑之士，失奉上之體」，「兼善」字是上聲合押，「遍」字是去聲；「如」字內使「輿」字；詩中「遍」字犯韻。師均賦內「仁」字犯韻，「晏如」書「宴如」；又「河清海晏」，「晏」字不合韻，又無理；「晏」字即落韻。楊仁遠賦內「賞罰」字書「伐」字，「衒勤」字書「鍼」字。詩內「蓮蒲」字，合著平聲字；兼「黍粱」，不律。王谷賦內「御」字韻押「處」字，上聲則落韻，去聲則失理。「善」字韻內使「顯」字，犯韻；「如」字韻押「殊」字，落韻。其盧價等七人，望許令將來就試仍放再取文解。高策賦內「於」字韻內使「依」字，疑其海外音訛，文意稍可，望特恕此。其鄭朴賦內言「肱股」，詩中「十千」字犯韻，又言「玉珠」，其鄭朴許令將來就試，亦放取解，仍自此賓貢，每年祇放一人，仍須事藝精奇。張文寶試士不得精當，望罰一季俸，今後知舉官如敢因循，當行嚴典。[2]

這則資料主要呈現三個音韻問題：一、違犯平仄格律，即宜押平聲，卻誤用仄聲，如盧價賦內「薄伐」應押平聲，而盧價卻押入仄聲中的入聲；二、犯韻，即押韻時誤用《廣韻》未規定可「同用」的韻部，或押用主要母音韻尾相同而聲調不同的韻部。孫澄賦限韻「御」字，「御」字屬《廣韻》去聲「御」韻，孫澄卻押

---

[2] 王欽若等編纂，周勛初等校定，《冊府元龜·貢舉部》（南京：鳳凰出版社，2006 年），卷 642，頁 7694 上-7695 上。

用其他韻部的「宇」字,「宇」字屬《廣韻》上聲「麌」韻,不得同押;孫澄賦又押「膂」字,「膂」字為上聲「語」韻,與「售、朽」同為韻字,「售」字屬《廣韻》「宥」韻,「朽」字屬「有」韻,依《廣韻》「語」獨用,「宥候幼」同用,「有厚」同用,今「語、宥、有」合用,故犯韻。此外,如楊文龜賦內使「遍」字;師均賦內「仁、晏」字犯韻;楊仁遠賦內「賞罰」字書「伐」字,「銜勤」字書「鍼」字;又王谷賦內「御」字,屬《廣韻》去聲「御」韻,卻押「處」字,處字一字兩讀,一屬《廣韻》上聲「語」韻,一屬去聲「御」韻,去聲才是合韻的押法,但本韻如讀去聲則失文理,讀上聲又會形成落韻;又如王谷賦內「如」字韻押「殊」字。「殊」字和「如」字分屬平聲「虞」韻和「魚」韻,而「魚」獨用,所以「如」字不能跟「殊」字同用。孫澄賦內本來限押去聲「虞」韻中的「御」字,但他卻將上聲「語」韻中的「宇」、「膂」與「御」字混押,可見落韻。三、偷韻,即不押本字,僅使用與題韻字同韻部的字。如李象賦該用「嘗」字卻押「方」字,雖然「嘗」、「方」皆屬《廣韻》下平聲「陽」韻,這種不押本字,僅押用同韻部之字的狀況,也被視為「偷韻」的一種表現。而在本則史料中,盧價等人因未按限韻字押用,在中書門下詳覆時被查出除名,只被允許將來再次就試重考。主持貢舉的張文寶則因負責閱卷不嚴,被罰一季薪俸,可見朝廷對律賦聲律要求的重視程度。因此,如何謹慎將事,避免率爾操觚,影響金榜題名的機會,就成為士子寫作律賦的當務之急。中書門下詳覆的重點在用韻是否準確,應試者是否按限韻字押用,閱卷者與覆核者皆一目了然。因此,賦題考試的限韻成為唐宋進士科考試的重要標準,也就不足為奇了。

　　檢閱唐代試賦之作，如黎逢、任公叔、楊系同年作〈通天臺賦〉、李夷亮〈南風之薰賦以「悅人阜財生物咸遂」為韻〉、獨孤授〈寅賓出日賦以「大明在天恆以時授」為韻〉都可見落韻之情形。茲分述如下：

　　任公叔〈通天臺賦以「洪臺獨存浮景在下」為韻〉各韻之押韻情形如下：

　　1 堨[在]海待上聲賄韻　2 遊邱儔邱[浮]眸下平聲尤韻　3 秩日乙蹕出入聲質韻　4 境井眚[景]上聲梗韻　5 開回來[臺]上平聲灰韻　6 煜復屋目[獨]入聲屋韻　7 雄通[洪]穹上平聲東韻獨用　8 蝦雅[下]上聲馬韻　《全唐文》459/4685 下-4686 上[3]

由上可知，本篇不依次用韻，實際押「在浮○景臺獨洪下」，其所屬《廣韻》韻部為賄、尤、質、梗、灰、屋、東、馬韻。其中題韻「存」字屬第三韻「魂」韻，但實際上第三韻以「秩、日、乙、蹕、出」為韻字，同屬《廣韻》「質」韻，「存」字未見押用，可見落韻。又，楊系〈通天臺賦以「洪臺獨存浮景在下」為韻〉各韻之押韻情形如下：

　　1 [洪]棠空紅融中上平聲東韻獨用　2 匹軼日逸出入聲質韻　3 [在]海上聲賄韻　4 遊邱[浮]下平聲尤韻　5 騁井影上聲梗韻　6 埃[臺]災迴上平聲灰韻　7 鬱福屋[獨]目宿入聲屋韻　8 也蝦[下]上聲

---

[3]　〔清〕董誥等編，《全唐文》（北京：中華書局，1983 年），卷 459，頁 4685 下-4686 上。本書為省篇幅，下文引錄之《全唐文》、《全唐詩》多採夾注形式，特此說明。

馬韻　《全唐文》531/5386 上-5386 下

由上可知，本篇不依次用韻，實際押「洪○在浮○臺獨下」，其所屬《廣韻》韻部為東、質、賄、尤、梗、灰、屋、馬韻。其中第五韻以「騁、井、影」為韻字，同屬《廣韻》「梗」韻，其中題韻「景」字屬《廣韻》「梗」韻，未見押用，僅押同韻部之「騁、井、影」，可見偷韻；又題韻「存」字屬「魂」韻，未見押用，只見第二韻以「匹、軼、日、逸、出」為韻字，同屬《廣韻》「質」韻；這種押入其他韻部的現象，當可視為落韻。至於黎逢〈通天臺賦以「洪臺獨存浮景在下」為韻〉，其各韻之押韻情形如下：

1 臺迴來哀上平聲灰韻　2 下野寡上聲馬韻獨用　3 宮中通洪上平聲東韻獨用　4 日出律室一實入聲質韻　5 采改在持上聲賄韻　6 求流頭州浮下平聲尤韻　7 靜幸景騁上聲靜耿同用　8 獨服福築入聲屋韻獨用　全唐文 482/4925 上-4925 下

由上可知，本篇不依次用韻，實際押「臺下洪○在浮景獨」，其所屬《廣韻》韻部為灰、馬、東、質、賄、尤、梗、屋韻。其中題韻「存」字屬「魂」，但未見押用，只見第四韻以「日、出、律、室、一、實」為韻字，同屬《廣韻》「質」韻；這種押入其他韻部的現象，當可視為落韻。

值得注意的是，合觀以上三篇同年之試賦，任公叔〈通天臺賦以「洪臺獨存浮景在下」為韻〉第三韻押「秩日乙蹕出」，屬《廣韻》入聲「質」韻；楊系〈通天臺賦以「洪臺獨存浮景在下」為韻〉

第二韻押「匹軼日逸出」，亦屬《廣韻》入聲「質」韻；黎逢
〈通天臺賦以「洪臺獨存浮景在下」為韻〉第四韻押「日出律室一
實」，仍押《廣韻》入聲「質」韻；三位賦家如此一致地押《廣
韻》入聲「質」韻，而不押題韻「存」字所屬之「魂」韻，不禁
讓人疑心是否入聲「質」韻才是這三篇同年試賦限韻的韻部。

　　獨孤授〈寅賓出日賦以「大明在天恆以時授」為韻〉各韻之押韻
情形如下：

> 1 外 大 會賴去聲泰韻　2 矣紀起 以 上聲止韻　3 行 明 迎耕下平
> 聲 庚 耕同用　4 授 候去聲 宥 候同用　5 在 海上聲海韻　6 之夷遲
> 時 上平聲 之 脂同用　7 宣 天 賢全田年旋下平聲 先 仙同用　全唐文
> 456/4660 下-4661 上

由上可知，本篇依次用韻，唯實際僅押「大明在天以時授」，其
所屬《廣韻》韻部為泰、止、庚、宥、海、之、先韻。其中題韻
「恆」字屬《廣韻》「登」韻，但未見押用，當可視為落韻。李
夷亮〈南風之薰賦以「悅人阜財生物咸遂」為韻〉各韻之押韻情形如
下：

> 1 至粹去聲至韻　2 備 遂 去聲至韻　3 晨淳仁鈞 人 上平聲 真 諄同
> 用　4 烈 悅 入聲薛韻　5 嚴 咸 下平聲銜 咸同用　6 鬱唪 物 入聲物
> 韻　7 程 生 情下平聲清 庚同用　8 有 阜 上聲有韻　《全唐文》
> 594/6004 上-6004 下

由上可知，本篇不依次用韻，實際僅押「遂人悅咸物生阜」七

韻，「財」屬《廣韻》「咍」韻，未見押用，只見第一韻以
「至、粹」為韻字，同屬《廣韻》「至」韻，這種押入其他韻部
的現象，當可視為落韻。

　　宋代以律賦取士，北宋真宗時編定並頒行《禮部韻略》一
書，成為宋代詩賦考試奉行的金科玉律，考生寫作時如不小心落
韻，極有可能被黜落，其考校至為嚴格。范鎮《東齋記事》卷一
就記載北宋真宗景德年間考生落韻的情況：

> 景德中，李迪、賈邊皆舉進士，有名當時。及就省試，主
> 文咸欲取之，既而二人皆不與。取其卷視之，迪以賦落
> 韻，邊以〈當仁不讓於師論〉以「師」為「眾」，與注疏
> 異說。乃為奏具道所以，乞特收試。時王文正公為相，議
> 曰：「迪雖犯不考，然出於不意，其過可恕。如邊特立異
> 說，此漸不可啟，將令後生務為穿鑿，破壞科場舊格。」
> 遂收迪而黜邊。[4]

科舉考試只因一個韻字的失誤，竟需宰相出面調解定案，可見茲
事體大，至關緊要。李迪雖落韻卻能幸運中第，在宋代實屬罕
見，因入「不考式」而名落孫山者不乏其人，如宋代蘇象先《丞
相魏公譚訓》卷一就記載其祖父蘇頌應試因落韻而遭黜之事：

> 年十六，省試〈斗為天之喉舌賦〉。文肅主文，見曾祖

4　〔宋〕范鎮，《東齋記事》（臺北：臺灣商務印書館，四庫全書珍本別
　　輯），卷1，頁3。又，或以為《東齋記事》為「許觀」所作。

曰：「賢郎已高中，而點檢試卷者以聲聞去為聞平，為不
合格，遂黜。」祖父自是始切意字學，發明為多。[5]

「聞」字一字兩讀，如「聲聞」、「不求聞達」之「聞」，當讀
去聲；「聞道有先後」、「願聞其詳」之「聞」，當讀「平」
聲，其間不僅平仄不同，韻部也不相同，斷不可混為一談，蘇頌
因不諳聲律，以致誤用，終究難逃落榜的命運。這種「拘於聲
病」，錙銖必較的考試規範，頗為時人所詬病，北宋仁宗慶曆年
間，范仲淹上書〈答手詔條陳十事〉即稱「及御試之日，詩賦文
論共為一場，既聲病所拘，意思不遠，或音韻中一字有差，雖生
平苦辛，即時擯逐。」[6]，並將此項改革作為新政的內容之一，
但因新政失敗，未能施行。

檢閱北宋四大家律賦，其中范仲淹〈養老乞言賦以「求善言以
資國之用」為韻〉、〈稼穡惟寶賦以「王者崇本民食為貴」為韻〉兩篇
可見落韻的情形。茲分述如下：

范仲淹〈養老乞言賦以「求善言以資國之用」為韻〉各韻之押韻
情形如下：

1 求休猷下平聲尤韻　2 典選善上聲銑獮同用　3 恩尊言上平聲
痕魂元同用　4 以旨喜耳上聲止旨同用　5 資知宜詞上平聲脂支
之同用　6 德國忒則入聲德韻　7 斯遺規之上平聲支脂之同用

5　〔宋〕蘇象先著，張元濟校勘，《丞相魏公譚訓》（常熟瞿氏鐵琴銅劍
樓藏舊鈔本），卷3，頁47。

6　〔清〕范能濬編集，薛正興校點，《范仲淹全集》（南京：鳳凰出版
社，2004年），頁479。

8 政命盛去聲勁映同用　范仲淹　范仲淹全集 439-440

由上可知，本篇依次用韻，其所屬《廣韻》韻部為尤、獼、元、止、脂、德、支、用韻。其中題韻字「用」字屬《廣韻》「用」韻，卻未見押用，只見第八韻以「政、命、盛」為韻字；「政、盛」屬《廣韻》「勁」韻，「命」屬「映」韻，依《廣韻》「勁映」同用，可見本篇落韻。不過，考慮到本篇並非試賦之作，作者可自由訂定題韻，實在沒有落韻的理由，回看上文第八韻的題韻字，不禁讓心疑心「求善言以資國之政」才是本篇的題韻字；范仲淹〈稼穡惟寶賦以「王者崇本民食為貴」為韻〉各韻之押韻情形如下：

1 王臧堂下平聲陽唐同用　2 雅捨者上聲馬韻獨用　3 崇功同上平聲東韻獨用　4 本損遠上聲混阮同用　5 人民貧珍上平聲真韻　6 力食德忒得入聲職德同用　7 茲移為知上平聲之支同用　8 道寶昊上聲皓韻獨用　范仲淹　范仲淹全集 424-425

由上可知，本篇依次用韻，其所屬《廣韻》韻部為陽、馬、東、混、真、職、支、皓韻。其中題韻字「貴」字屬《廣韻》「未」韻，未見押用，只見第八韻以「道、寶、昊」為韻字，同屬《廣韻》「皓」韻，可見落韻。不過，考慮本篇仍然不是試賦之作，回看上文第八韻押用情形，不禁讓心疑心「王者崇本民食為寶」才是本篇的題韻字。

三、偷韻

題下限韻為律賦押韻之限制與依據，一般題韻本字會依限韻規定出現於律賦賦中各段落，不過，偶而可見不押本字，而僅代之以同韻部之字的做法，當律賦寫作規定日趨嚴格時，這種做法就被視為「偷韻」。李調元《賦話》曾指出唐代王維〈白鸚鵡賦以「容日上海孤飛色媚」為韻〉有題韻押用不全的現象：

> 唐王維〈白鸚鵡賦〉韻限以「容日上海孤飛色媚」八字，而賦止五韻，首尾完善，不似脫簡，豈如祖詠之賦終南山雪、崔曙之詠明堂火珠，意盡而止，不復足成邪？至其筆意高雋，自是右丞本色。[7]

王維〈白鸚鵡賦以「容日上海孤飛色媚」為韻〉題韻明白標示八字，卻僅押五字，而且全篇首尾完整，不似殘篇。這種篇章結構看似不完整，但文意已具足的情況，也出現在唐代詩人祖詠〈終南望餘雪〉、崔曙〈奉試明堂火珠〉之中。上述兩詩皆為應試詩作，按規定應作成一首六韻十二句的五言排律，祖詠、崔曙兩人卻都文末終篇即交卷，祖詠〈終南望餘雪〉原文如下：

> 終南陰嶺秀，積雪浮雲端。林表明霽色，城中增暮寒。
> 《全唐詩》131/1337

據《全唐詩》題下記載：「有司試此題，詠賦四句即納。或詰

---

7 李調元，《賦話》（臺北：世界書局，1961年），卷3，頁25。

之，曰『意盡』。」[8]，至於〈奉試明堂火珠〉則為崔曙應唐玄宗開元二十六年（738）省試時所作，原詩為：

> 正位開重屋，凌空出火珠。夜來雙月滿，曙後一星孤。
> 天淨光難滅，雲生望欲無。遙知太平代，國寶在名都。
> 《全唐詩》155/1600

全詩一、二句破題，點明「明堂」正位、「火珠」騰出；三、四、五、六句寫火珠光輝，作者以「月」與「星」對比，絕妙至極，描寫出月亮落下後的情景；七八句以頌揚作結。全詩表現明堂火珠明亮耀眼的特點，取景空闊，清明自然，不失名家氣度。詩中「夜來雙月滿，曙後一星孤」一聯歷來受人讚賞。李調元自作解人，以上述兩詩結構不完整但文意已足，為王維此賦只押五韻解套，可謂用心良苦。以下標明王維〈白鸚鵡賦以「容日上海孤飛色媚」為韻〉各韻之韻字與所屬韻部，以見其用韻之情形：

> 1 海彩在上聲海韻　2 質日室畢匹入聲質韻　3 鋪孤隅呼模上平聲模虞同用　4 極翼息飾色入聲職韻　5 依歸輝微衣違飛上平聲微韻獨用　全唐文 324/3683 上-3683 下

由上可知，本篇不依次用韻，實際押「海、日、孤、色、飛」，其所屬《廣韻》韻部為海、質、模、職、微韻。可見本篇漏押

8　《全唐詩》（北京：中華書局，1985 年），卷 131，頁 1337。

「容、上、媚」三韻字。倒是郝名遠[9]〈白鸚鵡賦以「容日上飾孤飛色媚」為韻〉與王維同題之作，八韻全押。試錄其各韻之押韻情形如下：

　　1　域 色 識德入聲 職 德同用　2　臆 飾 息入聲職韻　3　松 容 重上平聲冬韻　4　至地 媚 去聲至韻　5　孤 呼上平聲模韻　6　曠妄既 上 去聲宕 漾 同用　7　違輝 飛 上平聲微韻獨用　8　逸室質 日 出入聲 質 術同用　全唐文 959/9955 下

由上可知，本篇不依次用韻，實際押「色、飾、容、媚、孤、上、飛、日」，其所屬《廣韻》韻部為職、職、冬、至、模、漾、微、質韻，雖與王維之作題韻不同但八韻全押。

　　唐代律賦偷韻者時有所見，浦銑《復小齋賦話》卷上分析律賦的同韻情形時，曾摘出唐代李昂〈旗賦〉偷韻：「二字同韻，亦有偷一韻者。如唐李昂〈旗賦〉以『風、日、雲、野、軍、國、清、肅』為韻，押『雲』字一段，而『軍』字則偷過是也。」[10]，李昂〈旗賦以「風日雲野軍國清肅」為韻〉係唐玄宗開元二年（714）應試掄元之作，為目前確定最早與科舉相關且採行限韻的律賦，不過，檢閱該賦並無偷韻的情形。〈旗賦〉各韻之押韻情形如下：

　　1　工空 風 鴻雄上平聲東韻獨用　2　律 日 膝謐入聲 質 術同用　3

9　　生平不詳。

10　浦銑，《復小齋賦話》上卷，載於何沛雄，《賦話六種》（香港：三聯書店，1982 年），頁 67。

塵勳文 [雲] 上平聲文韻　4 [野] 者寡也上聲馬韻獨用　5 紛 [軍] 上平
聲文韻　6 [國] 北入聲德韻　7 [清] 旌縈旌傾盈下平聲清韻　8 育
[肅] 入聲屋韻獨用　全唐文 302/3070 下

由上可知，本篇依次用韻，其所屬《廣韻》韻部為東、質、文、
馬、文、德、清、屋韻。其中題韻「軍」字與「紛」字同押於屬
第五韻，並未偷韻。浦銑《復小齋賦話》卷上又摘出唐宋律賦偷
韻的篇章：

> 唐律賦有偷一韻或兩韻，不可悉數，如王起〈披霧見青天
> 賦〉偷「可、不」兩韻，裴度〈二氣合景星賦〉偷「有、
> 無」兩韻，周鍼〈羿射九日賦〉偷「控」字一韻，陸贄
> 〈月臨鏡湖賦〉偷「動」字一韻是也。宋則絕無，唯范文
> 正公〈任官惟賢才賦〉，以「分聯求理當任賢者」為韻，
> 偷「任」字一韻耳。[11]

不過，檢閱上述篇章，卻都沒有發現偷韻的情形。以下分別說
明：

王起〈披霧見青天賦以「瑩然可仰無不清心」為韻〉各韻之押韻
情形如下：

1 天鮮 [然] 賢宣玄下平聲先 [仙] 同用　2 朗象往想 [仰] 上聲蕩 [養] 同用
3 衢娛 [無] 殊符上平聲虞韻　4 夥 [可] 上聲果 [哿] 同用　5 久 [不] 上聲有

11　同上注，頁 52。

韻　6　情明 清 下平聲庚 清 同用　7　映競 瑩 鏡盛映 庚 清平去通押
8　欽金臨陰 心 下平聲侵韻獨用　　全唐文 641/6479 下-6480 上

由上可知，本篇不依次用韻，實際押「然仰無可不清瑩心」，其
所屬《廣韻》韻部為仙、養、虞、哿、有、清、庚、侵韻。其中
「可、不」兩韻分屬第四、五韻，第四韻以「夥、可」為韻字，
「夥」屬《廣韻》「果」韻；「可」屬「哿」韻，依《廣韻》
「果哿」同用；第五韻以「久、不」為韻字，同屬《廣韻》
「有」韻，可見本篇並未偷韻。裴度〈二氣合景星賦 以「其狀無常
出有道之國」為韻〉各韻押韻之情形如下：

1　上暢望 狀 去聲漾韻　2　思期 之 追上平聲之脂同用　3　駕吉 出
一失質實入聲 術 質同用　4　衢 無 上平聲虞韻　5　首 有 上聲有韻
6　揚煌彰商光康 常 下平聲 陽 唐同用　7　色德翼 國 入聲職 德 同用
8　時爾 其 夷上平聲 之 脂同用　9　造考 道 寶上聲皓韻獨用　　全唐文
537/5453 下-5454 上

由上可知，本篇不依次用韻，實際押「狀之出無有常國其道」，
其所屬《廣韻》韻部為漾、之、術、虞、有、陽、德、之、皓
韻。其中「有、無」兩字分屬第四、五韻，第四韻以「衢、無」
為韻字，同屬《廣韻》「虞」韻；第五韻以「首、有」為韻字，
同屬《廣韻》「有」韻，可見本篇並未偷韻。周鍼〈羿射九日賦
以「當晝控弦九烏潛退」為韻〉各韻之押韻情形如下：

1　晦載 退 去聲隊 代同用　2　前連玄宣虔 弦 下平聲先 仙 同用　3

九吼斗走有上聲 有 厚同用　4　嫌殲 潛 下平聲添 鹽 同用　5　彀 畫
漏去聲 宥 候同用　6　圖嶇 烏 上平聲 模 虞同用　7　中 控 去聲送韻
8　張 當 臧綱光王下平聲陽 唐 同用　　全唐文 954/9904 下-9905 上

由上可知，本篇不依次用韻，實際押「退弦九潛畫烏控當」，其
所屬《廣韻》韻部為隊、仙、有、鹽、宥、模、送、唐韻。
「控」字屬第七韻「送」韻，第七韻以「中、控」為韻字，同屬
《廣韻》「送」韻，可見本篇並未偷韻。陸贄〈月臨鏡湖賦以
「風靜湖滿輕波不動」為韻〉各韻之押韻情形如下：

1　明平名精清 輕 明下平庚 清 同用　2　垢受醜上聲厚有同用　3
過 波 歌下平 戈 歌同用　4　總 動 上聲董韻獨用　5　空中 風 上平東韻
獨用　6　短 滿 上聲緩韻　7　靜 影井上聲 靜 梗同用　8　符 湖 孤壺
塗上平虞 模 同用　　全唐文 460/4696 上-4696 下

由上可知，本篇不依次用韻，實際押「輕○波動風滿靜湖」，其
所屬《廣韻》韻部為清、有、戈、董、東、緩、靜、模韻。其中
「動」字屬第四韻「董」韻，第四韻以「總、動」為韻字，同屬
《廣韻》「董」韻，可見題韻「動」字已押用；不過，題韻
「不」字未見押用，僅押同韻部之「垢、受、醜」，「垢」屬
《廣韻》「厚」韻，「受、醜」屬《廣韻》「有」韻，「不」亦
屬「有」韻，依《廣韻》「厚有」同用，可見本篇偷「不」一
韻。至於范仲淹〈任官惟賢材賦以「分職求理當任賢者」為韻〉，其
各韻之押韻情形如下：

1　群分聞上平聲文韻　2　職忒得入聲職德同用　3　休修求謀下平聲尤韻　4　紀理美矣上聲止韻　5　昌當方臧下平聲陽唐同用　6　禁任下平聲侵韻獨用　7　宣愨然妍傳賢下平聲仙先同用　8　捨下者上聲馬韻獨用　范仲淹全集 428-429

由上可知，本篇依次用韻，其所屬《廣韻》韻部為文、職、尤、止、唐、侵、先、馬韻。其中「任」字出現於第六韻，第六韻以「禁、任」為韻字，同屬《廣韻》「侵韻」，可見本篇並未偷韻。

　　以浦銑對於律賦的精深研究，應不致誤判唐宋律賦家偷韻的情況，浦銑《復小齋賦話》上述偷韻的篇章其實都押用「上下聯」押作兩韻的解鐙韻，也是唐宋賦家為解決窄韻與展現因難見巧功力的特殊構段模式，浦銑所謂偷韻者應該是指上述篇章使用了這種特殊的構段方式。本書第四章第二節將集中論述「解鐙韻」，在此暫不討論。

　　律賦之作偶有不押本字而押同韻部字者，可視為偷韻，檢閱唐代試賦，其中不押本字而押同韻部字者正自不少，如王昌齡〈灞橋賦以「車騎繁雜雲水輝映」為韻〉偷「輝」字一韻、蔣至〈罔兩賦〉偷「仁」字一韻、苗秀〈登春臺賦〉偷「晴」字一韻、武少儀〈射隼高墉賦〉偷「器」字一韻、張正元〈南風之薰賦〉偷「成」字一韻、李程試〈披沙揀金賦〉偷「成」字一韻。茲分述如下：

　　王昌齡〈灞橋賦以「車騎繁雜雲水輝映」為韻〉各韻之押韻情形如下：

1 □車餘輿居墟上平聲魚韻獨用　2 義智寄致戲□騎去聲□寘至同用
3 源轅飜□繁上平聲元韻　4 □雜合納入聲合韻　5 氛耘瀆□雲上平
聲文韻　6 址□水美上聲止□旨同用　7 依旎飛上平聲微韻獨用　8
盛□映命去聲勁□映同用　全唐文 331/3351 上-3351 下

由上可知，本篇不依次用韻，實際押「車騎繁雜雲水輝映」，其
所屬《廣韻》韻部為魚、真、元、合、文、旨、微、映韻。其中
題韻「輝」字屬第七韻「微」韻，但未見押用，僅押同韻部之
「依、旎、飛」。蔣至〈罔兩賦以「道德希夷仁義」為韻〉各韻之押
韻情形如下：

1 討寶□道上聲晧韻獨用　2 經測識息□德臆入聲□德職同用　3 非
□希依飛威上平聲微韻獨用　4 時犛姿□夷之上平聲□之脂同用　5
人塵貧珍津真上平聲真韻　6 寄□義避意去聲寘韻　全唐文
407/4164 下

由上可知，本篇依次為韻，其所屬《廣韻》韻部為晧、德、微、
之、真、寘韻。其中題韻「仁」字屬第五韻「真」韻，未見押
用，僅押同韻部之「人、塵、貧、珍、津、真」。苗秀〈登春臺
賦以「晴眺春野氣和感深」為韻〉各韻之押韻情形如下：

1 生情名清成平下平聲庚□清同用　2 徵□眺耀去聲□嘯笑同用　3
□春屯辰均上平聲□諄真同用　4 寡□野下上聲馬韻獨用　5 貴謂□氣
去聲未韻獨用　6 何多□和那下平聲歌□戈同用　7 □感覽膽上聲感□敢
同用　8 □深音下平聲侵韻獨用　全唐文 457/4669 上-4669 下

由上可知，本篇依次為韻，其所屬《廣韻》韻部為清、嘯、諄、馬、未、戈、感、侵韻。其中題韻「晴」字屬第一韻「清」韻，但未見押用，僅押「生、情、名、清、成、平」。「生、平」屬《廣韻》「庚」韻，「情、名、清、成」屬《廣韻》「清」韻，依《廣韻》「清、庚」同用，可見本篇偷韻。武少儀〈射隼高墉賦以「君子藏器待時」為韻〉各韻之押韻情形如下：

1 紛群文雲焚 君 上平聲文韻　2 履止死 子 矣上聲旨 止 同用　3 藏 臧量下平聲 唐 陽同用　4 志萃墜意地利躓去聲志至真同用　5 待 改上聲海韻　6 時 期斯上平聲 之 支同用　《全唐文》613/5186 上

由上可知，本篇依次用韻，其所屬《廣韻》韻部為文、止、唐、至、海、之韻。其中題韻「器」字屬第四韻「至」韻，但未見押用，僅押同韻部之「志、萃、墜、意、地、利、躓」。「志、意」屬《廣韻》「志」韻，「萃、墜、地、利、躓」屬「至」韻，依《廣韻》「志至」同用，可見本篇偷韻。張正元〈南風之薰賦以「悅人阜財生物咸遂」為韻〉各韻之押韻情形如下：

1 新春 人 上平聲真諄同用　2 物 鬱沸入聲物韻　3 咸 巖下平聲 咸 銜同用　4 節穴結入聲屑韻　5 開來哉 財 上平聲咍韻　6 自墜 遂 去聲至真同用　7 清精 生 鳴下平聲清 庚 同用　8 首有 阜 上聲有韻　《全唐文》544/5519 上-5519 下

由上可知，本篇不依次用韻，實際押「人物咸悅財遂生阜」，其所屬《廣韻》韻部為真、物、咸、屑、咍、至、庚、有韻。其中

題韻「悅」字屬第四韻「薛」韻，但未見押用，僅代之「節、穴、結」，三韻字同屬《廣韻》「屑」韻，依《廣韻》「薛屑」同用，可見本篇偷韻。李程〈披沙揀金賦以「求寶之道同乎選才」為韻〉各韻之押韻情形如下：

1 流[求]州謀下平聲尤韻　2 討潦[寶]上聲皓韻　3 戲嬉遺湄禥期姿上平聲支脂之同用　4 好寶[道]上聲皓韻　5 工中融[同]上平聲東韻獨用　6 [乎]塗上平聲模韻　7 淺善上聲獮韻　8 媒[才]哉上平聲灰咍同用　《全唐文》622/6378 上-6378 下

由上可知，本篇依次用韻，實際押「求寶之道同乎選才」，其所屬《廣韻》韻部為尤、皓、之、皓、東、模、獮、咍韻。其中題韻「之」字屬第三韻「之」韻，但未見押用，僅押同韻部之「戲、嬉、遺、湄、禥、期、姿」。「戲」屬《廣韻》「支」韻，「遺、湄、禥、姿」屬「脂」韻，「嬉、期」屬「之」韻，依《廣韻》「之脂支」同用，可見本篇偷韻。

　　北宋四大家律賦之中，不押本字而僅押同韻部之字者，有田錫〈春色賦以「暖日和風春之色也」為韻〉、王禹偁〈君者以百姓為天賦以「君有庶民如得天也」為韻〉、〈橐籥賦以「天地之間其猶橐籥」為韻〉、范仲淹〈堯舜帥天下以仁賦以「堯舜仁化天下從矣」為韻〉四篇。茲分述如下：

　　田錫〈春色賦以「暖日和風春之色也」為韻〉各韻之押韻情形如下：

1 空融[風]中上平聲東韻獨用　2 [也]冶野上聲馬韻獨用　3 辰[春]

輪新上平聲真諄同用　4 暖滿管上聲緩韻　5 怡曦遲絲而上平聲
之支脂同用　6 一室日質密溢入聲質韻　7 多何和河波下平聲
歌戈同用　8 國德勒折薛色入聲德薛職合用　咸平集 9/7-8

由上可知，本篇不依次用韻，實際押「風也春暖○日和色」，其
所屬《廣韻》韻部為東、馬、諄、緩、之、質、戈、職韻。其中
題韻「之」字屬第五韻「之」韻，但未見押用，僅押「怡、曦、
遲、絲、而」。「怡、絲、而」屬《廣韻》「之」韻，「曦」屬
「支」韻，「遲」屬「脂」韻，依《廣韻》「之支脂」同用，可
見本篇偷韻。

　　王禹偁〈君者以百姓為天賦以「君有庶民如得天也」為韻〉各韻
之押韻情形如下：

1 君文縕上平聲文韻　2 首有厚手上聲有厚同用　3 旻民人陳
上平聲真韻　4 庶禦楚去聲御韻獨用　5 舒如初上平聲魚韻獨用
6 克得則入聲德韻　7 先宣焉下平聲先仙同用　8 野寡也上聲馬
韻獨用　王禹偁　小畜集 1086-12 下-1086-13 下

由上可知，本篇不依次用韻，實際押「君有民庶如得○也」，其
所屬《廣韻》韻部為文、有、真、御、魚、德、先、馬韻。其中
題韻「天」字屬第七韻「先」韻，但未見押用，僅押「先、宣、
焉」。「先」屬《廣韻》「先」韻，「宣、焉」屬「仙」韻，依
《廣韻》「先仙」同用，可見本篇偷韻。王禹偁〈橐籥賦以「天
地之間其猶橐籥」為韻〉各韻之押韻情形如下：

1 玄焉天傳全偏下平聲先仙同用　2 吹異地至去聲真志至同用
3 為施時之箆茲上平聲支之同用　4 間環關閑上平聲山刪同用
5 師資其斯上平聲脂之支同用　6 猶柔求下平聲尤韻　7 彙籥若
入聲鐸藥同用　8 莫度作入聲鐸韻　小畜集 1086-15 下-1086-16 上

由上可知，本篇依次用韻，其所屬《廣韻》韻部為先、至、之、
山、之、尤、鐸、藥韻。其中題韻「彙、籥」全押於第七韻，與
「若」同為韻字，屬《廣韻》「鐸藥」同用，第八韻以「莫、
度、作」為韻字，均屬《廣韻》「鐸」韻。第八韻未見本字，或
可視為偷韻。范仲淹〈堯舜帥天下以仁賦以「堯舜仁化天下從矣」為
韻〉各韻之押韻情形如下：

1 堯饒朝下平聲蕭宵同用　2 舜近振去聲稕焮震合用　3 神綸
仁臻上平聲真諄臻同用　4 詐暇化去聲禡韻獨用　5 膻先焉旱先
仙平上通押　6 也下美上聲馬旨合用　7 宗從恭封上平聲冬鍾同
用　8 己理矣上聲止韻　范仲淹　范仲淹全集 242-425

由上可知，本篇依次用韻，實際押「堯舜仁化○下從矣」其所屬
《廣韻》韻部為蕭、稕、真、禡、仙、馬、鍾、止韻。其中題韻
「天」字屬第四韻「先」韻，但未見押用，僅押「膻、先、
焉」。「膻」屬《廣韻》「仙」韻，「先」屬「先」韻，「焉」
屬「仙」韻，依《廣韻》「先仙」同用，題韻「天」字未見押
用，可見偷韻。

　　此外，唐代律賦也出現因限韻字甚難而使用假借字者，王芑
孫《讀賦卮言・官韻例》云：

　　　　有限字甚難而遂假借押之者，如高郢〈獻凱樂賦〉以「獻
　　　　茲大功陳樂于祖」為韻，「於」字借作單于之「於」。白
　　　　居易〈君子不器賦〉以「無施不可」為韻，黃滔〈不貪為
　　　　寶賦〉以「不驚他貨」為韻，「不」字俱借作能否之
　　　　「否」。[12]

王芑孫摘出高郢〈獻凱樂賦以「獻茲大功陳樂於祖」為韻〉、白居易
〈君子不器賦以「用之則行無施不可」為韻〉、黃滔〈不貪為寶賦以
「不驚他貨士之意哉」為韻〉可見因題韻字難以押用而改押假借字。
以下分別說明：

　　高郢〈獻凱樂賦以「獻茲大功陳樂於祖」為韻〉各韻之押韻情形
如下：

　　　　1 獻建勸去聲願韻　2 茲詩師下平聲之脂同用　3 會賴外大泰
　　　去聲泰韻獨用　4 功風戎上平聲東韻獨用　5 陳振人臣上平聲真
　　　韻　6 樂角入聲覺韻　7 符娛于無圖乎上平聲虞模同用　8 覿
　　　武祖舞上聲姥麌同用　　全唐文 449/4589 下-4590 上

由上可知，本篇依次用韻，其所屬《廣韻》韻部為願、之、泰、
東、真、覺、虞、姥韻。其中題韻「於」字屬第七韻「虞」韻，
但未見押用。第七段原文如下：

12　王芑孫，《讀賦巵言》，載於何沛雄編，《賦話六種》（香港：三聯書
　　店，1982 年），頁，頁 21。

矧乎伿伿之功斯立，鏘鏘之韻相 符 。始理心而啓聖，終
盈耳以為 娛 。彼周伐獫狁，漢征單 于 。皆窮欲而黷武，
故人殘而力 無 。未若我配盛德，永維 圖 。將使自東自
西，聆至音而斯為盛矣；盡善盡美，欣元德而不亦樂
乎 ！　全唐文 449/4589

本段以「符、娛、于、無、圖、乎」為韻字。「符、娛、于、
無」屬《廣韻》「虞」韻，「圖、乎」屬「模」韻，依《廣韻》
「虞模」同用。白居易〈君子不器賦以「用之則行無施不可」為韻〉
各韻之押韻情形如下：

1 縱 用 重去聲用韻　2 明成 行 下平聲庚清同用　3 辭時熙釐姿
之 上平聲 之 脂同用　4 塞默克德 則 入聲德職同用　5 有受久
守 不 上聲有韻　6 樞符 無 俱虞愚上平聲虞韻　7 我 可 上聲哿韻
8 疲為知 施 時宜斯上平聲支之同用　全唐文 656/6680 上-6681 下

由上可知，本篇不依次用韻，實際押「用、行、之、則、不、
無、可、施」其所屬《廣韻》韻部為用、庚、之、德、有、虞、
可、支韻。其中題韻「不」字屬第五韻，試錄第五韻原文如
下：

原夫根純精於妙 有 ，完元和於虛 受 。內宏道而惟新，外
濟用而可 久 。鄙鬥筲之奚算，哂挈瓶之固 守 。何器量之
差殊，在性情之能 不 。　全唐文 656/6680 上-6680 下

本段以「有、受、久、守、不」為韻字，但「不」字被假借為「可否」之「不」。黃滔〈不貪為寶賦以「不驚他貨士之意哉」為韻〉各韻之押韻情形如下：

> 1 名驚貞鏗下平聲清庚清同用　2 贄遺意棄去聲至志同用　3 瑰哉上平聲灰咍同用　4 美已恥士上聲旨止同用　5 時嗤之上平聲之韻　6 過播貨去聲箇韻　7 多科磨他和下平聲歌戈同用　8 走醜不上聲厚有同用　全唐文 822/8659 下-8660 上

由上可知，本篇不依次用韻，實際押「驚意哉士之貨他不」，其所屬《廣韻》韻部為庚、志、咍、止、之、箇、歌、有韻。其中題韻「不」字屬第八韻「有」韻，試錄原文如下：

> 宋人於是辭默而慚，顏頳而走。斯言既得以佩服，吾寶乃分其妍醜。誰能持確論，秉貞姿，問貪夫之信不？　全唐文 822/8660 上

本段以「走、醜、不」為韻字，但「不」字被假借為「能否」之「不」。

北宋四大家律賦之中，僅范仲淹〈陽禮教讓賦以「修射崇飲民不爭矣」為韻〉第六韻押「不」字，而且也假借為「能否」之「不」，試標示本篇各韻之押韻情形如下：

> 1 州由修下平聲尤韻　2 下射化馬禡上去通押　3 宮同風功崇上平聲東韻獨用　4 品飲審寢稟上聲寢韻獨用　5 民倫人上平聲

真諄同用 6 久不壽有上聲有韻 7 名爭程情下平聲清耕同用

8 已紀矣上聲止韻 范仲淹全集 443

由上可知，本篇依次用韻，其所屬《廣韻》韻部為尤、禡、東、

寢、真、有、耕、止韻。其中題韻「不」字屬第六韻，試錄原文

如下：

是知用之而在化可久，廢之而其化則不。斯射也，可以

止其暴亂；斯飲也，可以樂其富壽。所以反當仁之義，

以勸四方；遵成魄之規，用寧九有。 范仲淹全集 443

本段以「久、不、壽、有」為韻字，均屬《廣韻》「有」韻，其

中「不」字當作「能否」之「不」，屬限韻字甚難而使用假借字

者。

值得一提的是，文彥博〈鴻漸于陸賦以「鴻在于陸為世儀表」為

韻〉雖未使用假借字，但若改易題韻「于」字為「於」字，則完

全符合用韻規範，以下標示本篇各韻之押韻情形如下：

1 鴻崇風上平聲東韻獨用 2 在塏海上聲海韻 3 徐于居上平聲

魚虞合用 4 宿鷟陸木入聲屋韻獨用 5 奇卑之為知上平聲支

之同用 6 逝勢世去聲祭韻 7 湄麋儀上平聲脂支同用 8 鳥沼

表上聲篠小同用 潞公文集 1100-579 下-580 上

由上可知，本篇依次用韻，其所屬《廣韻》韻部為東、海、虞、

屋、支、祭、支、小韻。其中題韻「于」字屬第三韻「虞」韻，

試錄原文如下：

> 徒觀其載飛載止，匪疾匪⬚徐⬚。矧徊翔而翩若，心高潔以依⬚于⬚。翻迅羽以嗈嗈，弋人何慕；仰層巒而岌岌，陽鳥攸⬚居⬚。　潞公文集 1100-579 下

「于」、「於」為古今字，「于」早有而「於」後起。「于」屬《廣韻》「虞」韻，「於」屬《廣韻》「魚」韻，若易「于」為「於」，則第三韻以「徐、於、居」為韻字，均屬《廣韻》「魚」韻。

第三節　題下限韻形式之特點

一、八字韻腳

　　據吳曾《能改齋漫錄》所考，唐代試賦自唐玄宗開元二年試〈旗賦以「風日雲野軍國清肅」為韻〉始見八字韻腳，其實，初唐已見題下限八字韻腳，鄺健行〈初唐題下限韻形式的審察及引論〉就認為：「早在律賦始創的初唐，從現存的十三首作統計，八字韻腳共十一首，當中包括劉知幾的試賦和可能模仿試賦的梁獻〈大閱賦〉。這麼看來，以八字為韻早就接近常態或者就是常態。」[13]其後，韓暉《隋及初唐賦風研究》也指出：「就目前所掌握的資料看，開元二年（714）之前大約有九篇八韻律

---

[13]　載於氏著，〈科舉考試文體論稿〉（臺北：臺灣書店，1999 年），頁48。

賦。」[14]詹杭倫〈初唐八韻律賦考辨〉則在鄺健行的基礎上繼續探索，考辨原列限八字韻腳之試賦共十一篇：劉允濟〈天行健賦以「天德以陽故能行健」為韻〉、韋展〈日月如合璧賦以「應候不差如璧之合」為韻〉、蘇珦〈懸法象魏賦以「正月之吉懸法象」為韻〉、張泰〈學殖賦以「深固深柢無使將落」為韻〉、徐彥伯〈汾水新船賦以「虛舟濟物利涉大川」為韻〉、李咸〈田獲三狐賦以「田獲三狐實公儒友愧」為韻〉、劉知幾〈京兆試慎所好賦以「重譯獻珍信非寶也」為韻〉、劉知幾〈韋弦賦以「君子佩之用規性情」為韻〉、封希顏〈六藝賦以「移風易俗安上理人」為韻〉、梁獻、胡瑱〈大閱賦以「國崇武備明習順時」為韻〉。經過考訂之後，認定指出其中只有封希顏〈六藝賦〉一篇押八韻，蘇珦〈懸法象魏賦〉押七韻、李咸〈田獲三狐賦〉押九韻，至於其他八篇則可以排除在初唐範圍之外[15]。凡此，皆可說明八字限韻早已於初唐出現，不必下推到開元二年。至於開元二年以後，試賦限以八字韻腳仍時有所見：如盛唐玄宗開元十五年（727）進士試〈灞橋賦以「水雲暉映車騎繁雜」為韻〉、開元二十二年進士試（734）試〈梓材賦以「理材為器如政之術」為韻〉；中唐以後八字限韻漸多，大曆六年（771）進士試〈初日照露盤賦以「雲表清露光發金景」為韻〉、大曆八年（773）進士試〈登春臺賦以「晴眺春野氣和感深」為韻〉、大曆十四年（779）進士試〈寅賓出日賦以「大明在天恆以時授」為韻〉、大曆十四年（779）博學宏詞試〈放馴象賦以「珍異禽獸無育家國」為

---

[14]　《隋及初唐賦風研究》（桂林：廣西師範大學出版社，2002 年），頁129。

[15]　相關考辨載於氏著，《唐代科舉與試賦》（武昌：武漢大學出版社，2015 年），頁 69-87。

韻〉、貞元五年（789）進士試〈南風之薰賦以「悅人阜財生物咸遂」為韻〉、貞元七年（791）進士試〈珠還合浦賦以「不貪為寶神物自還」為韻〉、貞元八年（792）進士試〈明水賦以「玄化無宰至精感通」為韻〉、貞元八年（792）博學宏詞試〈鈞天樂賦以「上天無聲昭錫有道」為韻〉、貞元九年（793）進士試〈試平權衡賦以「晝夜平分銖鈞取則」為韻〉、貞元十年（794）博學宏詞試〈進善旌賦以「設之通衢俾人進善」為韻〉、貞元十三年（797）進士試〈西掖瑞柳賦以「應時呈祥聖德昭感」為韻〉、貞元十四年（798）進士試〈鑒止水賦以「澄虛納照遇象分形」為韻〉、貞元十五年（799）博學宏詞試〈樂理心賦以「易直子諒油然而生」為韻〉、貞元十八年（802）博學宏詞試〈瑤臺月賦以「仙家帝室皎潔清光」為韻〉、貞元十九年（803）進士試〈中和節百辟獻農書賦以「嘉節初吉修是農政」為韻〉、元和二年（807）進士試〈舞中成八卦賦以「中和所製盛德斯陳」為韻〉、元和十年（815）進士試〈鄉老獻賢能書賦以「行藝昭洽可升王庭」為韻〉、元和十四年（819）進士試〈王師如時雨賦以「慰悅人心如雨枯旱」為韻〉、元和十五年（820）進士試〈大羹賦以「宗本誠敬遺味由禮」為韻〉、長慶二年（822）進士試〈木雞賦以「致此無敵故能先鳴」為韻〉；至於晚唐，仍可見八字韻腳，如咸通三年（862）進士試〈倒載干戈賦以「聖功克彰兵器斯戢」為韻〉、乾寧元年（894）進士試〈止戈為武賦以「和眾安人是為武德」為韻〉、乾寧二年（895）進士試〈人文化天下賦以「觀彼人文以化天下」為韻〉[16]，其題下限韻均為八字韻腳。

16　詳參詹杭倫，《唐代科舉與試賦》（武昌：武漢大學出版社，2015年）。

宋代科舉在太祖開寶六年（973）創立殿試制度之後，一直分解試、省試、殿試三級考試。北宋四大家律賦試賦之作，田錫〈開封府試人文化成天下賦以「煥乎文章化被天下」為韻〉、〈南省試聖人並用三代禮樂賦以「皇猷昭宣禮樂備舉」為韻〉、〈御試不陣而成功賦以「功德雙美威震寰海」為韻〉，王禹偁〈厄言日出賦以「盈側空仰隨變和美」為韻〉[17]、〈天道如張弓賦以「王者喻身則此宜施」為韻〉，范仲淹〈省試自誠而明謂之性賦以「誠發為德彰彼天性」為韻〉，文彥博〈省試諸侯春入貢賦以「天下侯國春入方物」為韻〉、〈省試青圭禮東方賦以「修舉春祀崇尚圭薦」為韻〉，均限以八字韻腳，至於北宋四大家律賦非試賦之作，亦全用八字韻腳，無一例外。

八字韻腳之中，尤以虛字韻腳最為考驗賦家因難見巧、驅遣文字之功力。北宋四大家律賦押語尾助詞如「之」、「乎」、「也」、「者」、「矣」、「焉」者頗為常見，茲舉例如下：

> 1　曲乎形，類彤弓之彎矣；隆乎脊，狀枳棘以陳 之 。　尺
> 蠖賦三　王禹偁　小畜集 1086-14 上
> 2　所謂性相近也，故可則而象 之 。　老子猶龍賦三　范仲淹
> 范仲淹全集 14
> 3　封泰山以告成，既盡善也；禪梁父而報本，不亦宜 乎 ？
> 聖德合天地賦七　咸平集 8/4

---

[17]　〈厄言日出賦以「盈側空仰隨變和美」為韻〉為宋太宗淳化三年（992）殿試試賦，王禹偁《小畜集》卷二〈律賦〉序云：「淳化中謫官上洛，明年太宗試進士，其題曰〈厄言日出〉有傳至商山者，駭其題之異且難也，因賦一篇。」，故此賦為王禹偁模擬練習之作。

4 洋洋鄒魯之風、宜乎盛矣；穆穆唐虞之化、猗歟煥$\boxed{乎}$。

開封府試人文化成天下賦七　咸平集 9/4

5 總而賦之，春之色$\boxed{也}$。　春色賦二　咸平集 9/7

6 蛙黽怒而受式，非度德者；螳螂奮而拒轍、豈量力$\boxed{也}$。

尺蠖賦八　王禹偁　小畜集 1086-14 下

7 普天率土，盡關宵旰之憂；九夷八蠻、無非臣妾之$\boxed{者}$。

王者無外賦二　范仲淹　范仲淹全集 435

8 勤諸博學，式彰乎善莫大焉；類彼多藏，自取乎文為貴
$\boxed{者}$。　多文為富賦二　文彥博　潞公文集 1100-577 下

9 苟精義而入焉，如至誠而感$\boxed{矣}$。　窮神知化賦二　范仲淹
范仲淹全集 433

10 蓋由在上而不驕，得師臣之道$\boxed{矣}$。　能自得師者王賦八
文彥博　潞公文集 1100-577 下

11 感而后動，吉凶由是以生$\boxed{焉}$。　中者天下之大本賦一　文彥
博　潞公文集 1100-577 下

這些時常出現於文言文的語尾助詞，其驅遣安排，一如文言文之
寫作，在押用上只要配合文意，使文句完足，大致不會有太大的
困難。不過，在唐代律賦之中，部分作家甚至會因有些虛字押用
甚難於是置而不押，王芑孫《讀賦卮言‧押虛字例》就說：「限
韻有虛字、亦不得不治想於圖空。憑虛而作勢，要有臨危據槁之
形而已。」[18]北宋四大家律賦在虛字韻腳上也展現因難見巧的純

18　〔清〕王芑孫，《讀賦卮言》，載於何沛雄編，《賦話六種》（香港：
三聯書店，1982 年），頁 21。

熟功力，如押「而」字：

用能定君臣父子之道，述皇王帝霸之基。夫如是，則土無二以並矣，位通三兮偉 而 。　仲尼為素王賦三　王禹偁　小畜集 1086-12 下

得不載考斯言，詳觀至理。雖化育之甚大，亦權輿而自此。誠明內著，兩儀蟠極之宗；和順外融，萬物經綸之始。有如此者，不其偉 而 。　中者天下之大本賦七　文彥博　潞公文集 1100-581 上

又如押「以」字：

我嘗考考畫卦之深旨，見觀象之有 以 。蓋美其時行則行，時止則止。　尺蠖賦二　王禹偁　小畜集 1086-14 上

至賢者孟子，在養素而弗違；亞聖者顏生，性如愚而有 以 。　蒙以養正賦四　范仲淹　范仲淹全集 16

是知彼器也，利乃生民；此器也，歸諸君子。蓋用之而可資，故喻之而有 以 。　禮義為器賦六　范仲淹　范仲淹全集 17

養老之美，於斯有 以 。　養老乞言賦四　范仲淹　范仲淹全集 440

則知富於文者，其富為美；富於財者，其富可鄙。故往籍之攸載，俾來者之所履。發諭甚嘉，垂謨有 以 。　多文為富賦六　文彥博　潞公文集 1100-577 下

再如押「於」字：

象則遠爾，理則依 於 。當异位而有別，終同功而靡疏。
從政者寬猛相須，體茲至矣；為道者恬智交養，觀此行
諸。　水火不相入而相資賦七　范仲淹　范仲淹全集 450
徒觀其載飛載止，匪疾匪徐。矧徊翔而翩若，心高潔以依
于 。　鴻漸于陸賦三　文彥博　潞公文集 1100-577 下

凡此，無不信手拈來，安排妥適停當，不僅不置而不押，還因難
見巧，因文生意，在戴著手鐐腳銬的重重束縛之下，舞動如椽之
大筆，馳騁其巧思文才，完全不留斧鑿痕跡，具見功力之至，其
造達語言藝術之至高境界，令人折服。

　　至於「韻腳後帶虛字」也是律賦韻腳的特色之一。詩與賦一
般都在句末押韻，但是律賦有時會在韻字後帶些虛字，這些語尾
助詞多置於律賦之段末，用於補足語意。北宋四大家律賦偶而會
出現韻腳後帶虛字，以下引錄全部北宋四大家律賦使用韻腳後帶
虛字的文句：

1　有以見同乎王者，孰云乎蓋出司 徒 者也？　仲尼為素王賦
一　王禹偁　小畜集 1086-12 上
2　在乎觀百姓之勞逸，豈止仰一氣之絪 縕 而已哉！　君者
以百姓為天賦一　王禹偁　小畜集 1086-13 上
3　有以見天假之年，而王無罪 歲 者也。　水車賦一　范仲淹
范仲淹全集 22
4　所以明乾坤之化育，見天人之會 同 者也。　易兼三材賦一
范仲淹　范仲淹全集 437
5　故得化臻於沖寂，功格於玄 黃 者也。　崆峒山問道賦一　王

禹偁　小畜集 1086-260 上

6　蟲張網而役役，蟻循磨而孜孜者哉？　尺蠖賦三　王禹偁
小畜集 1086-14 上

7　亦何必謂粟陸氏以居尊，據軒轅氏而啓國者哉？　聖人
無名賦五　王禹偁　小畜集 1086-15 上

8　又安得匪因掘地、而自可蠲痾者哉？　醴泉無源賦五　王禹
偁　小畜集 1086-16 上

9　又安能禪位於大舜，比崇於軒黃者哉？　黃屋非堯心賦一
王禹偁　小畜集 1086-257 上

10　又何必周王之夢九，而嵩岳之呼萬者也？　老人星賦八
范仲淹　范仲淹全集 14

11　於以見有夏之至聖也。　五聲聽政賦八　咸平集 8/5

12　小臣稽首而稱之曰：「穆穆皇皇，有以見我宋之禮樂
也。」　南省試聖人并用三代禮樂賦八　咸平集 9/5

13　既著美於一時，遂流芳於千古者也。　焚雉頭裘賦八　文
彥博　潞公文集 1100-579 上

14　所以示諸溥率之民，俾常勤於力穡者也。　土牛賦八　文
彥博　潞公文集 1100-586 下

「也」、「者也」、「者哉」、「而已哉」等虛字，或用於賦篇
第一段、第三段、第五段或結尾。其中王禹偁律賦最常使用，凡
七見；其次，范仲淹律賦凡三見，田錫律賦與文彥博律賦各使用
兩次。

二、四平四仄，平仄相間

　　誠如李調元《賦話》所言，唐代科舉試賦很少有明確規定押韻次序的，說明唐代律賦在押韻次序方面的要求比較寬鬆，允許律賦的韻字更動順序，至了宋代試賦，題下限韻漸趨嚴格，尤其是從宋太宗太平興國年間開始，不僅規定必須八韻，而且還限制用韻的次序。《宋史‧選舉一》記載：「太平興國二年，御殿覆試，內出賦題，賦韻平側相間，依次而用」[19]。李燾《續資治通鑑長編》卷十八也記載太平興國二年（977）春正月丙寅：「上御講武殿，內出詩賦題覆試進士，賦韻平側相間，依次用。」[20] 考察北宋四大家律賦試賦之作，田錫為太平興國三年（978）年進士，本年殿試試題為〈御試不陣而成功賦〉[21]，田錫〈御試不陣而成功賦以「功德雙美威震寰海」為韻〉，其平仄為「平仄平仄平仄平仄」，屬四平四仄、平仄相間，其出題正符合宋太宗下詔嚴限四平四仄，依次用韻的格式要求，至於田錫之前參加省試之〈開封府試人文化成天下賦以「煥乎文章化被天下」為韻〉原平仄為「仄平平平仄仄平仄」，雖屬四平四仄，但平仄並未遞用，田錫乃更動平仄順序，實際押「文化天被章煥乎下」，平仄更動為「平仄平仄平仄平仄」，屬四平四仄、平仄相間；〈南省試聖人並用三代禮樂賦以「皇猷昭宣禮樂備舉」為韻〉原平仄為「平平平平

---

[19] 〔元〕脫脫編，《宋史》（臺北：鼎文書局，1983 年），卷 155，頁 3607。

[20] 〔宋〕李燾，《續資治通鑑長編》（臺北：世界書局，2010 年），卷 18，頁 149。

[21] 龔延明，祖慧編，傅璇琮主編，《宋登科記考》（南京：江蘇教育出版社，2009 年），頁 15。

仄仄仄仄」，雖屬四平四仄，但平仄並未遞用，田錫又更動平仄
順序，實際押「宣備昭舉皇禮猷樂」，平仄更動為「平仄平仄平
仄平仄」，屬四平四仄、平仄相間，可見太平興國下詔之前，北
宋律賦試賦題下限韻一如唐代試賦，較為寬鬆自由，但由其更動
平仄為四平四仄、平仄相間，應是考慮到全篇聲韻調諧的聲律效
果。考察田錫其他七篇律賦題下限韻之平仄押用，如〈西郊講武
賦以「順時閱兵俾民知戰」為韻〉原平仄為「仄平平仄平平平仄」；
實際押「兵順時戰知閱民俾」，平仄更動為「平仄平仄平仄平
仄」；〈聖德合天地賦以「聖德昭彰合乎天地」為韻〉原平仄為「仄
仄平平仄平平仄」，實際押「天聖彰地昭合乎德」，平仄更動為
「平仄平仄平仄平仄」；〈五聲聽政賦以「聖人虛懷求理設教」為
韻〉原平仄為「仄平平平平仄仄仄」，實際押「人理懷設求教虛
聖」，平仄更動為「平仄平仄平仄平仄」；〈羣玉峰賦以「玉峯
聳峭鮮潔新明」為韻〉原平仄為「仄平仄仄平仄平平」，實際押
「玉鮮峭明潔峯聳新」，平仄更動為「仄平仄平仄平仄平」；
〈雁陣賦以「葉落南翔雲飛水宿」為韻〉原平仄為「仄仄平仄平平仄
仄」，實際押「飛水翔落雲葉南宿」，平仄更動為「平仄平仄平
仄平仄」；〈春色賦以「暖日和風春之色也」為韻〉原平仄為「仄仄
平平平平仄仄」，實際押「風也春暖之日和色」，平仄更動為
「平仄平仄平仄平仄」；〈曉鶯賦以「芳天曉景悅聽清音」為韻〉原
平仄為「平平仄仄仄仄平平」，實際押「芳曉清悅天景音聽」，
平仄更動為「平仄平仄平仄平仄」。以上七篇題下限韻都用四平
四仄，但未平仄相間，田錫在實際押用時，都進行了更動調整，
成為四平四仄、平仄遞用的模式，這種更動平仄的普遍現象正是
追求聲韻調諧的表現。

　　王禹偁於宋太宗太平興國八年（983）登進士第，本年殿試賦題為〈六合為家賦〉[22]，王禹偁試賦之作未見載於《小畜集》，不過，王禹偁現存兩篇試賦之擬作：〈庀言日出賦以「盈側空仰隨變和美」為韻〉為宋太宗淳化三年（992）殿試試題[23]，題下限韻平仄為「平仄平仄平仄平仄」，屬四平四仄，平仄相間；王禹偁〈庀言日出賦以「盈側空仰隨變和美」為韻〉亦依次用韻，符合四平四仄，平仄相間之格式要求；〈天道猶張弓賦以「王者喻身則此宜施」為韻〉為宋真宗景德二年（1005）殿試試題[24]，考試時間距離太平興國年間甚久，但限韻平仄為「平仄仄平仄仄平仄」，屬「三平五仄」，僅一二、七八字平仄相間。王禹偁〈天道如張弓賦以「王者喻身則此宜施」為韻〉，實際押「則喻身施宜此王者」，平仄更動為「仄仄平仄平仄平仄」，後六字平仄相間，更趨近於平仄相間的要求；南宋洪邁《容齋隨筆》卷十三「試賦用韻」條也說明宋代試賦題下限韻之規定：「國朝太平興國三年九月，始詔自今廣文館及諸州、府、禮部進士律賦，並以平側次用韻，其後又有不依次者，至今循之。」[25]洪邁將朝廷規定平仄相間、依次用的時間下修到宋太宗太平興國三年，與《宋史》、《續資治通鑑長編》所載稍有出入，但其所謂「以平側次用韻，其後又有不依次者」的說法，頗符合王禹偁〈天如張弓賦〉平仄

---

[22]　龔延明，祖慧編，傅璇琮主編，《宋登科記考》（南京：江蘇教育出版社，2009 年），頁 20。

[23]　同上注，頁 36。

[24]　同上注，頁 65。

[25]　載於〔宋〕洪邁，《容齋隨筆》（臺北：大立出版社，1981 年），上冊，頁 368-369。

不依次押用的情況。王禹偁十八篇律賦之中，除了上述兩篇和〈尺蠖賦〉之外，其餘十五篇題韻全部押用「平仄平仄平仄平仄」，均屬四平四仄，平仄相間。

范仲淹於北宋真宗大中祥符八年（1015）進士及第，本年殿試賦題為〈置天下如置器賦〉[26]，范仲淹試賦之作同樣未見載於文集，其春闈省試之作〈省試自誠而明謂之性賦以「誠發為德彰彼天性」為韻〉題韻為「平仄平仄平仄平仄」，屬四平四仄，平仄相間。范仲淹之作亦依次用韻，符合四平四仄，平仄相間之要求。范仲淹三十五篇律賦之中，押三平五仄僅〈水車賦〉、〈淡交若水賦〉兩篇，五平三仄僅〈任官惟賢材賦〉一篇，〈水車賦以「如歲大旱汝為霖雨」為韻〉題下限韻平仄為「平仄仄仄仄平平仄」，實際押「歲為汝如旱大霖雨」，平仄更動為「仄平仄平仄仄平仄」；〈淡交若水賦以「君子求友恬淡為上」為韻〉依次用韻，題下限韻平仄為「平仄平仄仄仄平仄」；〈任官惟賢材賦以「分職求理當任賢者」為韻〉依次用韻，題下限韻平仄為「平仄仄仄仄平平仄」。以上三篇雖非四平四仄，但八韻之中仍有六韻平仄相間。范仲淹其餘三十二篇全部押用「平仄平仄平仄平仄」，均屬四平四仄，平仄相間。

文彥博於仁宗天聖五年（1027）進士及第，本年殿試賦題為〈聖有謨訓賦〉[27]今存兩篇春闈省試之作，〈省試諸侯春入貢賦以「天下侯國春入方物」為韻〉依次用韻，平仄為「平仄平仄平仄平仄」，屬四平四仄，平仄相間；〈省試青圭禮東方賦以「修舉春祀

26　龔延明，祖慧編，傅璇琮主編，《宋登科記考》（南京：江蘇教育出版社，2009年），頁96。

27　同上注，頁123。

崇尚圭薦」為韻〉亦依次用韻，平仄為「平仄平仄平仄平仄」，屬
四平四仄，平仄相間；文彥博其餘十五篇律賦全部押用「平仄平
仄平仄平仄」，均屬四平四仄，平仄相間。

由上可知，北宋四大家律賦之題下限韻逐漸趨向四平四仄，
平仄相間；題韻也由不依次用韻轉趨依次用韻。

三、著題為韻

宋代科舉考試，考生每苦於題目深奧，難以稽考，故「上
請」陳明題意以便於作答，據《宋會要輯稿，選舉》7 之 5 記
載：

> 淳化三年三月四日，帝御崇政殿試禮部奏名進士，內出
> 〈厄言日出賦〉、〈射不主皮詩〉、〈儒行論〉，得孫何
> 已下二百五十三人，第為五等，並賜及第、出身。賦題，
> 孫何等不知所出，相顧惶駭，閣筆不敢措詞。人教之上
> 請，自座叩殿檻乞指示。帝初不為言，既所請再三，始為
> 陳其大義焉。[28]

王禹偁擬作之〈厄言日出賦以「盈側空仰隨變和美」為韻〉為北宋太
宗淳化三年（992 年）殿試賦題。「厄言日出」典出《莊子·寓
言》：「寓言十九，重言十七，厄言日出，和以天倪。」[29]其中

---

[28] 〔清〕徐松，《宋會要輯稿》（臺北：新文豐出版社，1916 年），第
　　五冊，頁 4358。

[29] 〔先秦〕莊周著，郭象注，《莊子集釋》（臺北：萬卷樓圖書公司，
　　2012 年），頁 947。

「卮言」或解為「無心之言」或解為「支離其言，吉無的當」，郭象注云：「夫卮，滿則傾，空則仰，非持故也。況之於言，因物隨變，唯彼之從，故曰出。日出，謂日新也，日新則盡其自然之分，自然之分盡則和也。」[30]故題下限韻「盈側空仰隨變和美」提示為言須無繫於傾仰，才能合於自然之法則。又，王禹偁擬作〈天道如張弓賦以「王者喻身則此宜施」為韻〉為北宋真宗景德二年（1005 年）殿試賦題，典出《老子》七十七章：

> 天之道，其猶張弓與！高者抑之，下者舉之；有餘者損
> 之，不足者補之。天之道，損有餘而補不足；人之道則不
> 然，損不足以奉有餘。孰能有餘以奉天下？唯有道者。是
> 以聖人為而不恃，功成而不處。其不欲見賢。[31]

全篇說明天道自然之理猶如張弓，因能以有餘補不足，故萬物欣欣向榮，各得其所，而今人卻反其道而行，造成民不聊生。題韻「王者喻身則此宜施」即指引考生從遵天之道，施為取法自然，才能生養不息，安居樂業入手解題。

考察北宋四大家科舉試賦之作，其題下限韻皆著力注解賦題，揭示題意。如北宋田錫〈御試不陣而成功賦以「功德雙美威震寰海」為韻〉為宋太宗太平興國三年（978）殿試試題，題目取意自《孫子・謀攻》：

30　同上注。

31　〔先秦〕老聃著，〔魏〕王弼等注，《老子王弼注》上篇，載於《老子注四種》（臺北：國立臺灣大學出版中心，2016 年），頁 64。

　　凡用兵之法，全國為上，破國次之；全軍為上，破軍次
之；全旅為上，破旅次之；全卒為上，破卒次之；全伍為
上，破伍次之。是故百戰百勝，非善之善者也；不戰而屈
人之兵，善之善者也。[32]

「不戰而屈人之兵」即「不陣而成功」，題韻「功德雙美威震寰
海」則提示用兵取法乎上，功成而天下安綏的盛況；又，田錫
〈開封府試人文化成天下賦以「煥乎文章化被天下」為韻〉典出《易
經・賁卦・象辭》：「剛柔交錯，天文也；文明以止，人文也。
觀乎天文，以察時變；觀乎人文，以化成天下。」[33]題韻「煥乎
文章化被天下」揭示〈賁卦〉的意旨，說明觀察大自然的文飾情
狀，可以知曉四季變換的規律；觀察人類的文飾情狀，可以教化
天下，促成天下昌明；至於田錫〈南省試聖人並用三代禮樂賦以
「皇猷昭宣禮樂備舉」為韻〉則典出《漢書・禮樂志》：

　　天稟其性而不能節也，聖人能為之節而不能絕也，故象天
地而制禮樂，所以通神明，……公卿幸得遭遇其時，未有
建萬世之長策，舉明主於三代之隆者也。[34]

---

[32]　〔先秦〕孫武著，魏汝霖註譯，《孫子今註今譯》（臺北：臺灣商務印
　　書館，1984 年），頁 94。

[33]　〔魏〕王弼、韓康伯注，〔唐〕孔穎達等正義，《周易正義》（臺北：
　　藝文印書館，1976 年），頁 62。

[34]　〔漢〕班固等著，《漢書》（臺北：洪氏出版社，1970 年），卷 22，
　　頁 1027。

《漢書・禮樂志》全篇歷舉漢代歷朝帝王延續三代治世，積極更張禮樂之具體措施，題韻「皇猷昭宣」說明漢代承續三代之隆，天下大治；「禮樂備舉」指明漢代帝王致力於崇禮尚樂的盛況；范仲淹〈省試自誠而明謂之性賦以「誠發為德彰彼天性」為韻〉典出《中庸》第二十一章：「自誠明，謂之性；自明誠，謂之教；誠則明矣，明則誠矣。」[35]鄭玄注云：「自，由也。由至誠而有明德，是聖人之性者也；由明德而有至誠，是賢人學以成之也。有至誠則必有明德，有明德則必有至誠。」[36]說明聖人的德行，在於存心真誠純良，此為自然天性；至於時時存養，歸於至誠，則是後天教化的成果。題韻「誠發為德彰彼天性」即以勉人發揮天性，彰顯真誠無偽之德，提示本篇題旨與寫作方向；文彥博〈省試青圭禮東方賦以「修舉春祀崇尚圭薦」為韻〉典出《周禮・春官・大宗伯》：「以玉作六器，以禮天地四方：以蒼璧禮天，以黃琮禮地，以青圭禮東方，以赤璋禮南方，以白琥禮西方，以玄璜禮北方。皆有牲幣，各放其器之色。」[37]鄭玄注云：「禮東方以立春，為蒼精之帝，而大昊、句芒食焉。」[38]故題韻出以「修舉春祀崇尚圭薦」；文彥博〈省試諸侯春入貢賦以「天下侯國春入方物」為韻〉典出《周禮・秋官・小行人》：「令諸侯春入貢，秋獻

35　〔漢〕鄭玄注〔唐〕孔穎達等正義，《禮記注疏》（臺北：藝文印書館，1976 年），頁 894。

36　同上注。

37　〔漢〕鄭玄注〔唐〕賈公彥疏，《周禮注疏》（臺北：藝文印書館，1976 年），卷 18，頁 281。

38　同上注。

功，王親受之，各以其國之籍禮之。」[39]賈公彥疏云：「必使春
入者，其所貢之物，並諸侯之國出稅於民，民稅既得，乃大國
貢半，次國三之一，小國四之一，皆市取美物，必經冬至春，乃
可入王，以是令春入之也。」[40]故題韻出以「天下侯國春入方
物」。

　　上述殿試賦之題下限韻皆著題為韻，若能揣摩題目與題下限
韻存在注解與附麗的關係，考生當可順利解題，從容應答，避免
墮入五里霧中。

　　除科舉試賦之外，北宋四大家律賦之題下限韻多見隸括經
史，申明故實者。如田錫〈五聲聽政賦以「聖人虛懷求理設教」為
韻〉典出《淮南子‧氾論訓》：

　　　禹之時，以五音聽治，懸鐘鼓磬鐸，置鞀，以待四方之
　　　士，為號曰：「教寡人以道者擊鼓，諭寡人以義者擊鍾，
　　　告寡人以事者振鐸，語寡人以憂者擊磬，有獄訟者搖
　　　鞀。」[41]

禹以鐘鼓磬鐸鞀五音聽治，期能廣納善言。題韻「聖人虛懷求理
設教」提示禹虛己以待天下四方之士，求理設教的史實；王禹偁
〈崆峒山問道賦以「黃帝之道天下清淨」為韻〉題目典出《莊子‧在
宥》：「黃帝立為天子十九年，令行天下，聞廣成子在於空同之

---

[39]　同上注，卷37，頁567。

[40]　同上注。

[41]　〔漢〕劉安等著，何寧集釋，《淮南子集釋》（北京：中華書局，1998
　　　年），卷13，頁941。

上，故往見之。」[42]，下文透過廣成子對黃帝治道的提點，說明治天下者必須先治身的道理，並詳細說明治身體道的自然法則，題韻「黃帝之道天下清淨」即揭示廣成子闡釋以清靜無為治天下之道；范仲淹〈陽禮教讓賦以「修射崇飲民不爭矣」為韻〉典出《周禮·地官·大司徒》：「二曰以陽禮教讓，則民不爭。」[43]，鄭玄注云：「陽禮，謂鄉射、飲酒之禮也。」[44]題韻「修射崇飲」即提示鄉射、鄉飲酒二事為陽禮；賈公彥疏云：「謂鄉飲酒之禮，……鄉飲酒，即黨正飲酒之類是也。黨正飲酒之時，五十者堂下，六十者堂上，皆以齒讓為禮，則無爭。」[45]題韻「民不爭矣」即疏釋陽禮的作用；文彥博〈汾陰出寶鼎賦以「皇漢之道神鼎斯出」為韻〉典出《漢書·吾丘壽王傳》，當時汾陰出寶鼎，群臣為漢武帝喜得周鼎而上賀，壽王獨排眾議，以為漢武「恢廓祖業，功德愈盛，天瑞並至，珍祥畢見」、「天祚有德而寶鼎自出，此天之所以與漢，乃漢寶，非周寶也」。[46]題韻「皇漢之道神鼎斯出」即提示壽王以寶鼎所出為漢寶而非周寶之主張，彰顯武帝治國之隆盛。

---

[42] 〔先秦〕莊周著，郭象注，《莊子集釋》（臺北：萬卷樓圖書公司，2012 年），卷 4 頁 397。

[43] 〔漢〕鄭玄注〔唐〕賈公彥疏，《周禮注疏》（臺北：藝文印書館，1976 年），卷 9，頁 151。

[44] 同上注。

[45] 同上注。

[46] 〔漢〕班固等著，《漢書》（臺北：洪氏出版社，1970 年），卷 64 上，頁 2797-2798。

第四章　北宋四大家律賦依韻生篇之考察

第一節　依韻生篇之整體形態

一、依韻成篇

以下表列北宋四大家律賦之各韻韻字、所屬韻部，韻部後標明獨用、同用、合用、通押，並以方格標示限韻字與相應的《廣韻》韻部，以見其依韻成篇之形態：

表 4-1

	田錫			
1	〈西郊講武賦 以「順時閱兵俾民知戰」為韻〉　咸平集8/1-3			
	(1)	平兵橫（庚韻）	(2)	訓慎運順（問震稕合用）
	(3)	辭期儀離時（之支同用）	(4)	旬轉戰（霰線同用）
	(5)	貔羆之披知（脂支之同用）	(6)	悅列節烈閱（薛屑同用）
	(7)	民綸津（真諄同用）	(8)	理里軌旨邇俾（止旨紙同用）
2	〈聖德合天地賦 以「聖德昭彰合乎天地」為韻〉　咸平集8/3			
	(1)	宣然天乾（仙先同用）	(2)	聖政令（勁韻）
	(3)	章皇綱彰（陽唐同用）	(4)	彙遂地（未至合用）
	(5)	朝妖昭蕘（宵韻）	(6)	納合闔（合盍同用）

	(7) 圖區塗乎（模虞同用）	(8) 國域忒德（德職同用）
3	〈五聲聽政賦 以「聖人虛懷求理設教」為韻〉　　咸平集8/4	
	(1) 民親伸新人（真韻）	(2) 理水己（止旨同用）
	(3) 懷諧階（皆韻）	(4) 設列節缺（薛屑同用）
	(5) 謀收憂流求（尤韻）	(6) 教貌樂效（效韻獨用）
	(7) 踰虛濡余（虞魚合用）	(8) 政盛聖（勁韻）
4	〈羣玉峰賦 以「玉峯瑩峭鮮潔新明」為韻〉　　咸平集8/7	
	(1) 欲玉（燭韻）	(2) 天仙鮮千焉（先仙同用）
	(3) 詔峭篠（笑嘯同用）	(4) 生名英城明（庚清同用）
	(5) 絕缺潔（薛屑同用）	(6) 峯容（鍾韻）
	(7) 恐聳奉（腫韻獨用）	(8) 春伸人仁新親响（諄真同用）
5	〈雁陣賦 以「葉落南翔雲飛水宿」為韻〉　　咸平集9/1	
	(1) 飛歸依（微韻獨用）	(2) 里水起（止旨同用）
	(3) 相翔張颺行堂（陽唐同用）	(4) 落漠卻（鐸藥同用）
	(5) 云雲軍（文韻）	(6) 接葉妾（葉韻）
	(7) 南藍涵參（覃談同用）	(8) 鵠燠宿（沃屋合用）
6	〈開封府試人文化成天下賦 以「煥乎文章化被天下」為韻〉　　咸平集9/2	
	(1) 君勳文墳（文韻）	(2) 化暇霸（禡韻獨用）
	(3) 先然天宣（先仙同用）	(4) 義被思（寘志同用）
	(5) 章鏘常彰（陽韻）	(6) 幹亂煥（翰換同用）
	(7) 區圖蘇踰乎（虞模同用）	(8) 夏雅馬下（馬韻獨用）
7	〈南省試聖人並用三代禮樂賦 以「皇猷昭宣禮樂備舉」為韻〉　　咸平集9/4	
	(1) 乾先宣然（仙先同用）	(2) 地類備（至韻）
	(3) 堯朝詔昭（蕭宵同用）	(4) 舉敘呂（語韻獨用）
	(5) 皇王陽（唐陽同用）	(6) 禮體（薺韻獨用）
	(7) 修流猷（尤韻）	(8) 箭嶽朔樂（覺韻獨用）

8	〈御試不陣而成功賦以「功德雙美咸震寰海」為韻〉　咸平集9/5		
	(1) 中功風（東韻獨用）	(2) 德式克（德職同用）	
	(3) 邦降雙（江韻獨用）	(4) 指美止（旨止同用）	
	(5) 圍威歸（微韻獨用）	(6) 舋震舜（震稕同用）	
	(7) 寰關閑（刪山同用）	(8) 乃凱采海（海韻）	
9	〈春色賦以「暖日和風春之色也」為韻〉　咸平集9/6		
	(1) 空融風中（東韻獨用）	(2) 也冶野（馬韻獨用）	
	(3) 辰春輪新（真諄同用）	(4) 暖滿管（緩韻）	
	(5) 怡曦遲絲而（之支脂同用）	(6) 一室日質密溢（質韻）	
	(7) 多何和河波（歌戈同用）	(8) 國德勒折色（德薛職合用）	
10	〈曉鶯賦以「芳天曉景悅聽清音」為韻〉　咸平集9/8		
	(1) 蒼芳光商（唐陽同用）	(2) 曉悄杪（篠小同用）	
	(3) 情笙聲清（清庚同用）	(4) 悅玦節切（薛屑同用）	
	(5) 鮮圓連天然（仙先同用）	(6) 井永景影（靜梗同用）	
	(7) 陰深吟音（侵韻獨用）	(8) 令佞徑定聽（徑韻獨用）	
		王禹偁	
1	〈卮言日出賦以「盈側空仰隨變和美」為韻〉　小畜集1086-11上		
	(1) 傾名盈（清韻）	(2) 識側默得則（職德同用）	
	(3) 窮終空（東韻獨用）	(4) 想象上蕩仰（養蕩同用）	
	(5) 卮隨之為（支之同用）	(6) 禪變戰（線韻）	
	(7) 那何和波（歌戈同用）	(8) 旨士美（旨止同用）	
2	〈天道如張弓賦以「王者喻身則此宜施」為韻〉　小畜集1086-11下-12上		
	(1) 抑則極（職德同用）	(2) 固喻注（暮遇同用）	
	(3) 人倫身人親（真諄同用）	(4) 理異施萃（止志真至上去通押）	
	(5) 姿熙犛宜（脂之支同用）	(6) 彼此旨己已（紙旨止同用）	
	(7) 長量強臧常德王（陽唐德平入通押）	(8) 下者（馬韻獨用）	

3	〈仲尼為素王賦 以「儒素之道尊比王者」為韻〉　　小畜集1086-12上-12下		
	(1) 圖儒孤徒（模虞同用）	(2) 素庶度（暮御合用）	
	(3) 衰夷之卑疲基而（脂之支同用）	(4) 寶討道（皓韻獨用）	
	(5) 尊坤存（魂韻）	(6) 己子比（止旨同用）	
	(7) 洋王裳光（陽唐同用）	(8) 夏社者（馬韻獨用）	
4	〈君者以百姓為天賦 以「君有庶民如得天也」為韻〉　　小畜集1086-12下-13下		
	(1) 君文縕（文韻）	(2) 首有走手（有厚同用）	
	(3) 旻民人陳（真韻）	(4) 庶御楚（御韻獨用）	
	(5) 舒如初（魚韻獨用）	(6) 克得則（德韻）	
	(7) 先宣焉（先仙同用）	(8) 野寡也（馬韻獨用）	
5	〈復其見天地之心賦 以「天地幽頤觀象斯見」為韻〉　　小畜集1086-13下-14上		
	(1) 焉然玄天（仙先同用）	(2) 義地自至（至韻）	
	(3) 幽休收求（幽尤同用）	(4) 革索畫頤（麥韻）	
	(5) 端觀寬官安難（桓寒同用）	(6) 掌象蕩往（養蕩同用）	
	(7) 時基之斯（之支同用）	(8) 變扇見（線霰同用）	
6	〈尺蠖賦 以「尺蠖之屈以求伸也」為韻〉　　小畜集1086-14上-14下		
	(1) 蠖躍卻弱（鐸藥同用）	(2) 旨以止起子此（旨止紙同用）	
	(3) 熙枝岐馳衰之孜（之支同用）	(4) 物屈（物韻獨用）	
	(5) 流柔求由留幽（尤幽同用）	(6) 跡尺（昔韻）	
	(7) 神伸人身（真韻）	(8) 者也捨寡（馬韻獨用）	
7	〈聖人無名賦 以「元聖之道無得稱焉」為韻〉　　小畜集1086-14下-15上		
	(1) 元尊言（元魂同用）	(2) 聖正姓（勁韻）	
	(3) 為知夷之（支脂之同用）	(4) 寶號道（皓号上去通押）	

	(5) 樞徒虞圖無（模虞同用）		(6) 塞得國（德韻）	
	(7) 稱徵能（蒸登同用）		(8) 下夏也（馬韻獨用）	
8	〈橐籥賦 以「天地之間其猶橐籥」為韻〉 小畜集1086-14上-14下			
	(1) 玄焉天傳全偏（先仙同用）		(2) 吹異地至（真志至同用）	
	(3) 為施時之箎（支之同用）		(4) 間環關閑（山刪同用）	
	(5) 師資其斯（脂之支同用）		(6) 猶柔求（尤韻）	
	(7) 橐籥若（鐸藥同用）		(8) 莫度作（鐸韻）	
9	〈醴泉無源賦 以「王者之瑞何有源本」為韻〉 小畜集1086-16上-16下			
	(1) 長觴祥王（陽韻）		(2) 下者也（馬韻獨用）	
	(3) 知茲飴之（之支同用）		(4) 地至瑞（至真同用）	
	(5) 那何它痾（歌韻）		(6) 耦醜斗有首（厚有同用）	
	(7) 原黼崙源（元魂同用）		(8) 本遠混（混阮同用）	
10	〈火星中而寒暑退賦 以「心火中則寒暑斯退」為韻〉 小畜集1086-16下-17上			
	(1) 臨陰心沈（侵韻獨用）		(2) 火我可（果哿同用）	
	(3) 融中空（東韻獨用）		(4) 抑息色則得（職德同用）	
	(5) 殘懽安寒（寒桓同用）		(6) 所禦暑（語韻獨用）	
	(7) 儀茲斯時（支之同用）		(8) 退在大（隊代泰合用）	
11	〈鄉老獻賢能書賦 以「鄉老之薦登彼天府」為韻〉 小畜集1086-255下-256上			
	(1) 鄉王光（陽唐同用）		(2) 道造老好（皓韻獨用）	
	(3) 之私儀（之脂支同用）		(4) 譾薦衒勸（霰願合用）	
	(5) 膺登徵能繩（蒸登同用）		(6) 起彼里恥（止紙同用）	
	(7) 賢天焉（先仙同用）		(8) 古五府（姥麌同用）	
12	〈黃屋非堯心賦 以「黃屋車貴非帝堯意」為韻〉 小畜集1086-257上-257下			
	(1) 唐光康章黃（唐陽同用）		(2) 牧轂屋（屋韻獨用）	
	(3) 車胥如篽（魚韻獨用）		(4) 畏貴彙（未韻獨用）	

(5) 肥騑非（微韻獨用）		(6) 帝替世（霽祭同用）
(7) 堯昭驕（蕭宵同用）		(8) 瑞意事（寘志同用）
13	〈日月光天德賦以「陽景陰魄光彼天德」為韻〉 小畜集1086-258下-259上	
	(1) 煌陽蒼王（唐陽同用）	(2) 影景騁（梗靜同用）
	(3) 心陰沈臨（侵韻獨用）	(4) 魄赫宅（陌韻）
	(5) 桑荒藏光（唐韻）	(6) 水里委彼（旨止紙同用）
	(7) 然天偏年（仙先同用）	(8) 克則德（德韻）
14	〈崆峒山問道賦以「黃帝之道天下清淨」為韻〉 小畜集1086-260上-260下	
	(1) 王光岡黃（陽唐同用）	(2) 制帝濟世（祭霽同用）
	(3) 旗隨之（之支同用）	(4) 老道寶（皓韻獨用）
	(5) 焉然天前（仙先同用）	(6) 馬化下（馬禡上去通押）
	(7) 明清聲成（庚清同用）	(8) 令聘淨（勁韻）
15	〈射宮選士賦以「能中正鵠男子之事」為韻〉 小畜集1086-262下-263上	
	(1) 能蒸升登興（登蒸同用）	(2) 眾貢中（送韻獨用）
	(3) 聲呈正平（清庚同用）	(4) 鵠屬辱勗（沃燭同用）
	(5) 參男（覃韻）	(6) 止里子矣（止韻）
	(7) 皮儀之（支之同用）	(8) 志事利（志至同用）
16	〈歸馬華山賦以「王者無事歸歟西岳」為韻〉 小畜集1086-264上-264下	
	(1) 彰王驤陽（陽韻）	(2) 野下馬者（馬韻獨用）
	(3) 駒無榆（虞韻）	(4) 墜匱饋事（至志同用）
	(5) 騑飛歸圍（微韻獨用）	(6) 獸瘦寇溜（宥候同用）
	(7) 西蹄鼙溪（齊韻獨用）	(8) 鑠索岳（藥鐸覺合用）
17	〈賢人不家食賦以「賢國之寶家食生客」為韻〉 小畜集1086-265下-266上	
	(1) 懸天賢前（先韻）	(2) 國側直力（德職同用）
	(3) 師之頤儀（脂之支同用）	(4) 寶道鎬老（皓韻獨用）
	(5) 加霞家（麻韻獨用）	(6) 食職得（職德同用）

	(7) 聲生榮貞羹（清庚同用）		(8) 陣仞吝（震韻）	
18	王禹偁〈大合樂賦以「天地之禮張樂雍美」為韻〉　小畜集1086-265下-266上			
	(1) 天然焉（先仙同用）		(2) 事志次義至地自（志至真同用）	
	(3) 儀夷之（支脂之同用）		(4) 濟禮襧（薺韻獨用）	
	(5) 洋章王張行（陽唐同用）		(6) 樸樂覺（覺韻獨用）	
	(7) 雍封容（鍾韻）		(8) 美澧祉（旨紙止同用）	
	范仲淹			
1	〈老人星賦以「明星有爛萬壽無疆」為韻〉　范仲淹全集13-14			
	(1) 英明名（庚清同用）		(2) 壽久后友（有厚同用）	
	(3) 孤隅無圖榆（模虞同用）		(4) 偶叟有（厚有同用）	
	(5) 星齡經冥（青韻獨用）		(6) 觀爛漢（換翰同用）	
	(7) 光長疆（唐陽同用）		(8) 勸建願萬（願韻）	
2	〈老子猶龍賦以「元聖之德通變如此」為韻〉　范仲淹全集14-15			
	(1) 元尊源（元魂同用）		(2) 聖性盛（勁韻）	
	(3) 夷疑之雌時（脂之支同用）		(4) 極則域德（職德同用）	
	(5) 窮通中功（東韻獨用）		(6) 變見便（線霰同用）	
	(7) 舒如諸疏（魚韻獨用）		(8) 旨始此（旨止紙同用）	
3	〈蒙以養正賦以「君子能以蒙養其正」為韻〉　范仲淹全集15-16			
	(1) 群分君（文韻）		(2) 子理矣（止韻）	
	(3) 能矜稱應（登蒸同用）		(4) 履始子以（旨止同用）	
	(5) 崇蒙融窮（東韻獨用）		(6) 廣往養爽（蕩養同用）	
	(7) 斯其隨知（支之同用）		(8) 性聖正（勁韻）	
4	禮義為器賦以「崇禮明義斯以為器」為韻〉　范仲淹全集16-17			
	(1) 崇功窮（東韻獨用）		(2) 啟禮體（薺韻獨用）	
	(3) 成程行明盈（清庚同用）		(4) 義二墜利（真至同用）	
	(5) 持資斯宜（之脂支同用）		(6) 子以恥（止韻）	

	(7) 茲為規之（之支同用）	(8) 被志器（真志至同用）	
5	〈今樂猶古樂賦以「民庶同樂今古何異」為韻〉　范仲淹全集17-18		
	(1) 人民倫人（真諄同用）	(2) 慮著庶（御韻獨用）	
	(3) 豐中同風（東韻獨用）	(4) 度樂作（鐸韻）	
	(5) 音心今琴（侵韻獨用）	(6) 苦土鼓古（姥韻）	
	(7) 和他何（戈歌同用）	(8) 被地異（真至志同用）	
6	〈省試自誠而明謂之性賦以「誠發為德彰彼天性」為韻〉　范仲淹全集18-19		
	(1) 誠明英（清庚同用）	(2) 越發月竭（月韻）	
	(3) 移為資知（支脂同用）	(4) 域識德（職德同用）	
	(5) 常方良彰（陽韻）	(6) 此彼理矣（紙止同用）	
	(7) 先宣天（先仙同用）	(8) 聖命性（勁映同用）	
7	〈金在熔賦以「金在良冶求鑄成器」為韻〉　范仲淹全集20		
	(1) 金臨心（侵韻獨用）	(2) 在彩待（海韻）	
	(3) 剛良方將（唐陽同用）	(4) 也者冶寫（馬韻獨用）	
	(5) 求謀由（尤韻）	(6) 務顧鑄（遇暮同用）	
	(7) 英亨成（庚清同用）	(8) 義試器（真志至同用）	
8	〈臨川羨魚賦以「嘉魚可致何羨之有」為韻〉　范仲淹全集21-22		
	(1) 斯湄之思（支脂之同用）	(2) 遂類致餌至（至志同用）	
	(3) 波河和何多（戈歌同用）	(4) 首口有咎（有厚同用）	
	(5) 賒嘉魦耶車（麻韻獨用）	(6) 瑣左可（果哿同用）	
	(7) 魚諸予疏（魚韻獨用）	(8) 彥倦羨（線韻）	
9	〈水車賦以「如歲大旱汝為霖雨」為韻〉　范仲淹全集22-23		
	(1) 制濟惠世歲（祭霽同用）	(2) 期飢危為（之脂支同用）	
	(3) 汝舉渚（語韻獨用）	(4) 徐如餘舒（魚韻獨用）	
	(5) 短暖旱（緩旱同用）	(6) 會大害（泰韻獨用）	
	(7) 深心霖（侵韻獨用）	(8) 輔普雨取（麌姥同用）	
10	〈用天下心為心賦以「人主當用天下心矣」為韻〉　范仲淹全集23-24		
	(1) 賓仁人（真韻）	(2) 主土舞（麌姥同用）	

(3) 臧防荒當方（唐陽同用）		(4) 共頌從用（用韻）	
(5) 權專宣天（仙先同用）		(6) 捨夏下（馬韻獨用）	
(7) 深心臨（侵韻獨用）		(8) 己邇矣（止紙同用）	
11	〈堯舜帥天下以仁賦以「堯舜仁化天下從矣」為韻〉　范仲淹全集424-425		
	(1) 堯饒朝（蕭宵同用）	(2) 舜近振（稕焮震合用）	
	(3) 神綸仁臻（真諄臻同用）	(4) 詐暇化（禡韻獨用）	
	(5) 驙先焉（仙先同用）	(6) 也下美（馬旨合用）	
	(7) 宗從恭封（冬鍾同用）	(8) 己理矣（止韻）	
12	〈君以民為體賦以「君育黎庶如彼身體」為韻〉　范仲淹全集425-426		
	(1) 君分紛（文韻）	(2) 服育速（屋韻獨用）	
	(3) 稽黎臍（齊韻獨用）	(4) 庶豫著（御韻獨用）	
	(5) 予如初（魚韻獨用）	(6) 比氏子彼毀（旨紙止同用）	
	(7) 民賓臻身（真臻同用）	(8) 啓禮體（薺韻同用）	
13	〈六官賦以「分職無曠王道行矣」為韻〉　范仲淹全集426-427		
	(1) 君分勛（文韻）	(2) 國德職（德職同用）	
	(3) 徒圖無（模虞同用）	(4) 曠上當（宕漾同用）	
	(5) 常荒王（陽唐同用）	(6) 保造道考（皓韻獨用）	
	(7) 名情行明（清庚同用）	(8) 士理矣（止韻）	
14	〈鑄劍戟為農器賦以「天下無事兵器銷偃」為韻〉　范仲淹全集427-428		
	(1) 天焉先（先仙同用）	(2) 下冶者（馬韻獨用）	
	(3) 鑪殳須無模（模虞同用）	(4) 棄事類賜利（至志真同用）	
	(5) 爭平兵（耕庚同用）	(6) 被義器（真至同用）	
	(7) 饒銷朝（宵韻）	(8) 遠偃本（阮混同用）	
15	〈任官惟賢材賦以「分職求理當任賢者」為韻〉　范仲淹全集428-429		
	(1) 群分聞（文韻）	(2) 職忒得（職德同用）	
	(3) 休修求謀（尤韻）	(4) 紀理美矣（止旨同用）	
	(5) 昌當方臧（陽唐同用）	(6) 禁任（侵韻獨用）	
	(7) 宣愆然妍傳賢（仙先同	(8) 捨下者（馬韻獨用）	

	用)		
16	〈從諫如流賦以「王者從諫如彼流水」為韻〉　范仲淹全集430		
	(1) 綱王方揚（唐陽同用）		(2) 社夏寫下者（馬韻獨用）
	(3) 恭從宗容（鍾冬同用）		(4) 諫訕間（諫韻）
	(5) 虛居魚如（魚韻獨用）		(6) 軌彼旨士美（旨紙同用）
	(7) 尤謀流（尤韻）		(8) 士理水（止紙旨同用）
17	〈聖人大寶曰位賦以「仁德之守光大君位」為韻〉　范仲淹全集431		
	(1) 民仁辰（真韻）		(2) 極德國（職德同用）
	(3) 茲危基之施（之支同用）		(4) 有久守（有韻）
	(5) 昌光方疆（陽唐同用）		(6) 泰大賴（泰韻獨用）
	(7) 君聞分（文韻）		(8) 位地被（至寘同用）
18	〈賢不家食賦以「尊尚賢者寧有家食」為韻〉　范仲淹全集432		
	(1) 門尊園論（魂元同用）		(2) 上曠訪尚（漾宕同用）
	(3) 先賢田（先韻）		(4) 假者野（馬韻獨用）
	(5) 經寧靈庭（青韻獨用）		(6) 醜有偶藪歃（有厚同用）
	(7) 遐家嗟（麻韻獨用）		(8) 極德食（職德同用）
19	〈窮神知化賦以「窮彼神道然後知化」為韻〉　范仲淹全集433		
	(1) 通中窮功（東韻獨用）		(2) 旨始彼矣理（旨止紙同用）
	(3) 神人鈞仁（真諄同用）		(4) 造考道（皓韻獨用）
	(5) 偏然愆（仙韻）		(6) 有後咎（有厚同用）
	(7) 茲知疑之（之支同用）		(8) 夜暇化（禡韻獨用）
20	〈乾為金賦以「剛健純粹其象金也」為韻〉　范仲淹全集434-435		
	(1) 陽剛方常（陽唐同用）		(2) 憲遁健（願慁同用）
	(3) 倫珍純陳（諄真同用）		(4) 位粹施義（至寘同用）
	(5) 斯茲其知虧（支之同用）		(6) 仰往象爽（養韻）
	(7) 金深心（侵韻獨用）		(8) 舍者下也（馬韻獨用）
21	〈王者無外賦以「王者天下何外之有」為韻〉　范仲淹全集435-436		
	(1) 皇王疆方（唐陽同用）		(2) 社夏也者（馬韻獨用）
	(3) 平邊天偏（仙先同用）		(4) 野下寡（馬韻獨用）

	(5) 訛和何（戈歌同用）		(6) 外蓋會（泰韻獨用）
	(7) 之遺知夷（之脂支同用）		(8) 有久壽（有韻）
22	〈易兼三材賦以「通彼天地人謂之易」為韻〉　范仲淹全集437-438		
	(1) 通終中同（東韻獨用）		(2) 旨紀彼理矣（旨止紙同用）
	(3) 先天權宣全（先仙同用）		(4) 位地義利備（至真同用）
	(5) 陳人臣伸倫（真諄同用）		(6) 謂既緯氣（未韻獨用）
	(7) 儀維之疑遺（支脂之同用）		(8) 適澤易（昔陌同用）
23	〈淡交若水賦以「君子求友恬淡為上」為韻〉　范仲淹全集438-439		
	(1) 聞分君（文韻）		(2) 擬理矣子（止韻）
	(3) 流求羞秋（尤韻）		(4) 友守有（有韻）
	(5) 嫌恬謙廉（添鹽同用）		(6) 覽淡感（敢感同用）
	(7) 茲為基姿（之支脂同用）		(8) 望上妄（漾韻）
24	〈養老乞言賦以「求善言以寶國之用」為韻〉　范仲淹全集439-440		
	(1) 求休猷（尤韻）		(2) 典選善（銑獮同用）
	(3) 恩尊言（痕魂元同用）		(4) 以旨喜耳（止旨同用）
	(5) 資知宜詞（脂支之同用）		(6) 德國忒則（德韻）
	(7) 斯遺規之（支脂之同用）		(8) 政命盛（勁映同用）
25	〈得地千里不如一賢賦以「賢實邦寶何地能及」為韻〉　范仲淹全集440-441		
	(1) 賢焉先（先仙同用）		(2) 實失出（質術同用）
	(3) 江雙邦（江韻獨用）		(4) 考道寶（皓韻獨用）
	(5) 何多和（歌戈同用）		(6) 地懿智（至真同用）
	(7) 能興徵矜（登蒸同用）		(8) 急緝及（緝韻獨用）
26	〈體仁足以長人賦以「君體仁道隨彼尊仰」為韻〉　范仲淹全集442		
	(1) 文群君（文韻）		(2) 啟體禮（薺韻獨用）
	(3) 仁陳人（真韻）		(4) 造道寶（皓韻獨用）
	(5) 隨熙之（支之同用）		(6) 彼美理（紙旨止同用）
	(7) 尊煩言（魂元同用）		(8) 廣爽仰（蕩養同用）

27	〈陽禮教讓賦以「修射崇飲民不爭矣」為韻〉　范仲淹全集14-15443	
	(1) 州由修（尤韻）	(2) 下射化（馬禡上去通押）
	(3) 宮同風功崇（東韻獨用）	(4) 品飲審寢稟（寢韻獨用）
	(5) 民倫人（真諄同用）	(6) 不壽有（有韻）
	(7) 名爭程情（清耕同用）	(8) 已紀矣（止韻）
28	〈天驥呈才賦以「君德通遠天馬斯見」為韻〉　范仲淹全集444-445	
	(1) 君分雲群（文韻）	(2) 極國德億直（職德同用）
	(3) 驄豐籠通功（東韻獨用）	(4) 苑遠混坂（阮混同用）
	(5) 乾天埏旋先（仙先同用）	(6) 駔馬者（馬韻獨用）
	(7) 奇斯為時（支之同用）	(8) 彥見便（線霰同用）
29	〈稼穡惟寶賦以「王者崇本民食為貴」為韻〉　范仲淹全集445-446	
	(1) 王臧堂（陽唐同用）	(2) 雅捨者（馬韻獨用）
	(3) 崇功同（東韻獨用）	(4) 本損遠（混阮同用）
	(5) 人民貧珍（真韻）	(6) 力食德忒得（職德同用）
	(7) 茲移為知（之支同用）	(8) 道寶昊（皓韻獨用）
30	〈天道益謙賦以「天道常益謙損之義」為韻〉　范仲淹全集446-447	
	(1) 筌天宣焉（仙先同用）	(2) 造考道（皓韻獨用）
	(3) 昌芳常彰（陽韻）	(4) 迹適益斁（昔韻）
	(5) 占沾謙（鹽添同用）	(6) 本損遠遁（混阮同用）
	(7) 遺之為宜（脂之支同用）	(8) 施遂義（寘至同用）
31	〈聖人抱一為天下賦以「淳一數教為天下式」為韻〉　范仲淹全集447-448	
	(1) 人神倫淳（真諄同用）	(2) 失一秩（質韻）
	(3) 無敷逾珠乎（虞韻）	(4) 效孝教（效韻獨用）
	(5) 筌天焉（仙先同用）	(6) 捨也夏下（馬韻獨用）
	(7) 為私規（支脂同用）	(8) 德式域（德職同用）
32	〈政在順民心賦以「明主施政能順民欲」為韻〉　范仲淹全集448-449	
	(1) 明平令情（庚清同用）	(2) 主睹普（麌姥同用）
	(3) 宜施之慈（支之同用）	(4) 慶性政命（映勁同用）

	(5) 平興能蒸（庚蒸登合用）		(6) 信徇順進（震稕同用）
	(7) 倫民遵人（諄真同用）		(8) 俗欲燭（燭韻）
33	〈水火不相入而相資賦以「其性相反同濟於用」為韻〉　范仲淹全集449-450		
	(1) 而之資其（之脂同用）		(2) 生命盛性（映勁同用）
	(3) 湯陽昌方忘相（陽漾平去通押）		(4) 遠反晚（阮韻）
	(5) 窮同通功（東韻獨用）		(6) 濟惠契（霽韻）
	(7) 於疏諸（魚韻獨用）		(8) 用訟共（用韻）
34	〈大禮與天地同節賦以「常禮之外天地同節」為韻〉　范仲淹全集682-683		
	(1) 詳綱常（陽唐同用）		(2) 禮體啓（薺韻獨用）
	(3) 維私虧之（脂支之同用）		(4) 泰外大（泰韻獨用）
	(5) 筌全天然焉（仙先同用）		(6) 致器備次地（至韻）
	(7) 通同窮（東韻獨用）		(8) 節列設（屑薛同用）
35	〈制器尚象賦以「先聖觀象因制乎器」為韻〉　范仲淹全集683-684		
	(1) 筌先焉（仙先同用）		(2) 聖正性（勁韻）
	(3) 端安觀（桓寒同用）		(4) 長象往（養韻）
	(5) 陳因倫（真諄同用）		(6) 弊濟制際（祭霽同用）
	(7) 乎殊圖（模虞同用）		(8) 義器利（真至同用）
		文彥博	
1	〈省試諸侯春入貢賦以「天下侯國春入方物」為韻〉　潞公文集1100-577上-577下		
	(1) 天宣先（先仙同用）		(2) 者假下（馬韻獨用）
	(3) 侯休脩猷州（侯尤同用）		(4) 域忒國（職德同用）
	(5) 春新濱陳珍（諄真同用）		(6) 襲集入（緝韻獨用）
	(7) 章陽方王（陽韻）		(8) 物蔚怫（物韻獨用）
2	〈省試青圭禮東方賦以「修舉春祀崇尚圭薦」為韻〉　潞公文集1100-577下-578上		
	(1) 儔脩休（尤韻）		(2) 舉敘佇所（語韻獨用）

	(3) 珍春陳（真諄同用）		(4) 彼祀矣美（紙止旨同用）
	(5) 崇東風（東韻獨用）		(6) 尚狀向（漾韻）
	(7) 西迷圭（齊韻獨用）		(8) 羨變薦（線霰同用）
3	〈焚雉頭裘賦 以「珍異之服焚去無取」為韻〉　潞公文集1100-578下-579上		
	(1) 神民珍（真韻）		(2) 被乂異（寘廢志合用）
	(3) 時之儀（之支同用）		(4) 郁服燠（屋韻獨用）
	(5) 焚君文芬（文韻）		(6) 去緒宁（語韻獨用）
	(7) 無途乎（虞模同用）		(8) 主取古（麌姥同用）
4	〈汾陰出寶鼎賦 以「皇漢之道神鼎斯出」為韻〉　潞公文集1100-579上-579下		
	(1) 彰昌祥皇（陽唐同用）		(2) 漢旰贊（翰韻）
	(3) 之儀湄奇（之支脂同用）		(4) 藻道寶（皓韻獨用）
	(5) 欣神珍（欣真合用）		(6) 鼎梃並（迥韻獨用）
	(7) 詩私斯（之脂支同用）		(8) 秩質出（質術同用）
5	〈鴻漸于陸賦 以「鴻在于陸為世儀表」為韻〉　潞公文集1100-579下-580上		
	(1) 鴻崇風（東韻獨用）		(2) 在塏海（海韻）
	(3) 徐于居（魚虞合用）		(4) 宿鷺陸木（屋韻獨用）
	(5) 奇卑之為知（支之同用）		(6) 逝勢世（祭韻）
	(7) 湄糜儀（脂支同用）		(8) 鳥沼表（篠小同用）
6	〈孝者善繼人之志賦 以「人子行孝能繼先志」為韻〉　潞公文集1100-580上-580下		
	(1) 親人因（真韻）		(2) 旨子始美（旨止同用）
	(3) 盛行誠成（清庚同用）		(4) 効孝教（效韻獨用）
	(5) 稱承能（蒸登同用）		(6) 繼替悌（霽韻）
	(7) 先賢川（先仙同用）		(8) 義志墜（寘志至同用）
7	〈中者天下之大本賦 以「天下之教由此而出」為韻〉　潞公文集1100-580下-581上		
	(1) 天前焉（先仙同用）		(2) 舍下也（馬韻獨用）
	(3) 思之基（之韻）		(4) 敦教孝（效韻獨用）

	(5) 由脩勾（尤韻）	(6) 理此始（止紙同用）
	(7) 而宜斯（之支同用）	(8) 出質一（術質同用）
8	〈能自得師者王賦 以「能得師者王道成矣」為韻〉　潞公文集1100-581下-582上	
	(1) 膺凝能（蒸登同用）	(2) 克得國德（德韻）
	(3) 資基師（脂之同用）	(4) 雅者也夏（馬韻獨用）
	(5) 王彰莊昌（陽韻）	(6) 道考保（皓韻獨用）
	(7) 成明行（清庚同用）	(8) 美理矣（旨止同用）
9	〈多文為富賦 以「儒者崇學多以為富」為韻〉　潞公文集1100-582下-583上	
	(1) 儒殊踰（虞韻）	(2) 下也者（馬韻獨用）
	(3) 窮中崇（東韻獨用）	(4) 學樸齪璞（覺韻獨用）
	(5) 多磋過（歌戈同用）	(6) 美鄙履以比（旨止同用）
	(7) 為虧危（支韻）	(8) 秀茂富（宥候同用）
10	〈主善為師賦 以「能主其善成彼師道」為韻〉　潞公文集1100-583上-583下	
	(1) 興稱膺能（蒸登同用）	(2) 矩主輔（麌韻）
	(3) 疲其儀（支之同用）	(4) 闡顯善（獼銑同用）
	(5) 成驚誠（清庚同用）	(6) 徙彼美（紙旨同用）
	(7) 師之基（脂之同用）	(8) 考寶道（皓韻獨用）
11	〈祭法天道賦 以「君子之祭能合天道」為韻〉　潞公文集1100-583下-584上	
	(1) 君聞分（文韻）	(2) 子祀美紀彼（止旨紙同用）
	(3) 之宜時（之支同用）	(4) 祭契制（祭霽同用）
	(5) 兢能承（蒸登同用）	(6) 納合臘（合盍同用）
	(7) 天乾躅（先仙同用）	(8) 藻昊道（皓韻獨用）
12	〈一生二賦 以「元氣之用生是天地」為韻〉　潞公文集1100-584上-584下	
	(1) 元存原（元魂同用）	(2) 緯彙氣（未韻獨用）
	(3) 之為儀（之支同用）	(4) 用綜從（用宋同用）
	(5) 生成行（庚清同用）	(6) 靡是始水（紙止旨同用）
	(7) 天全邊（先仙同用）	(8) 器二地（至韻）
13	〈雁字賦 以「雲淨天遠騰書成字」為韻〉　潞公文集1100-584下-585下	

	(1) 氛雲文（文韻）	(2) 淨勁映（勁映同用）
	(3) 聯連然天（仙先同用）	(4) 遠混衰（阮混同用）
	(5) 騰能繩（登蒸同用）	(6) 纛筋著（御韻獨用）
	(7) 程明成（清庚同用）	(8) 異字類（志至同用）
14	〈經神賦以「明識經旨能若神矣」為韻〉	潞公文集1100-585下-586上
	(1) 成生名明（清庚同用）	(2) 識則測直（職德同用）
	(3) 經靈冥（青韻獨用）	(4) 美理旨（旨止同用）
	(5) 稱能憑膺（蒸登同用）	(6) 度託若（鐸藥同用）
	(7) 人身親神（真韻）	(8) 此趣矣（紙尾止合用）
15	〈土牛賦以「春祀牛設農作無忒」為韻〉	潞公文集1100-586上-586下
	(1) 民春因（真諄同用）	(2) 祀始軌起（止旨同用）
	(3) 儔流羞牛（尤韻）	(4) 節設別（屑薛同用）
	(5) 宗容龍農從（冬鍾同用）	(6) 落作若（鐸藥同用）
	(7) 無逾途（虞模同用）	(8) 忒德稑（德職同用）
16	〈天衢賦以「亨達之路無復凝滯」為韻〉	潞公文集1100-586下-587上
	(1) 亨明行（庚韻）	(2) 遏末達（曷末同用）
	(3) 夷之卑（脂之支同用）	(4) 路素步（暮韻）
	(5) 殊衢無（虞韻）	(6) 速復陸（屋韻獨用）
	(7) 繩登凝（蒸登同用）	(8) 滯際世（祭韻）
17	〈玉雞賦以「祥瑞之氣因孝而至」為韻〉	潞公文集1100-587上-587下
	(1) 方祥揚（陽韻）	(2) 志義地瑞（志寘至同用）
	(3) 之垂儀（之支同用）	(4) 貴魏氣（未韻獨用）
	(5) 因晨人倫（真諄同用）	(6) 孝豹效（效韻獨用）
	(7) 而追時（之脂同用）	(8) 異至萃（志至同用）

製表人：陳成文

根據上述表格，可知北宋四大家律賦依韻成篇之形態：

（一）押八韻

就律賦全篇押韻次數而言，如果我們將「獨用」，如「東韻獨用」計為一次；「同用」如「庚耕清」，計為一次；「合用」如「魚、虞」合用、「陽唐、德」合用，計為兩次；「通押」如「馬、禡」上去通押，計為兩次；「同韻」如「脂之」、「支脂之」，計為一次，那麼，田錫十篇律賦之中，〈西郊講武賦〉、〈羣玉峰賦〉、〈開封府試人文化成天下賦〉、〈南省試聖人並用三代禮樂賦〉、〈御試不陣而成功賦〉、〈曉鶯賦〉六篇均押八韻，佔全部律賦 60%；王禹偁十八篇律賦之中，〈巵言日出賦〉、〈君者以百姓為天賦〉、〈復其見天地之心賦〉、〈尺蠖賦〉、〈醴泉無源賦〉、〈黃屋非堯心賦〉、〈射宮選士賦〉、〈大合樂賦〉八篇均押八韻，佔全部律賦 44%；范仲淹三十五篇律賦之中，〈老子猶龍賦〉、〈今樂猶古樂賦〉、〈省試自誠而明謂之性賦〉、〈金在熔賦〉、〈臨川羨魚賦〉、〈水車賦〉、〈用天下心為心賦〉、〈君以民為體賦〉、〈六官賦〉、〈任官惟賢材賦〉、〈聖人大寶曰位賦〉、〈賢不家食賦〉、〈窮神知化賦〉、〈乾為金賦〉、〈易兼三材賦〉、〈淡交若水賦〉、〈得地千里不如一賢賦〉、〈體仁足以長人賦〉、〈天驥呈才賦〉、〈稼穡惟寶賦〉、〈天道益謙賦〉、〈聖人抱一為天下賦〉、〈大禮與天地同節賦〉、〈制器尚象賦〉二十四篇均押八韻，佔全部律賦 69%；文彥博十七篇律賦之中，〈省試諸侯春入貢賦〉、〈省試青圭禮東方賦〉、〈汾陰出寶鼎賦〉、〈鴻漸于陸賦〉、〈孝者善繼人之志賦〉、〈中者天下之大本賦〉、〈能自得師者王賦〉、〈多文為富賦〉、〈祭法天道賦〉、〈一生二賦〉、〈雁字賦〉、〈土牛賦〉、〈天衢賦〉十三篇均押八

韻，佔全部律賦 76%。

（二）八韻增減

　　田錫十篇律賦之中，〈聖德合天地賦〉、〈五聲聽政賦〉、〈雁陣賦〉、〈春色賦〉四篇均押九韻，佔全部律賦 40%；王禹偁十八篇律賦之中，〈天道如張弓賦〉押十韻，佔全部律賦 6%；〈仲尼為素王賦〉、〈聖人無名賦〉、〈火星中而寒暑退賦〉、〈鄉老獻賢能書賦〉、〈崆峒山問道賦〉、〈歸馬華山賦〉六篇押九韻，佔全部律賦 33%；〈日月光天德賦〉、〈賢人不家食賦〉兩篇押七韻，佔全部律賦 11%；〈橐籥賦〉一篇押六韻，佔全部律賦 6%；范仲淹三十五篇律賦之中，〈堯舜帥天下以仁賦〉一篇押十一韻，佔全部律賦 3%；〈陽禮教讓賦〉〈政在順民心賦〉、〈水火不相入而相資賦〉三篇押九韻，佔全部律賦 9%；〈老人星賦〉、〈蒙以養正賦〉、〈鑄劍戟為農器賦〉、〈從諫如流賦〉、〈王者無外賦〉、〈養老乞言賦〉六篇押七韻，佔全部律賦 17%；〈禮義為器賦〉一篇押六韻，佔全部律賦 3%。文彥博十七篇律賦之中，〈焚雉頭裘賦〉、〈經神賦〉兩篇押九韻，佔全部律賦 12%；〈主善為師賦〉一篇押七韻，佔全部律賦 6%；〈玉雞賦〉一篇押六韻，佔全部律賦 6%。

　　由上可知，北宋四大家律賦之八韻構篇百分比，從田錫 50%、王禹偁 44% 到范仲淹 69%、文彥博 76%，可見八韻成篇逐漸成為常用之形態。

二、由韻生段

　　以下表列北宋四大家律賦各段押用的韻部，韻部後標明獨

用、同用、合用、通押，以見其由韻生段之形態：

表 4-2

編號	篇名	第一段	第二段	第三段	第四段	第五段	第六段	第七段	第八段
					田錫				
1	西郊講武賦	庚韻	問震稕合用	之支同用	霰線同用	脂支之同用	薛屑同用	真諄同用	止旨紙同用
2	聖德合天地賦	仙先同用	勁韻	陽唐同用	未至合用	宵韻	合盍同用	模虞同用	德職同用
3	五聲聽政賦	真韻	止旨同用	皆韻	薛屑同用	尤韻	效韻獨用	虞魚合用	勁韻
4	羣玉峰賦	燭韻	先仙同用	笑嘯同用	庚清同用	薛屑同用	鍾韻	腫韻獨用	諄真同用
5	雁陣賦	微韻獨用	止旨同用	陽唐同用	鐸藥同用	文韻	葉韻	覃談同用	沃屋合用
6	開封府試人文化成天下賦	文韻	禡韻獨用	先仙同用	真志同用	陽韻	翰換同用	虞模同用	馬韻獨用
7	南省試聖人並用三代禮樂賦	仙先同用	至韻	蕭宵同用	語韻獨用	唐陽同用	薺韻獨用	尤韻	覺韻獨用
8	御試不陣而成功賦	東韻獨用	德職同用	江韻獨用	旨止同用	微韻獨用	震稕同用	刪山同用	海韻
9	春色賦	東韻獨用	馬韻獨用	真諄同用	緩韻	之支脂同用	質韻	歌戈同用	德薛職合用
10	曉鶯賦	唐陽同用	篠小同用	清庚同用	薛屑同用	仙先同用	靜梗同用	侵韻獨用	徑韻獨用
					王禹偁				

編號	篇名	第一段	第二段	第三段	第四段	第五段	第六段	第七段	第八段
1	卮言日出賦	清韻	職德同用	東韻獨用	養蕩同用	支之同用	線韻	歌戈同用	旨止同用
2	天道如張弓賦	職德同用	暮遇同用	真諄同用	止志實至上去通押	脂之支同用	紙旨止同用	陽唐德平入通押	馬韻獨用
3	仲尼為素王賦	模虞同用	暮御合用	脂之支同用	皓韻獨用	魂韻	止旨同用	陽唐同用	馬韻獨用
4	君者以百姓為天賦	文韻	有厚同用	真韻	御韻獨用	魚韻獨用	德韻	先仙同用	馬韻獨用
5	復其見天地之心賦	仙先同用	至韻	幽尤同用	麥韻	桓寒同用	養蕩同用	之支同用	線霰同用
6	尺蠖賦	鐸藥同用	旨止紙同用	支之同用	物韻獨用	尤幽同用	昔韻	真韻	馬韻獨用
7	聖人無名賦	元魂同用	勁韻	支脂之同用	皓号上去通押	模虞同用	德韻	蒸登同用	馬韻獨用
8	槖籥賦	先仙同用	真志至同用	支之同用	山刪同用	脂之支同用	尤韻	鐸藥同用	鐸韻
9	醴泉無源賦	陽韻	馬韻獨用	之支同用	至實同用	歌韻	厚有同用	元魂同用	混阮同用
10	火星中而寒暑退賦	侵韻獨用	果哿同用	東韻獨用	職德同用	寒桓同用	語韻獨用	支之同用	隊代泰合用
11	鄉老獻賢能書	陽唐	皓韻	之脂	霰願	蒸登	止紙	先仙	姥薺

編號	篇名	第一段	第二段	第三段	第四段	第五段	第六段	第七段	第八段
	賦	同用	獨用	支同用	合用	同用	同用	同用	同用
12	黃屋非堯心賦	唐陽同用	屋韻獨用	魚韻獨用	未韻獨用	微韻獨用	霽祭同用	蕭宵同用	寘志同用
13	日月光天德賦	唐陽同用	梗靜同用	侵韻獨用	陌韻	唐韻	旨止紙同用	仙先同用	德韻
14	崆峒山問道賦	陽唐同用	祭霽同用	之支同用	皓韻獨用	仙先同用	馬禡上去通押	庚清同用	勁韻
15	射宮選士賦	登蒸同用	送韻獨用	清庚同用	沃燭同用	覃韻	止韻	支之同用	志至同用
16	歸馬華山賦	陽韻	馬韻獨用	虞韻	至志同用	微韻獨用	宥候同用	齊韻獨用	藥鐸覺合用
17	賢人不家食賦	先韻	德職同用	脂之支同用	皓韻獨用	麻韻獨用	職德同用	清庚同用	震韻
18	大合樂賦	先仙同用	志至寘同用	支脂之同用	薺韻獨用	陽唐同用	覺韻獨用	鍾韻	旨紙止同用
	范仲淹								
1	老人星賦	庚清同用	有厚同用	模虞同用	厚有同用	青韻獨用	換翰同用	唐陽同用	願韻
2	老子猶龍賦	元魂同用	勁韻	脂之支同用	職德同用	東韻獨用	線霰同用	魚韻獨用	旨止紙同用
3	蒙以養正賦	文韻	止韻	登蒸同用	旨止同用	東韻獨用	蕩養同用	支之同用	勁韻

編號	篇名	第一段	第二段	第三段	第四段	第五段	第六段	第七段	第八段
4	禮義為器賦	東韻獨用	薺韻獨用	清庚同用	實至同用	之脂支同用	止韻	之支同用	實志至同用
5	今樂猶古樂賦	真諄同用	御韻獨用	東韻獨用	鐸韻	侵韻獨用	姥韻	戈歌同用	實至志同用
6	省試自誠而明謂之性賦	清庚同用	月韻	支脂同用	職德同用	陽韻	紙止同用	先仙同用	勁映同用
7	金在熔賦	侵韻獨用	海韻	唐陽同用	馬韻獨用	尤韻	遇暮同用	庚清同用	實志至同用
8	臨川羨魚賦	支脂之同用	至志同用	戈歌同用	有厚同用	麻韻獨用	果哿同用	魚韻獨用	線韻
9	水車賦	祭霽同用	之脂支同用	語韻獨用	魚韻獨用	緩旱同用	泰韻獨用	侵韻獨用	㬴姥同用
10	用天下心為心賦	真韻	㬴姥同用	唐陽同用	用韻	仙先同用	馬韻獨用	侵韻獨用	止紙同用
11	堯舜帥天下以仁賦	蕭宵同用	穆嫩震合用	真諄臻同用	禡韻獨用	仙先同用	馬旨合用	冬鍾同用	止韻
12	君以民為體賦	文韻	屋韻獨用	齊韻獨用	御韻獨用	魚韻獨用	旨紙止同用	真臻同用	薺韻獨用
13	六官賦	文韻	德職同用	模虞同用	宥漾同用	陽唐同用	皓韻獨用	清庚同用	止韻
14	鑄劍戟為農器賦	先仙同用	馬韻獨用	模虞同用	至志實	耕庚同用	實至同用	宵韻	阮混同用

編號	篇名	第一段	第二段	第三段	第四段	第五段	第六段	第七段	第八段
					同用				
15	任官惟賢材賦	文韻	職德同用	尤韻	止旨同用	陽唐同用	侵韻獨用	仙先同用	馬韻獨用
16	從諫如流賦	唐陽同用	馬韻獨用	鍾冬同用	諫韻	魚韻獨用	旨紙同用	尤韻	止紙旨同用
17	聖人大寶曰位賦	真韻	職德同用	之支同用	有韻	陽唐同用	泰韻獨用	文韻	至寘同用
18	賢不家食賦	魂元同用	漾宕同用	先韻	馬韻獨用	青韻獨用	有厚同用	麻韻獨用	職德
19	窮神知化賦	東韻獨用	旨止紙同用	真諄同用	皓韻獨用	仙韻	有厚同用	之支同用	禡韻獨用
20	乾為金賦	陽唐同用	願慁同用	諄真同用	至寘同用	支之同用	養韻	侵韻獨用	馬韻獨用
21	王者無外賦	唐陽同用	馬韻獨用	仙先同用	馬韻獨用	戈歌	泰韻獨用	之脂支同用	有韻
22	易兼三材賦	東韻獨用	旨止紙同用	先仙同用	至寘同用	真諄同用	未韻獨用	支脂之同用	昔陌同用
23	淡交若水賦	文韻	止韻	尤韻	有韻	添鹽同用	敢感同用	之支脂同用	漾韻
24	養老乞言賦	尤韻	銑獮同用	痕魂元同用	止旨同用	脂支之同用	德韻	支脂之同用	勁映同用
25	得地千里不如一賢賦	先仙同用	質術同用	江韻獨用	皓韻獨用	歌戈同用	至寘同用	登蒸同用	緝韻獨用

編號	篇名	第一段	第二段	第三段	第四段	第五段	第六段	第七段	第八段
26	體仁足以長人賦	文韻	薺韻獨用	真韻	皓韻獨用	支之同用	紙旨止同用	魂元同用	蕩養同用
27	陽禮教讓賦	尤韻	馬禡上去通押	東韻獨用	寢韻獨用	真諄同用	有韻	清耕同用	止韻
28	天驥呈才賦	文韻	職德同用	東韻獨用	阮混同用	仙先同用	馬韻獨用	支之同用	線霰同用
29	稼穡惟寶賦	陽唐同用	馬韻獨用	東韻獨用	混阮同用	真韻	職德同用	之支同用	皓韻獨用
30	天道益謙賦	仙先同用	皓韻獨用	陽韻	昔韻	鹽添同用	混阮同用	脂之支同用	真至同用
31	聖人抱一為天下賦	真諄同用	質韻	虞韻	效韻獨用	仙先同用	馬韻獨用	支脂同用	德職同用
32	政在順民心賦	庚清同用	襄姥同用	支之同用	映勁同用	庚蒸登合用	震稕同用	諄真同用	燭韻
33	水火不相入而相資賦	之脂同用	映勁同用	陽漾平去通押	阮韻	東韻獨用	薺韻	魚韻獨用	用韻
34	大禮與天地同節賦	陽唐同用	薺韻獨用	脂支之同用	泰韻	仙先同用	至韻	東韻獨用	屑薛同用
35	制器尚象賦	仙先同用	勁韻	桓寒同用	養韻	真諄同用	祭薺同用	模虞同用	真至同用
	文彥博								
1	省試諸侯春入貢賦	先仙同用	馬韻獨用	侯尤同用	職德同用	諄真同用	緝韻獨用	陽韻	物韻獨用

編號	篇名	第一段	第二段	第三段	第四段	第五段	第六段	第七段	第八段
2	省試青圭禮東方賦	尤韻	語韻獨用	真諄同用	紙止旨同用	東韻獨用	漾韻	齊韻獨用	線霰同用
3	焚雉頭裘賦	真韻	真廢志合用	之支同用	屋韻獨用	文韻	語韻獨用	虞模同用	纇姥同用
4	汾陰出寶鼎賦	陽唐同用	翰韻	之支脂同用	皓韻獨用	欣真合用	迥韻獨用	之脂支同用	質術同用
5	鴻漸于陸賦	東韻獨用	海韻	魚虞合用	屋韻獨用	支之同用	祭韻	脂支同用	篠小同用
6	孝者善繼人之志賦	真韻	旨止同用	清庚同用	效韻獨用	蒸登同用	霽韻	先仙同用	真志至同用
7	中者天下之大本賦	先仙同用	馬韻獨用	之韻	效韻獨用	尤韻	止紙同用	之支同用	術質同用
8	能自得師者王賦	蒸登同用	德韻	脂之同用	馬韻獨用	陽韻	皓韻獨用	清庚同用	旨止同用
9	多文為富賦	虞韻	馬韻獨用	東韻獨用	覺韻獨用	歌戈同用	旨止同用	支韻	宥候同用
10	主善為師賦	蒸登同用	纇韻	支之同用	獮銑同用	清庚同用	紙旨同用	脂之同用	皓韻獨用
11	祭法天道賦	文韻	止旨紙同用	之支同用	祭霽同用	蒸登同用	合盍同用	先仙同用	皓韻獨用
12	一生二賦	元魂同用	未韻獨用	之支同用	用宋同用	庚清同用	紙止旨同用	先仙同用	至韻
13	雁字賦	文韻	勁映同用	仙先同用	阮混同用	登蒸同用	御韻獨用	清庚同用	志至同用

編號	篇名	第一段	第二段	第三段	第四段	第五段	第六段	第七段	第八段
14	經神賦	清庚同用	職德同用	青韻獨用	旨止同用	蒸登同用	鐸藥同用	真韻	紙尾止合用
15	土牛賦	真諄同用	止旨同用	尤韻	屑薛同用	冬鍾同用	鐸藥同用	虞模同用	德職同用
16	天衢賦	庚韻	曷末同用	脂之支同用	暮韻	虞韻	屋韻獨用	蒸登同用	祭韻
17	玉雞賦	陽韻	志真至同用	之支同用	未韻獨用	真諄同用	效韻獨用	之脂同用	志至同用

製表人：陳成文

　　根據上述表格，可知北宋四大家律賦由韻生段之形態：

（一）一韻押一段

　　田錫十篇律賦之中，〈羣玉峰賦〉、〈開封府試人文化成天下賦〉、〈南省試聖人並用三代禮樂賦〉、〈御試不陣而成功賦〉、〈曉鶯賦〉五篇均一韻押一段；王禹偁十八篇律賦之中，〈戹言日出賦〉、〈君者以百姓為天賦〉、〈復其見天地之心賦〉、〈尺蠖賦〉、〈醴泉無源賦〉、〈日月光天德賦〉、〈黃屋非堯心賦〉、〈射宮選士賦〉、〈賢人不家食賦〉、〈大合樂賦〉十篇均一韻押一段；范仲淹三十五篇律賦之中，〈老人星賦〉、〈老子猶龍賦〉、〈蒙以養正賦〉、〈禮義為器賦〉、〈今樂猶古樂賦〉、〈省試自誠而明謂之性賦〉、〈金在熔賦〉、〈臨川羨魚賦〉、〈水車賦〉、〈用天下心為心賦〉、

〈君以民為體賦〉、〈六官賦〉、〈鑄劍戟為農器賦〉、〈任官惟賢材賦〉、〈從諫如流賦〉、〈聖人大寶曰位賦〉、〈賢不家食賦〉、〈窮神知化賦〉、〈乾為金賦〉、〈王者無外賦〉、〈易兼三材賦〉、〈淡交若水賦〉、〈養老乞言賦〉、〈得地千里不如一賢賦〉、〈體仁足以長人賦〉、〈天驥呈才賦〉、〈稼穡惟寶賦〉、〈天道益謙賦〉、〈聖人抱一為天下賦〉、〈大禮與天地同節賦〉、〈制器尚象賦〉三十一篇均一韻押一段；文彥博十七篇律賦之中，〈省試諸侯春入貢賦〉、〈省試青圭禮東方賦〉、〈孝者善繼人之志賦〉、〈中者天下之大本賦〉、〈能自得師者王賦〉、〈多文為富賦〉、〈主善為師賦〉、〈祭法天道賦〉、〈一生二賦〉、〈雁字賦〉、〈土牛賦〉、〈天衢賦〉、〈玉雞賦〉十三篇律賦均一韻押一段。

（二）兩韻押作一段

田錫十篇律賦之中，〈西郊講武賦〉、〈聖德合天地賦〉、〈五聲聽政賦〉、〈雁陣賦〉、〈春色賦〉五篇出現兩韻押作一段；王禹偁十八篇律賦之中，〈天道如張弓賦〉、〈仲尼為素王賦〉、〈聖人無名賦〉、〈橐籥賦〉、〈火星中而寒暑退賦〉、〈鄉老獻賢能書賦〉、〈崆峒山問道賦〉、〈歸馬華山賦〉八篇出現兩韻押作一段；范仲淹三十五篇律賦之中，〈堯舜帥天下以仁賦〉、〈陽禮教讓賦〉、〈政在順民心賦〉、〈水火不相入而相資賦〉四篇兩韻押作一段；文彥博十八篇律賦之中，〈焚雉頭裘賦〉、〈汾陰出寶鼎賦〉、〈鴻漸于陸賦〉、〈經神賦〉四篇兩韻押作一段。

由上可知，北宋四大家律賦之由韻生段，其中一韻一段的構段模式逐漸成為常用之形態。

第二節　「八韻為常」之構篇形態

一、試賦八韻

　　南宋洪邁《容齋續筆》卷十三「試賦用韻」條指出「自大和以後，始以八韻為常」，推定唐代試賦自中唐文宗大和年間八韻成篇成為律賦構篇之常態；彭紅衛《唐代律賦考》也認為：「略覽中唐以後律賦限韻之情形，其說甚是，即從唐文宗時代開始，限八韻成為普遍現象。」[1]不過，王兆鵬《唐代科舉考試詩賦用韻研究》並不認同此說，他先引《容齋隨筆》之說，再徵引李調元《賦話》中提到「唐代德宗朝已多限八韻」後說：「德宗是中唐較前期的君主，這說明中唐前期賦文就以八韻為常了。根據我們的統計，大曆四年己酉（769）以後限韻字的字數基本上也是八字。」[2]可惜王氏並未詳加統計分析。其後，董就雄〈試論唐代八韻試賦的用韻〉一文就中唐現存試賦共九十一篇加以統計，發現其中官方限八韻者有七十五篇，佔八成二以上，比例甚高，可稱作「以八韻為常」[3]，因此董氏認為洪邁《容齋隨筆》的說法應修正為：「自中唐大曆（唐代宗年號，766 始）以後，始以八韻為常。又或：自大和以前，即以八韻為常。」[4]其說可從。

　　本書前文提及唐抄本《賦譜》曾以浩虛舟應試登第之作〈木

---

[1]　《唐代律賦考》（北京：社會科學文獻出版社，2009 年），頁 190。

[2]　《唐代科舉考試詩賦用韻研究》（濟南：齊魯書社，2004 年），頁 221。

[3]　《饒宗頤國學院院刊》第 2 期，2015 年 5 月，頁 247。

[4]　同上注，頁 246-248。

雞賦〉為例說明唐代律賦八字限韻，並「一韻管一段」的構篇模
式，不過檢閱該賦並不符合「一韻管一段」的要求。浩虛舟〈木
雞賦以「致此無敵故能先鳴」為韻〉其題下限韻所屬《廣韻》韻部為
至、紙、虞、錫、暮、登、先、庚韻。其各韻之使用情形如下：

1 精情鳴成下平聲清庚同用　2 懼喻故去聲遇暮同用　3 殊無株
上平聲虞韻　4 閉致利去聲霽至合用　5 全穿然先下平聲仙先同用
6 寂擊敵入聲錫韻　7 徵能稱下平聲蒸登同用　8 倚是此上聲紙
韻　全唐文 624/6297 下-6298 上

由上可知，本篇不依次用韻，實際押「鳴故無致先敵能此」。第
一韻以「精、情、鳴、成」為韻字，「精、情、成」屬《廣韻》
「清」韻，「鳴」屬「庚」韻，依《廣韻》「清庚」同用；第二
韻以「懼、喻、故」為韻字，「懼、喻」屬《廣韻》「遇」韻，
「故」屬「暮」韻，依《廣韻》「遇暮」同用；第三韻以「殊、
無、珠」為韻字，均屬《廣韻》「虞」韻；第四韻以「閉、致、
利」為韻字，「閉」屬《廣韻》「霽」韻，「致、利」屬「至」
韻，依《廣韻》「霽祭」同用，「真至志」同用，本韻「霽至」
合用，知其用韻較一般官韻為寬；第五韻以「全、穿、然、先」
為韻字，「全、穿、然」屬《廣韻》「仙」韻，「先」屬「先」
韻，依《廣韻》「仙先」同用；第六韻以「寂、擊、敵」為韻
字，均屬《廣韻》「錫」韻；第七韻以「徵、能、稱」為韻字，
「徵、稱」屬《廣韻》「蒸」韻，「能」屬「登」韻，依《廣
韻》「蒸登」同用；第八韻以「倚、是、此」為韻字，均屬《廣
韻》「紙」韻。〈木雞賦〉全篇押「清庚」同用、「遇暮」同

用、虞韻、「霽至」合用、「仙先」同用、錫韻、「蒸登」同用、紙韻,所以〈木雞賦〉實際上共押了九個韻部。

檢閱唐代試賦之八韻成篇,其平仄押用形態頗為多樣自由,或平仄相間,或平仄不相間,用韻次序也沒有完全統一,就其中符合「四平四仄」、平仄相間者共有五次,分別是〈初日照露盤賦以「雲表清露光發金景為韻」〉、〈放馴象賦以「珍異禽獸無育家國」為韻〉、〈珠還合浦賦以「不貪為寶神物自還」為韻〉、〈中和節百辟獻農書賦以「嘉節初吉修是農政」為韻〉、〈太羹賦以「宗本誠敬遺味由禮」為韻〉。以下各摘錄當年試賦代表作一篇,以見其八韻成篇之情形:

鄭絪〈初日照露盤賦以「雲表清露光發金景為韻」〉其題下限韻所屬《廣韻》韻部為文、小、清、暮、唐、月、侵、梗韻。其各韻之使用情形如下:

1 文分縕[雲]上平聲文韻 2 [表]紗曉鳥上聲[小]篠同用 3 盈[清]英明精下平聲[清]庚同用 4 務裕路布[露]遇去聲[暮]同用 5 [光]揚霜湘漿下平聲[唐]陽同用 6 [發]越入聲月韻 7 臨深[金]心下平聲侵韻 8 整永井[景]上聲靜[梗]同用 全唐文 511/5191 下-5192 上

由上可知,本篇依次用韻,第一韻以「文、分、縕、雲」為韻字,均屬《廣韻》「文」韻;第二韻以「表、紗、曉、鳥」為韻字,「表、紗」屬《廣韻》「小」韻,「曉、鳥」屬「篠」韻,依《廣韻》「小篠」同用;第三韻以「盈、清、英、明、精」為韻字,「盈、清、精」屬《廣韻》「清」韻,「英、明」屬「庚」韻,依《廣韻》「清庚」同用;第四韻以「務、裕、路、布、

露、遇」為韻字，「務、裕、遇」屬《廣韻》「遇」韻，「路、布、露」屬「暮」韻，依《廣韻》「遇暮」同用；第五韻以「光、揚、霜、湘、漿」為韻字，「光」屬《廣韻》「唐」韻，「揚、霜、湘、漿」屬「陽」韻，依《廣韻》「唐陽」同用；第六韻以「發、越」為韻字，均屬《廣韻》「月」韻；第七韻以「臨、深、金、心」為韻字，均屬《廣韻》「侵」韻；第八韻以「整、永、井、景」為韻字，「整、井」屬《廣韻》「靜」韻，「永、景」屬「梗」韻，依《廣韻》「靜梗」同用。全篇押文韻、「小篠」同用、「清庚」同用、「遇暮」同用、「唐陽」同用、月韻、侵韻、「靜梗」同用，共押八韻，其平仄為「平仄平仄平仄平仄」，屬四平四仄、平仄相間之構篇模式。

　　獨孤良器〈放馴象賦以「珍異禽獸無育家國」為韻〉其題下限韻所屬《廣韻》韻部為真、志、侵、宥、虞、屋、麻、德韻。其各韻之使用情形如下：

　　　1 新 珍 仁上平聲真韻　2 異 棄地遂類去聲 志 至同用　3 林 禽 下平聲侵韻獨用　4 圍 獸 宙去聲宥韻　5 符 無 孚上平聲虞韻　6 育 戮麓入聲屋韻獨用　7 家 車譁下平聲麻韻獨用　8 塞抑克 國 入聲 德 職同用　全唐文 684/6995 上

由上可知，本篇依次用韻，第一韻以「新、珍、仁」為韻字，均屬《廣韻》「真」韻；第二韻以「異、棄、地、遂、類」為韻字，「異」屬《廣韻》「志」韻，「棄、地、遂、類」屬「至」韻，依《廣韻》「志至」同用；第三韻以「林、禽」為韻字，均屬《廣韻》「侵」韻；第四韻以「圍、獸、宙」為韻字，均屬

《廣韻》「宥」韻；第五韻以「符、無、孚」為韻字，均屬《廣韻》「虞」韻；第六韻以「育、鬻、麓」為韻字，均屬《廣韻》「屋」韻；第七韻以「家、車、譁」為韻字，均屬《廣韻》「麻」韻；第八韻以「塞、抑、克、國」為韻字，「塞、克、國」屬《廣韻》「德」韻，「抑」屬「職」韻，依《廣韻》「德職」同用。全篇押真韻、「至志」同用、侵韻、宥韻、虞韻、屋韻、麻韻、「德職」同用，共八韻，其平仄為「平仄平仄平仄平仄」，屬四平四仄、平仄相間之構篇模式。

　　尹樞〈珠還合浦賦以「不貪為寶神物自還」為韻〉其題下限韻所屬《廣韻》韻部為有、覃、支、皓、真、物、至、刪韻。其各韻之使用情形如下：

　　1　至媚異淚 自 閟去聲 至 志同用　2　儀期馳螭漪 為 規上平聲 支 之同用　3　道造好 寶 上聲皓韻獨用　4　灣斑 還 上平聲刪韻　5　剖偶久 不 上聲厚 有 同用　6　貪 南下平聲覃韻　7　物 咈入聲物韻獨用　8　人珍津 神 淪磷珍濱上平聲 真 諄同用　　全唐文 619/6251 上-6251 下

由上可知，本篇不依次用韻，第一韻以「至、媚、異、淚、自、閟」為韻字，「至、媚、淚、自、閟」屬《廣韻》「至」韻，「異」屬「志」韻，依《廣韻》「至志」同用；第二韻以「儀、期、馳、螭、漪、為、規」為韻字，「儀、馳、螭、漪、為、規」屬《廣韻》「支」韻，「期」屬「之」韻，依《廣韻》「支之」同用；第三韻以「道、造、好、寶」為韻字，均屬《廣韻》「皓」韻；第四韻以「灣、斑、還」為韻字，均屬《廣韻》「刪」韻；第五韻以「剖、偶、久、不」為韻字，「剖、偶」屬

《廣韻》「厚」韻，「久、不」屬「有」韻，依《廣韻》「厚
有」同用；第六韻以「貪、南」為韻字，均屬《廣韻》「覃」
韻；第七韻以「物、咈」為韻字，均屬《廣韻》「物」韻；第八
韻以「人、珍、津、神、淪、磷、珍、濱」為韻字，「人、珍、
津、神、磷、珍、濱」屬《廣韻》「真」韻，「淪」屬「諄」
韻，依《廣韻》「真諄」同用。全篇押「至志」同用、「支之」
同用、皓韻、刪韻、「有厚」同用、覃韻、物韻、「真諄」同
用，共押八韻，其平仄為「仄平仄平仄平仄平」，屬四平四仄、
平仄相間之構篇模式。

　　侯喜〈中和節百辟獻農書賦以「嘉節初吉修是農政」為韻〉其題
下限韻所屬《廣韻》韻部為麻、屑、魚、質、尤、紙、冬、勁
韻。其各韻之使用情形如下：

　　1 嘉華遐下平聲麻韻獨用　2 髙節哲入聲屑薛同用　3 居儲虛初
書上平聲魚韻獨用　4 慄日恤實吉入聲質術同用　5 獣邱修下平
聲尤韻　6 氏靡是上聲紙韻　7 雍宗容農上平聲鍾冬同用　8 聖
政盛去聲勁韻　全唐文 732/7552 上-7552 下

由上可知，本篇依次用韻，第一韻以「嘉、華、遐」為韻字，均
屬《廣韻》「麻」韻；第二韻以「髙、節、哲」為韻字，「髙、
節」屬《廣韻》「屑」韻，「哲」屬「薛」韻，依《廣韻》「屑
薛」同用；第三韻以「居、儲、虛、初、書」為韻字，均屬《廣
韻》「魚」韻；第四韻以「慄、日、恤、實、吉」為韻字，
「慄、日、實、吉」屬《廣韻》「質」韻，「恤」屬「術」韻，
依《廣韻》「質術」同用；第五韻以「獣、邱、修」為韻字，均

屬《廣韻》「尤」韻；第六韻以「氏、靡、是」為韻字，均屬
《廣韻》「紙」韻；第七韻以「雍、宗、容、農」為韻字，
「雍、容」屬《廣韻》「鍾」韻，「宗、農」屬「冬」韻，依
《廣韻》「鍾冬」同用；第八韻以「聖、政、盛」為韻字，均屬
《廣韻》「勁」韻。全篇押麻韻、「屑薛」同用、魚韻、「質
術」同用、尤韻、紙韻、「鍾冬」同用、勁韻，共押八韻，其平
仄為「平仄平仄平仄平仄」，屬四平四仄、平仄相間之構篇模
式。

　　施肩吾〈太羹賦以「宗本誠敬遺味由禮」為韻〉其題下限韻所屬
《廣韻》韻部為冬、混、清、映、脂、未、尤、薺韻。其各韻之
使用情形如下：

1 恭 宗 冬上平聲鍾冬同用　2 混 損 本 上聲混韻　3 牲 清 行 聲 誠 下
平聲庚 清 同用　4 慶 命 敬 去聲映韻　5 思 期 遲 遺 上平聲之 脂 同用
6 饎 味 氣去聲未韻獨用　7 修 牛 幽 由 下平聲 尤 幽同用　8 禮 禰 體
上聲薺韻獨用　　全唐文 739/7631 上-7631 下

由上可知，本篇依次用韻，第一韻以「恭、宗、冬」為韻字，
「恭」屬《廣韻》「鍾」韻，「宗、冬」屬「冬」韻，依《廣
韻》「鍾冬」同用；第二韻以「混、損、本」為韻字，均屬《廣
韻》「混」韻；第三韻以「牲、清、行、聲、誠」為韻字，
「牲、行」屬《廣韻》「庚」韻，「清、聲、誠」屬「清」韻，
依《廣韻》「庚清」同用；第四韻以「慶、命、敬」為韻字，均
屬《廣韻》「映」韻；第五韻以「思、期、遲、遺」為韻字，
「思、期」屬《廣韻》「之」韻，「遲、遺」屬「脂」韻，依

《廣韻》「之脂」同用；第六韻以「餽、味、氣」為韻字，均屬《廣韻》「未」韻；第七韻以「修、牛、幽、由」為韻字，「修、牛、由」屬《廣韻》「尤」韻，「幽」屬「幽」韻，依《廣韻》「尤幽」同用；第八韻以「禮、襧、體」為韻字，均屬《廣韻》「薺」韻。全篇押「鍾冬」同用、混韻、「庚清」同用、映韻、「之脂」同用、未韻、「尤幽」同用、薺韻，共押八韻，其平仄為「平仄平仄平仄平仄」，屬四平四仄、平仄相間之構篇模式。

　　北宋四大家律賦屬科舉試賦之作，田錫有〈開封府試人文化成天下賦以「煥乎文章化被天下」為韻〉、〈南省試聖人並用三代禮樂賦以「皇猷昭宣禮樂備舉」為韻〉、〈御試不陣而成功賦以「功德雙美威震寰海」為韻〉三篇，王禹偁有〈卮言日出賦以「盈側空仰隨變和美」為韻〉、〈天道如張弓賦以「王者喻身則此宜施」為韻〉兩篇，范仲淹有〈省試自誠而明謂之性賦以「誠發為德彰彼天性」為韻〉一篇，文彥博有〈省試諸侯春入貢賦以「天下侯國春入方物」為韻〉、〈省試青圭禮東方賦以「修舉春祀崇尚圭薦」為韻〉兩篇，以下分別說明其成篇模式：

　　田錫〈開封府試人文化成天下賦以「煥乎文章化被天下」為韻〉其題下限韻所屬《廣韻》韻部為換、模、文、陽、禡、真、先、馬韻。其各韻之使用情形如下：

　　1 君勳 文 墳上平聲文韻獨用　2 化 暇霸去聲禡韻獨用　3 先然 天 宣下平聲 先 仙同用　4 義 被 思去聲 寘 志同用　5 章 鏘常彰下平聲陽韻　6 幹亂 煥 去聲輪 換 同用　7 區圖蘇踰 乎 上平聲虞 模 同用　8 夏雅馬 下 上聲馬韻獨用　咸平集 9/2-9/4

由上可知，本篇不依次用韻，實際押「文化天被章煥乎下」，第一韻以「君、勳、文、墳」，均屬《廣韻》「文」韻；第二韻以「化、暇、霸」為韻字，均屬《廣韻》「禡」韻；第三韻以「先、然、天、宣」為韻字，「先、然、天」屬《廣韻》「先」韻，「宣」屬「仙」韻，依《廣韻》「先仙」同用；第四韻以「義、被、思」為韻字，「義、被」屬《廣韻》「寘」韻，「思」屬「志」韻，依《廣韻》「寘志」同用；第五韻以「章、鏘、常、彰」為韻字，均屬《廣韻》「陽」韻；第六韻以「幹、亂、煥」為韻字，「幹」屬《廣韻》「翰」韻，「亂、煥」屬「換」韻，依《廣韻》「翰換」同用；第七韻以「區、圖、蘇、踰、乎」為韻字，「區、踰」屬《廣韻》「虞」韻，「圖、蘇、乎」屬「模」韻，依《廣韻》「虞模」同用；第八韻以「夏、雅、馬、下」為韻字，均屬《廣韻》「馬」韻。全篇共押八韻，平仄為「平仄平仄平仄平仄」，屬四平四仄、平仄相間之構篇模式。

　　田錫〈南省試聖人並用三代禮樂賦以「皇猷昭宣禮樂備舉」為韻〉其題下限韻所屬《廣韻》韻部為唐、尤、宵、仙、薺、覺、至、語韻。其各韻之使用情形如下：

1 乾先宣然下平聲仙先同用　2 地類備去聲至韻　3 堯朝詔昭下平聲蕭宵同用　4 舉敘呂上聲語韻獨用　5 皇王陽下平聲唐陽同用　6 禮體上聲薺韻獨用　7 修流猷下平聲尤韻　8 箾嶽朔樂入聲覺韻獨用　咸平集 9/4-9/5

由上可知，本篇不依次用韻，實際押「宣備昭舉皇禮猷樂」，第

一韻以「乾、先、宣、然」為韻字，「先」屬《廣韻》「先」韻，「乾、宣、然」屬「仙」韻，依《廣韻》「先仙」同用；第二韻以「地、類、備」為韻字，均屬《廣韻》「至」韻；第三韻以「堯、朝、韶、昭」為韻字，「堯」屬「蕭」韻，「朝、韶、昭」屬「宵」韻，依《廣韻》「蕭宵」同用；第四韻以「舉、敘、呂」為韻字，均屬《廣韻》「語」韻；第五韻以「皇、王、陽」為韻字，「皇」屬《廣韻》「唐」韻，「王、陽」屬「陽」韻，依《廣韻》「陽唐」同用；第六韻以「禮、體」為韻字，均屬《廣韻》「薺」韻；第七韻以「修、流、猷」為韻字，均屬《廣韻》「尤」韻；第八韻以「箭、嶽、朔、樂」為韻字，均屬《廣韻》「覺」韻。全篇全篇共押八韻，平仄為「平仄平仄平仄平仄」，屬四平四仄、平仄相間之構篇模式。

　　田錫〈御試不陣而成功賦以「功德雙美威震寰海」為韻〉其題下限韻所屬《廣韻》韻部為東、德、江、旨、微、震、刪、海韻。其各韻之使用情形如下：

　1　中 功 風上平聲東韻獨用　2 德 式克入聲 德 職同用　3　邦降 雙 上平聲江韻獨用　4　指 美 止上聲 旨 止同用　5　圍 威 歸上平聲微韻獨用　6 釁 震 舜去聲 震 稕同用　7 寰 關閑上平聲 刪 山同用　8　乃凱采 海 上聲海韻　　咸平集 9/5-9/6

由上可知，本篇依次用韻，第一韻以「中、功、風」為韻字，均屬《廣韻》「東」韻；第二韻以「德、式、克」為韻字，「德、克」屬《廣韻》「德」韻，「式」屬「職」韻，依《廣韻》「職德」同用；第三韻以「邦、降、雙」為韻字，均屬《廣韻》

「江」韻；第四韻以「指、美、止」為韻字，「指、美」屬《廣韻》「旨」韻，「止」屬「止」韻，依《廣韻》「旨止」同用；第五韻以「圍、威、歸」為韻字，均屬《廣韻》「微」韻；第六韻以「釁、震、舜」為韻字，「釁、震」屬《廣韻》「震」韻，「舜」屬「稕」韻，依《廣韻》「震稕」同用；第七韻以「寰、關、閑」為韻字，「寰、關」屬《廣韻》「刪」韻，「閑」屬「山」韻，依《廣韻》「刪山」同用；第八韻以「乃、凱、采、海」為韻字，均屬《廣韻》「海」韻。全篇共押八韻，平仄為「平仄平仄平仄平仄」，屬四平四仄、平仄相間之構篇模式。

　　王禹偁〈巵言日出賦以「盈側空仰隨變和美」為韻〉題下限韻所屬《廣韻》韻部為清、職、東、養、支、線、戈、止韻。其各韻之使用情形如下：

　　　1 傾名 盈 下平聲清韻　2 識 側 執默得則入聲 職 德同用　3 窮終 空 上平聲東韻獨用　4 想象上蕩 仰 上聲 養 蕩同用　5 巵 隨 之為上平聲 支 之同用　6 禪 變 戰去聲 線 韻　7 那何 和 波下平聲歌 戈 同用　8 旨士 美 上聲 旨 止同用　小畜集 1086-11 上-11 下

由上可知，本篇依次為韻，第一韻以「傾、名、盈」為韻字，均屬《廣韻》「清」韻；第二韻以「識、側、執、默、得、則」為韻字，「識、側」屬《廣韻》「職」韻，「執、默、得、則」屬「德」韻，依《廣韻》「職德」同用；第三韻以「窮、終、空」為韻字，均屬《廣韻》「東」韻；第四韻以「想、象、上、蕩、仰」為韻字，「想、象、上、仰」屬《廣韻》「養」韻，「蕩」屬「蕩」韻，依《廣韻》「養蕩」同用；第五韻以「巵、隨、

之、為」為韻字，「厄、隨、為」屬《廣韻》「支」韻，「之」屬「之」韻，依《廣韻》「支之」同用；第六韻以「禪、變、戰」為韻字，均屬《廣韻》「線」韻；第七韻以「那、何、和、波」為韻字，「那、何」屬《廣韻》「歌」韻，「和、波」屬「戈」韻，依《廣韻》「歌戈」同用；第八韻以「旨、士、美」為韻字，「旨、美」屬《廣韻》「旨」韻，「士」屬「止」韻，依《廣韻》「旨止」同用。全篇共押八韻，平仄為「平仄平仄平仄平仄」，屬四平四仄、平仄相間之構篇模式。

　　王禹偁〈天道如張弓賦以「王者喻身則此宜施」為韻〉題下限韻所屬《廣韻》韻部為陽、馬、遇、真、德、紙、支、真韻。其各韻之使用情形如下：

　　1 抑則極入聲職德同用　2 固喻注去聲暮遇同用　3 人倫身人親上平聲真諄同用　4 理異施萃止志真至上去通押　5 姿熙犛宜上平聲脂之支同用　6 彼此旨己已紙上聲紙旨止同用　7 長量強臧常德王陽唐德合用　8 下者上聲馬韻獨用

由上可知，本篇不依次為韻，實際押「則喻身施宜此王者」，第一韻以「抑、則、極」為韻字，「抑、極」屬《廣韻》「職」韻，「則」屬「德」韻，依《廣韻》「職德」同用；第二韻以「固、喻、注」為韻字，「固」屬《廣韻》「暮」韻，「喻、注」屬「遇」韻，依《廣韻》「暮遇」同用；第三韻以「人、倫、身、人、親」為韻字，「人、身、失、親」屬《廣韻》「真」韻，「倫」屬「諄」韻，依《廣韻》「真諄」同用；第四韻以「理、異、施、萃」為韻字，「理」屬《廣韻》「止」韻，

「異」屬「志」韻，「施」屬「真」韻，「萃」屬「至」韻，依
《廣韻》「紙旨止」同用，「真至志」同用，本韻「止、志真
至」上去通押，知其用韻較一般官韻為寬；第五韻以「姿、熙、
嫠、宜」為韻字，「姿」屬《廣韻》「脂」韻，「熙、嫠」屬
「之」韻，「宜」屬「支」韻，依《廣韻》「支之」同用；第六
韻以「彼、此、旨、己、已」為韻字，「彼、此」屬《廣韻》
「紙」韻，「旨」屬「旨」韻，「己、已」屬「止」韻，依《廣
韻》「紙旨止」同用；第七韻以「長、量、強、臧、常、德、
王」為韻字，「長、量、強、常、王」屬《廣韻》「陽」韻，
「臧」屬「唐」韻，「德」屬「德」韻，依《廣韻》「陽唐」同
用，「職德同用」，本韻「陽唐、德」合用，知其用韻較一般官
韻為寬；第八韻以「下、者」為韻字，均屬《廣韻》「馬」韻。
全篇押「職德」同用、「暮遇」同用、「真諄」同用、「止、志
真至」上去通押、「脂之支」同用、「旨止」同用、「陽唐、
德」合用、馬韻，共押十韻，其平仄為「仄仄平仄平仄平仄」，
屬三平五仄、後六字平仄相間，所以並不符合八韻成篇、四平四
仄之構篇模式。

　　范仲淹〈省試自誠而明謂之性賦以「誠發為德彰彼天性」為韻〉
其題下限韻所屬《廣韻》韻部為清、月、支、德、陽、紙、先、
勁韻。其各韻之使用情形如下：

1 誠明英下平聲清庚同用　2 越發月竭入聲月韻　3 移為資知上
平聲支脂同用　4 域識德入聲職德同用　5 常方良彰下平聲陽韻
6 此彼理矣上聲紙止同用 7 先宣天下平聲先仙同用　8 聖命性
去聲勁映同用　范仲淹全集 18-19

由上可知，本篇依次為韻，第一韻以「誠、明、英」為韻字，「誠」屬《廣韻》「清」韻，「明、英」屬「庚」韻，依《廣韻》「庚清」同用；第二韻以「越、發、月、竭」為韻字，均屬《廣韻》「月」韻；第三韻以「移、為、資、知」為韻字，「移、為、知」屬《廣韻》「支」韻，「資」屬「脂」韻，《廣韻》「支脂」同用；第四韻以「域、識、德」為韻字，「域、識」屬《廣韻》「職」韻，「德」屬「德」韻，依《廣韻》「職德」同用；第五韻以「常、方、良、彰」為韻字，均屬《廣韻》「陽」韻；第六韻以「此、彼、理、矣」為韻字，「此、彼」屬《廣韻》「紙」韻，「理、矣」屬「止」韻，依《廣韻》「紙止」同用；第七韻以「先、宣、天」為韻字，「先、天」屬《廣韻》「先」韻，「宣」屬「仙」韻，依《廣韻》「先仙」同用；第八韻以「聖、命、性」為韻字，「聖、性」屬《廣韻》「勁」韻，「命」屬「映」韻，依《廣韻》「映勁」同用。全篇共押八韻，平仄為「平仄平仄平仄平仄」，屬四平四仄、平仄相間之構篇模式。

文彥博〈省試諸侯春入貢賦以「天下侯國春入方物」為韻〉其題下限韻所屬《廣韻》韻部為先、馬、侯、德、諄、緝、陽、物韻。其各韻之使用情形如下：

1 天宣先下平聲先仙同用　2 者假下上聲馬韻獨用　3 侯休脩猷州下平聲侯尤同用　4 域忒國入聲職德同用　5 春新濱陳珍上平聲諄真同用　6 襲集入入聲緝韻獨用　7 章陽方王下平聲陽韻　8 物蔚唏入聲物韻獨用　潞公文集 1100-577 上-577 下

由上可知，本篇依次為韻，第一韻以「天、宣、先」為韻字，「天、先」屬《廣韻》「先」韻，「宣」屬「仙」韻，依《廣韻》「先仙」同用；第二韻以「者、假、下」為韻字，均屬《廣韻》「馬」韻；第三韻以「侯、休、脩、猷、州」為韻字，「侯」屬《廣韻》「侯」韻，「休、脩、猷、州」屬「尤」韻，依《廣韻》「尤侯」同用；第四韻以「域、忒、國」為韻字，「域」屬《廣韻》「職」韻，「忒、德」屬「德」韻，依《廣韻》「職德」同用；第五韻以「春、新、濱、陳、珍」為韻字，「春」屬《廣韻》「諄」韻，「新、濱、陳、珍」屬「真」韻，依《廣韻》「真諄」同用；第六韻以「襲、集、入」為韻字，均屬《廣韻》「緝」韻；第七韻以「章、陽、方、王」為韻字，均屬《廣韻》「陽」韻；第八韻以「物、蔚、怫」為韻字，均屬《廣韻》「物」韻。全篇共押八韻，平仄為「平仄平仄平仄平仄」，屬四平四仄、平仄相間之構篇模式。

　　文彥博〈省試青圭禮東方賦以「修舉春祀崇尚圭薦」為韻〉其題下限韻所屬《廣韻》韻部為尤、語、諄、止、東、漾、齊、霰韻。其各韻之使用情形如下：

　　1 儔 修 休 下平聲尤韻　2 舉 敘 佇 所 上聲語韻獨用　3 珍 春 陳 上平聲真 諄 同用　4 彼 祀 矣 美 上聲紙 止 旨同用　5 崇 東 風 上平聲東韻獨用　6 尚 狀 向 去聲漾韻　7 西 迷 圭 上平聲齊韻獨用　8 羨 變 薦 去聲線 霰 同用　潞公文集 1100-577 下-578 上

由上可知，本篇依次為韻，第一韻以「儔、脩、休」為韻字，均屬《廣韻》「尤」韻；第二韻以「舉、敘、佇、所」為韻字，均

屬《廣韻》「語」韻；第三韻以「珍、春、陳」為韻字，「珍、陳」屬《廣韻》「真」韻，「春」屬「諄」韻，依《廣韻》「真諄」同用；第四韻以「彼、祀、矣、美」為韻字，「彼」屬《廣韻》「紙」韻，「祀、矣」屬「止」韻，「美」屬「旨」韻，依《廣韻》「紙旨止」同用；第五韻以「崇、東、風」為韻字，均屬《廣韻》「東」韻；第六韻以「尚、狀、向」為韻字，均屬《廣韻》「漾」韻；第七韻以「西、迷、圭」為韻字，均屬《廣韻》「齊」韻；第八韻以「羨、變、薦」為韻字，「羨、變」屬《廣韻》「線」韻，「薦」屬「霰」韻，依《廣韻》「霰線」同用。全篇共押八韻，平仄為「平仄平仄平仄平仄」，屬四平四仄、平仄相間之構篇模式。

二、非試賦八韻

北宋四大家律賦之八韻成篇，也出現雖屬八韻，其構篇模式卻逾越《廣韻》獨用、同用的用韻規範，出現合用或通押的情形，但因為全篇或有同韻押作兩段者，所以在韻數分合之後，卻形成總韻數為八韻的現象，這與一般遵守《廣韻》用韻規範者之構篇模式並不相同，這裡暫且將其稱為「特殊八韻」，北宋四大家律賦之中，田錫〈西郊講武賦以「順時閱兵俾民知戰」為韻〉、范仲淹〈政在順民心賦〉、文彥博〈汾陰出寶鼎賦以「皇漢之道神鼎斯出」為韻〉、〈鴻漸于陸賦以「鴻在于陸為世儀表」為韻〉均可見使用八韻的情形。以下分別說明：

田錫〈西郊講武賦以「順時閱兵俾民知戰」為韻〉其題下限韻所屬《廣韻》韻部為稕、之、薛、庚、紙、真、支、線韻。其各韻之使用情形如下：

　　1 平 兵 橫下平聲庚韻　2 訓慎運 順 去聲問震 稕 合用　3 辭期儀離 時 上平聲之支同用　4 旬轉 戰 去聲霰 線 同用　5 貌羆之披 知 上平聲脂 支 之同用　6 悅列節烈 閱 入聲 薛 屑同用　7 民 綸津上平聲 真 諄同用　8 理里軌旨邇 俾 上聲止旨 紙 同用　咸平集 8/1-3

由上可知，本篇不依次用韻，實際押「兵、順、時、戰、知、閱、民、俾」。第一韻以「平、兵、橫」為韻字，均屬《廣韻》「庚」韻；第二韻以「訓、慎、運、順」為韻字，「訓、運」屬《廣韻》「問」韻，「慎」屬「震」韻；「順」屬「稕」韻，依《廣韻》「問」韻獨用，「震稕」同用；本韻「震稕、問」合用，知其用韻較一般官韻為寬；第三韻以「辭、期、儀、離、時」為韻字，「辭、期、時」屬《廣韻》「之」韻，「儀、離」屬「支」韻，依《廣韻》「支之」同用；第四韻以「旬、轉、戰」為韻字，「旬」屬《廣韻》「霰」韻；「轉、戰」屬「線」韻；依《廣韻》「霰線」同用；第五韻以「貌、羆、之、披、知」為韻字，「貌」屬《廣韻》「脂」韻，「羆披知」屬「支」韻；「之」屬「之」韻，依《廣韻》「支脂之」同用；第六韻以「悅、列、節、烈、閱」為韻字，「悅、列、烈、閱」屬《廣韻》「薛」韻，「節」屬「屑」韻，依《廣韻》「薛屑」同用；第七韻以「民、綸、津」為韻字，「民、津」屬《廣韻》「真」韻，「綸」屬「諄」韻，依《廣韻》「真諄」同用；第八韻以「理、里、軌、旨、邇、俾」為韻字，「理、里」屬《廣韻》「止」韻，「軌、旨」屬「旨」韻，「邇、俾」屬「紙」韻，依《廣韻》「紙旨止」同用。全篇押庚韻、「問、震稕」合用、「之支」同用、「霰線」同用、「脂支之」同用、「薛屑」同

用、「真諄」同用，其中多押了「問」韻，但「支脂之」同用押用兩次，所以總共押了八韻。

　　范中淹〈政在順民心賦以「明主施政能順民欲」為韻〉其題下限韻所屬《廣韻》為庚、麌、支、勁、登、稕、真、燭韻。其各韻之使用情形如下：

　　1 明平令情下平聲庚清同用　2 主睹普上聲麌姥同用　3 宜施之慈上平聲支之同用　4 慶性政命去聲映勁同用　5 平興能蒸下平聲庚蒸登合用　6 信徇順進去聲震稕同用　7 倫民遵人上平聲諄真同用　8 俗欲燭入聲燭韻　范仲淹全集 448-449

由上可知，本篇依次用韻。第一韻以「明、平、令、情」為韻字，「明、平」屬《廣韻》「庚」韻，「令、情」屬「清」韻，依《廣韻》「庚清」同用；第二韻以「主、睹、普」為韻字，「主」屬《廣韻》「麌」韻，「睹、普」屬「姥」韻，依《廣韻》「麌姥」同用；第三韻以「宜、施、之、慈」為韻字，「宜、施」屬《廣韻》「支」韻，「之、慈」屬「之」韻，依《廣韻》「支之」同用；第四韻以「慶、性、政、命」為韻字，「慶、命」屬《廣韻》「映」韻，「性、政」屬「勁」韻，依《廣韻》「映勁」同用；第五韻以「平、興、能、登」為韻字，「平」屬《廣韻》「庚」韻，「興、蒸」屬「蒸」韻，「能」屬「登」韻，依《廣韻》「庚耕清」同用，「蒸登」同用，本韻「庚、蒸登」合用，知其用韻較一般官韻為寬；第六韻以「信、徇、順、進」為韻字，「信、進」屬《廣韻》「震」韻，「徇順」屬「稕」韻，依《廣韻》「震稕」同用；第七韻以「倫、

民、遵、人」為韻字,「倫、遵」屬《廣韻》「諄」韻,「民、人」屬「真」韻,依《廣韻》「諄真」同用;第八韻以「俗、欲、燭」為韻字,均屬《廣韻》「燭」韻。全篇押「庚清」同用、「麌姥」同用、「支之」同用、「映勁」同用、「庚蒸、登」合用、「震稕」同用、「諄真」同用韻、燭韻,其中第五韻多押了「庚」韻,但與第一韻同韻,所以總數仍為八韻。

　　文彥博〈汾陰出寶鼎賦以「皇漢之道神鼎斯出」為韻〉其題下限韻所屬《廣韻》韻部為唐、翰、之、皓、真、迥、支、術韻。其各韻之使用情形如下:

　　　1 彰昌祥 皇 下平聲陽 唐 同用　2 翰 漢 旴贊去聲 翰 韻　3 之 儀湄奇上平聲 之 支脂同用　4 藻 道 寶去聲 皓 韻獨用　5 欣 神 珍上平聲欣 真 合用　6 鼎 梃並去聲 迥 韻獨用　7 詩私 斯 上平聲 支 脂同用　8 秩質 出 入聲質 術 同用　潞公文集 1100-579 上-579 下

由上可知,本篇依次用韻,第一韻以「彰、昌、祥、皇」為韻字,「彰、昌、祥」屬《廣韻》「陽」韻,「皇」屬「唐」韻,依《廣韻》「陽唐」同用;第二韻以「翰、漢、旴、贊」為韻字,均屬《廣韻》「翰」韻;第三韻以「之、儀、湄、奇」為韻字,「之」屬《廣韻》「之」韻,「儀、奇」屬「支」韻,「湄」屬「脂」韻,依《廣韻》「支脂之」同用;第四韻以「藻、道、寶」為韻字,均屬《廣韻》「皓」韻;第五韻以「欣、神、珍」為韻字,「欣」屬《廣韻》「欣」韻,「神、珍」屬「真」韻,本韻「欣真」合用,知其用韻較一般官韻為寬;第六韻以「鼎、梃、並」為韻字,均屬《廣韻》「迥」韻;

第七韻以「詩、私、斯」為韻字，「詩」屬《廣韻》「之」韻，「私」屬「脂」韻，「斯」屬「支」韻，依《廣韻》「支脂之」同用；第八韻以「秩、質、出」為韻字，「秩、質」屬《廣韻》「質」韻，「出」屬「術」韻，依《廣韻》「質術」同用。全篇押「陽唐」同用、翰韻、「之支脂」同用、皓韻、「欣、真」合用、迴韻、「之支脂」同用、「質術」同用韻，其中多押了「欣」韻，但「支脂之」同用押用兩次，所以總共押了八韻。

　　文彥博〈鴻漸于陸賦以「鴻在于陸為世儀表」為韻〉其題下限韻所屬《廣韻》韻部為東、海、虞、屋、支、祭、支、小韻。其各韻之使用情形如下：

　　1 鴻崇風上平聲東韻獨用　2 在塏海上聲海韻　3 徐于居上平聲魚虞合用　4 宿鷔陸木入聲屋韻獨用　5 奇卑之為知上平聲支之同用　6 逝勢世去聲祭韻　7 湄廖儀上平聲脂支同用　8 鳥沼表上聲篠小同用　潞公文集 1100-579 下-580 上

由上可知，本篇依次為韻，第一韻以「鴻、崇、風」為韻字，均屬《廣韻》「東」韻；第二韻以「在、塏、海」為韻字，均屬《廣韻》「海」韻；第三韻以「徐、于、居」為韻字，「徐、居」屬《廣韻》「魚」韻，「于」屬《廣韻》「魚」韻，本韻「魚、虞」合用，知其用韻較一般官韻為寬；第四韻以「宿、鷔、陸、木」為韻字，均屬《廣韻》「屋」韻；第五韻以「奇、卑、之、為、知」為韻字，「奇、為、知」屬《廣韻》「支」韻，「卑」屬「脂」韻，「之」屬「之」韻，依《廣韻》「支脂之」同用；第六韻以「逝、勢、世」為韻字，均屬《廣韻》

「祭」韻;第七韻以「湄、縻、儀」為韻字,「湄」屬《廣韻》「脂」韻,「縻、儀」屬「支」韻,依《廣韻》「支脂」同用;第八韻以「鳥、沼、表」為韻字,「鳥」屬《廣韻》「篠」韻,「沼、表」屬「小」韻,依《廣韻》「篠小」同用。全篇押東韻、海韻、「魚、虞」合用、屋韻、「支之」同用、祭韻、「脂支」同用、「篠小」同用,其中多押了「魚」韻,但「支脂之」同用押用兩次,所以總共押了八韻。

在科舉試賦八韻成篇與特殊八韻成篇之外,北宋四大家律賦仍可見多用八韻成篇者,以下各舉兩篇北宋四大家非應試之八韻律賦,以見其八韻成篇之構篇模式:

田錫〈聖德合天地賦以「聖德昭彰合乎天地」為韻〉其題下限韻所屬《廣韻》韻部為勁、德、宵、陽、合、模、先、至韻。其各韻之使用情形如下:

1 宣然 天 乾 下平聲仙 先 同用 2 聖 政令去聲勁韻 3 章皇綱 彰 下平聲 陽 唐同用 4 彙遂 地 至未合用 5 朝妖 昭 菿下平聲宵韻 6 納 合 闔入聲 合 盍同用 7 圖區塗 乎 上平聲 模 虞同用 8 國域忒 德 入聲 德 職同用 咸平集 8/3-4

由上可知,本篇不依次用韻,實際押「天聖彰地昭合乎德」,第一韻以「宣、然、天、乾」為韻字,「然、乾」屬《廣韻》「仙」韻,「天」屬「先」韻,依《廣韻》「仙先」同用;第二韻以「聖、政、令」為韻字,均屬《廣韻》「勁」韻;第三韻以「章、皇、綱、彰」為韻字,「章、彰」屬《廣韻》「陽」韻,「皇、綱」屬「唐」韻,依《廣韻》「陽唐」同用;第四韻以

「彙、遂、地」為韻字，「彙」屬《廣韻》「未」韻，「遂、地」屬「至」韻，本韻「未至」合用，知其用韻較一般官韻為寬；第五韻以「朝、妖、昭、蕘」為韻字，均屬《廣韻》「宵」韻；第六韻以「納、合、闔」為韻字，「納、合」屬《廣韻》「合」韻，「闔」屬「盍」韻，依《廣韻》「合盍」同用；第七韻以「圖、區、塗、乎」為韻字，「區」屬《廣韻》「虞」韻，「圖、塗、乎」屬「模」韻，依《廣韻》「虞模」同用；第八韻以「國、域、忒、德」為韻字，「國、忒、德」屬《廣韻》「德」韻，「域」屬「職」韻，依《廣韻》「職德」同用。全篇共押八韻，平仄為「平仄平仄平仄平仄」，屬四平四仄、平仄相間之構篇模式。

　　田錫〈曉鶯賦以「芳天曉景悅聽清音」為韻〉題下限韻所屬《廣韻》韻部為陽、先、篠、梗、薛、徑、清、侵韻。其各韻之使用情形如下：

　　　1 蒼芳光商下平聲唐陽同用　2 曉悄杪上聲篠小同用　3 情笙聲清下平聲清庚同用　4 悅玦節切入聲薛屑同用　5 鮮圓連天然下平聲仙先同用　6 井永景影上聲靜梗同用　7 陰深吟音下平聲侵韻獨用　8 令佞徑定聽去聲徑韻獨用　咸平集 9/8-9/9

由上可知，本篇不依次用韻，實際押「芳曉清悅天景音聽」，第一韻以「蒼、芳、光、商」為韻字，「蒼、光」屬《廣韻》「唐」韻，「芳、商」屬「陽」韻，依《廣韻》「唐陽」同用；第二韻以「曉、悄、杪」為韻字，「曉」屬《廣韻》「篠」韻，「悄、杪」屬「小」韻，依《廣韻》「篠小」同用；第三韻以

「情、笙、聲、清」為韻字,「情、聲、清」屬《廣韻》「清」韻,「笙」屬「庚」韻,依《廣韻》「清庚」同用;第四韻以「悅、玦、節、切」為韻字,「悅」屬《廣韻》「薛」韻,「玦、節、切」屬「屑」韻,依《廣韻》「屑薛」同用;第五韻以「鮮、圓、連、天、然」為韻字,「鮮、圓、連、然」屬《廣韻》「仙」韻,「天」屬「先」韻,依《廣韻》「先仙」同用;第六韻以「井、永、景、影」為韻字,「井」屬《廣韻》「靜」韻,「永、景、影」屬「梗」韻,依《廣韻》「靜梗」同用;第七韻以「陰、深、吟、音」為韻字,均屬《廣韻》「侵」韻;第八韻以「令、佞、徑、定、聽」為韻字,均屬《廣韻》「徑」韻。全篇共押八韻,平仄為「平仄平仄平仄平仄」,屬四平四仄、平仄相間之構篇模式。

王禹偁〈黃屋非堯心賦以「黃屋車貴非帝堯意」為韻〉其題下限韻所屬《廣韻》韻部為唐、屋、魚、未、微、霽、蕭、志韻。其各韻之使用情形如下:

1 唐光康章 黃 下平聲 唐 陽同用 2 牧轂 屋 入聲屋韻獨用 3 車 胥如篠上平聲魚韻獨用 4 畏 貴 彙去聲未韻獨用 5 肥騑 非 上平聲微韻獨用 6 帝 替世去聲 霽 祭同用 7 堯 昭驕下平聲 蕭 宵同用 8 瑞 意 事去聲寘 志 同用   小畜集 1086-1086-257 上-257 下

由上可知,本篇依次用韻,第一韻以「唐、光、康、章、黃」為韻字,「唐、光、康、黃」屬《廣韻》「唐」韻,「章」屬「陽」韻,依《廣韻》「陽唐」同用;第二韻以「牧、轂、屋」為韻字,均屬《廣韻》「屋」韻;第三韻以「車、胥、如、篠」

為韻字，均屬《廣韻》「魚」韻；第四韻以「畏、貴、彙」為韻字，均屬《廣韻》「未」韻；第五韻以以「肥、騑、非」為韻字，均屬《廣韻》「微」韻；第六韻以「帝、替、世」為韻字，「帝、替」屬《廣韻》「霽」韻，「世」屬「祭」韻，依《廣韻》「霽祭」同用；第七韻以「堯、昭、驕」為韻字，「堯」屬《廣韻》「蕭」韻，「昭、驕」屬「宵」韻，依《廣韻》「蕭宵」同用；第八韻以「瑞、意、事」為韻字，「瑞」屬《廣韻》「寘」韻，「意、事」屬「志」韻，依《廣韻》「寘志」同用。全篇共押八韻，平仄為「平仄平仄平仄平仄」，屬四平四仄、平仄相間之構篇模式。

　　王禹偁〈大合樂賦以「天地之禮張樂雍美」為韻〉其題下限韻所屬《廣韻》韻部為先、至、之、薺、陽、覺、鍾、旨韻。其各韻之使用情形如下：

1 天然焉下平聲先仙同用　2 事志次義至地自去聲志至寘同用
3 儀夷之上平聲支脂之同用　4 濟禮禰上聲薺韻獨用　5 洋章王張行下平聲陽唐同用　6 樸樂覺入聲覺韻獨用　7 雍封容上平聲鍾韻　8 美懍祀上聲旨紙止同用　小畜集 1086-267 上-267 下

由上可知，本篇依次為韻，第一韻以「天然焉」為韻字，「天」屬《廣韻》「先」韻，「然、焉」屬「仙」韻，依《廣韻》「先仙」同用；第二韻以「事、志、次、義、至、地、自」為韻字，「事、志」屬《廣韻》「志」韻，「次、至、地、自」屬「至」韻，「義」屬「寘」韻，依《廣韻》「志至寘」同用；第三韻以「儀、夷、之」為韻字，「儀」屬《廣韻》「支」韻，「夷」屬

「韻」脂，「之」屬「之」韻，依《廣韻》「支脂之」同用；第四韻以「濟、禮、禰」為韻字，均屬《廣韻》「薺」韻；第五韻以「洋、章、王、張、行」為韻字，「洋、章、王、張」屬《廣韻》「陽」韻，「行」屬「唐」韻，依《廣韻》「陽唐」同用；第六韻以「樸、樂、覺」為韻字，均屬《廣韻》「覺」韻；第七韻以「雍封容」為韻字，均屬《廣韻》「鍾」韻；第八韻以「美灑祀」為韻字，「美」屬《廣韻》「旨」韻，「灑」屬「紙」韻，「祀」屬「止」韻，依《廣韻》「紙旨止」同用。全篇共押八韻，平仄為「平仄平仄平仄平仄」，屬四平四仄、平仄相間之構篇模式。

　　范仲淹〈老子猶龍賦以「元聖之德通變如此」為韻〉其題下限韻所屬《廣韻》韻部為元、勁、之、德、東、線、魚、紙韻。其各韻之使用情形如下：

　　　1 元 尊源上平聲 元 魂同用　2 聖 性盛去聲勁韻　3 夷疑 之 時上平聲脂 之 同用　4 極則域 德 入聲職 德 同用　5 窮 通 中功上平聲東韻獨用　6 變 見便去聲 線 霰同用　7 舒 如 諸疏上平聲魚韻獨用　8 旨 始 此 上聲旨止 紙 同用　范仲淹全集 14-15

由上可知，本篇依次為韻，第一韻以「元、尊、源」為韻字，「元、源」屬《廣韻》「元」韻，「尊」屬「魂」韻，依《廣韻》「元魂」同用；第二韻以「聖、性、盛」為韻字，均屬《廣韻》「勁」韻；第三韻以「夷、疑、之、時」為韻字，「夷」屬《廣韻》「脂」韻，「疑、之、時」屬「之」韻，依《廣韻》「脂之」同用；第四韻以「極、則、域、德」為韻字，「極、

域」屬《廣韻》「職」韻，「則、德」屬「德」韻，依《廣韻》「職德」同用；第五韻以「窮、通、中、功」為韻字，均屬《廣韻》「東」韻；第六韻以「變、見、便」為韻字，「變、便」屬《廣韻》「線」韻，「見」屬「霰」韻，依《廣韻》「霰線」同用；第七韻以「舒、如、諸、疏」為韻字，均屬《廣韻》「魚」韻；第八韻以「旨、始、此」為韻字，「旨」屬《廣韻》「旨」韻，「始」屬「止」韻，「此」屬「紙」韻，依《廣韻》「紙旨止」同用。全篇共押八韻，平仄為「平仄平仄平仄平仄」，屬四平四仄、平仄相間之構篇模式。

　　范仲淹〈從諫如流賦以「王者從諫如彼流水」為韻〉其題下限韻所屬《廣韻》韻部為陽、馬、鍾、諫、魚、紙、尤、止韻。其各韻之使用情形如下：

　　　　1 綱 王 方揚下平聲唐 陽 同用　2 社夏寫下 者 上聲馬韻獨用　3 恭 從 宗容上平聲 鍾 冬同用　4 諫 訕間去聲 諫 襉同用　5 虛居魚 如 上平聲魚韻獨用　6 軌 彼 旨士美上聲 紙 止同用　7 尤謀 流 下平聲尤韻　8 士理 水 上聲止 旨 同用　范仲淹全集 430

由上可知，本篇依次為韻，第一韻以「綱、王、方、揚」為韻字，「綱」屬《廣韻》「唐」韻，「王、方、揚」屬「陽」韻，依《廣韻》「唐陽」同用；第二韻以「社、夏、寫、下、者」為韻字，均屬《廣韻》「馬」韻；第三韻以「恭、從、宗、容」為韻字，「恭、從、容」屬《廣韻》「鍾」韻，「宗」屬「冬」韻，依《廣韻》「鍾冬」同用；第四韻以「諫、訕、間」為韻字，「諫、訕」屬《廣韻》「諫」韻，「間」屬「襉」韻，依

《廣韻》「諫襉」同用；第五韻以「虛、居、魚、如」為韻字，均屬《廣韻》「魚」韻；第六韻以「軌、彼、旨、士、美」為韻字，「軌、旨、美」屬《廣韻》「旨」韻，「彼」屬「紙」韻，「士」屬「止」韻，依《廣韻》「旨紙止」同用；第七韻以「尤、謀、流」為韻字，均屬《廣韻》「尤」韻；第八韻以「士、理、水」為韻字，「士、理」屬《廣韻》「止」韻，「水」屬「旨」韻，依《廣韻》「止旨」同用。全篇共押八韻，平仄為「平仄平仄平仄平仄」，屬四平四仄、平仄相間之構篇模式。

文彥博〈能自得師者王賦以「能得師者王道成矣」為韻〉其題下限韻所屬《廣韻》韻部為登、德、脂、馬、陽、皓、清、止韻。其各韻之使用情形如下：

1 膺凝 能 下平聲蒸 登 同用　2 克 得 國德入聲德韻　3 資基 師 上平聲 脂 之同用　4 雅 者 也夏上聲馬韻獨用　5 王 彰莊昌下平聲陽韻　6 道 考保上聲皓韻獨用　7 成 明行下平聲 清 庚同用　8 美理 矣 上聲旨 止 同用　潞公文集 1100-581 下-582 上

由上可知，本篇依次為韻，第一韻以「膺、凝、能」為韻字，「膺、凝」屬《廣韻》「蒸」韻，「能」屬「登」韻，依《廣韻》「蒸登」同用；第二韻以「克、得、國、德」為韻字，均屬《廣韻》「德」韻；第三韻以「資、基、師」為韻字，「資、師」屬《廣韻》「脂」韻，「基」屬「之」韻，依《廣韻》「脂之」同用；第四韻以「雅、者、也、夏」為韻字，均屬《廣韻》「馬」韻；第五韻以「王、彰、莊、昌」為韻字，均屬《廣韻》「陽」韻；第六韻以「道、考、保」為韻字，均屬《廣韻》

「皓」韻；第七韻以「成、明、行」為韻字，「成」屬《廣韻》「清」韻，「明、行」屬「庚」韻，依《廣韻》「清庚」同用；第八韻以「美、理、矣」為韻字，「美」屬《廣韻》「旨」韻，「理、矣」屬「止」韻，依《廣韻》「旨止」同用。全篇共押八韻，平仄為「平仄平仄平仄平仄」，屬四平四仄、平仄相間之構篇模式。

　　文彥博〈一生二賦以「元氣之用生是天地」為韻〉其題下限韻所屬《廣韻》韻部為元、未、之、用、庚、紙、先、至韻。其各韻之使用情形如下：

　　1 元存原上平聲元魂同用　2 緯彙氣去聲未韻獨用　3 之為儀上平聲之支同用　4 用綜從去聲用未同用　5 生成行下平聲庚清同用　6 靡是始水上聲紙止旨同用　7 天全邊下平聲先仙同用　8 器二地去聲至韻　潞公文集 1100-584 上-584 下

由上可知，本篇依次為韻，第一韻以「元、存、原」為韻字，「元、原」屬《廣韻》「元」韻，「存」屬「魂」韻，依《廣韻》「元魂」同用；第二韻以「緯、彙、氣」為韻字，均屬《廣韻》「未」韻；第三韻以「之、為、儀」為韻字，「之」屬《廣韻》「之」韻，「為、儀」屬「支」韻，依《廣韻》「支之」同用；第四韻以「用、綜、從」為韻字，「用、從」屬《廣韻》「用」韻，「綜」屬「宋」韻，依《廣韻》「宋用」同用；第五韻以「生、成、行」為韻字，「生、行」屬《廣韻》「庚」韻，「成」屬「清」韻，依《廣韻》「庚清」同用；第六韻以「靡、是、始、水」為韻字，「靡、是」屬《廣韻》「紙」韻，「始」

屬「止」韻，水屬「旨」韻，依《廣韻》「紙旨止」同用；第七韻以「天、全、邊」為韻字，「天、邊」屬《廣韻》「先」韻，「全」屬「仙」韻，依《廣韻》「先仙」同用；第八韻以「器、二、地」為韻字，均屬《廣韻》「至」韻。全篇共押八韻，平仄為「平仄平仄平仄平仄」，屬四平四仄、平仄相間之構篇模式。

第三節　依韻生篇之特殊模式

一、「同韻」分押兩段

浦銑《復小齋賦話》云：

> 唐律賦限韻中兩字同韻者，或押作一段，或仍押兩段。如王起〈白玉琯賦〉，「神、人」二字并押，白居易〈賦賦〉「詩、之」二字分押。李濯〈廣達樓賦〉以「珠簾無隔露」為韻，「珠、無」同韻，押作兩段。蔣防〈登天壇山望海日初出賦〉，「日、出」二字同押。大約限韻多者，則同韻可併，少者則各自為段也。[5]

以下摘出上述各家同韻的段落，並以方框標示韻字，以見其使用情形：

王起〈白玉琯賦以「神人來獻以和八音」為韻〉依次用韻，其題下限韻所屬《廣韻》韻部為真、真、咍、願、戈、止、鐸、侵

5　〔清〕浦銑，《復小齋賦話》，卷上，見何沛雄編，《賦話六種》（香港：三聯書店，1982 年），頁 66-67。

韻。其中「神、人」兩韻同押於第一段。試錄原文如下：

> 玉瑁絕⟨倫⟩，受之於⟨神⟩。希夷感化，皎潔含⟨真⟩。既比德而
> 為美，亦諧音而可⟨珍⟩。肇自夐絕，發茲璘⟨玢⟩。匪剖石於
> 和氏，乃成器於羽⟨人⟩。　全唐文 642/6490 上-6490 下

本段以「倫、神、真、珍、玢、人」為韻字，「倫」屬《廣韻》
「諄」韻，「神、真、珍、玢、人」屬「真」韻，依《廣韻》
「諄真」同用。蔣防〈登天壇山望海日初出賦以題為韻〉不依次
用韻，實際僅押「出日山望壇賦天海登」九字，「初」字未見押
用，其題下限韻所屬《廣韻》韻部為至、質、山、陽、寒、遇、
仙、海、登韻。其中「出」、日」同押於第一段。試錄原文如
下：

> 山有極天崇⟨崒⟩，冠群岳而首⟨出⟩。下壓溟渤之碕岸，平視
> 扶桑之初⟨日⟩。天光海上，瞳瞳而曉色已分；人代夢中，
> 促促而寒更未⟨畢⟩。　全唐文 719/7396 下-7397 上

本段以「崒、出、日、畢」為韻字，「崒、出」屬《廣韻》
「術」韻，「日、畢」屬「質」韻，依《廣韻》「術質」同用。
白居易〈賦賦以「賦者古詩之流」為韻〉不依次用韻，實際押「者詩
賦之古流」，其題下限韻所屬《廣韻》韻部為馬、之、遇、之、
姥、尤韻。其中「詩、之」同屬「之」韻，分押第二、四段。第
二段原文為：

　　我國家恐文道寖 衰 ，頌聲陵 遲 。乃舉多士，命有 司 。酌
遺風於三代，明變雅於一 時 。全取其名，則號之為賦；
雜用其體，亦不出乎 詩 。四始盡在，六義無 遺 。是謂藝
文之徽策，述作之元 龜 。　　全唐文 656/6680 上

本段以「衰、遲、司、時、詩、遺、龜」為韻字，「衰」屬《廣
韻》「支」韻，「遲、遺、龜」屬「脂」韻，「司、時、詩」屬
「之」韻，依《廣韻》「支脂之」同用。又，第四段原文為：

　　其工者，究筆精、窮旨趣，何慚〈兩京〉於班固；其妙
者，抽秘 思 、騁妍 詞 ，豈謝〈三都〉於左 思 。掩黃絹之
麗藻，吐白鳳之奇 姿 。振金聲於寰海，增紙價於京 師 。
則〈長楊〉、〈羽獵〉之徒，胡為 比 也；〈景福〉、〈靈
光〉之作，未足多 之 。　　全唐文 656/6681 上

本段以「思、詞、思、姿、師、比、之」為韻字，「思、詞、
思、之」屬《廣韻》「之」韻，「姿、師、比」屬「脂」韻，依
《廣韻》「之脂」同用。李濯〈廣達樓賦以「珠簾無隔露」為韻〉
依次用韻，其題下限韻所屬《廣韻》韻部為虞、鹽、虞、麥、暮
韻。其中「珠、無」同屬「虞」韻，分押第一、三段。第一段原
文為：

　　聖人定天保，據皇 圖 。法乾坤之正位，當河洛而建 都 。
閟宸居於斗極，立象魏於天 衢 。明堂撒雲，可以恭祖考
之配；土圭測景，可以驗盈縮之 符 。蓋將以同光日月，

比德唐[虞]。以為損之又損，不可取則觀象；不壯不麗，安可威戎耀[胡]。乃薖匠石，命班[輸]。審曲之官必萃，明中之士載[驅]。建崇樓於闕下，聳飛閣於城[隅]。諒維新以樸斲，蓋仍舊之規[模]。因子來而悅使，豈殫力以為[娛]。材露桐柏，階駢碔[砆]。應龍蜿蟺以驤宇，猛獸贔屭以乘[桴]。明璫藻耀於懸井，朱鳥騫翻於薄[櫨]。璇題景曜，銀牓霞[鋪]。及麗譙而崛起，疊井榦以相[扶]。月透榱壁，星懸網[珠]。　全唐文 536/5445 下-5446 上

本段以「圖、都、衢、符、虞、胡、輸、驅、隅、模、娛、砆、桴、櫨、鋪、扶、珠」為韻字，「圖、都、胡、模、櫨」屬《廣韻》「模」韻，「衢、符、虞、輸、驅、隅、砆、桴、鋪、扶、珠」屬「虞」韻，依《廣韻》「模虞」同用。又，第三段原文為：

若乃皇輿戾止，羽衛龍[趨]。召西園之花萼，奏北裏之笙[竽]。湛堯樽而百辟和暢，舜樂而四海歡[愉]。窮歡浹日，宴樂成[需]。下金屋之仙伎，出瓊樓之豔[姝]。飛曼唱則眾類斯洽，激清聲則煩憂自[無]。　全唐文 536/5446 上

本段以「趨、竽、愉、需、姝、無」為韻字，均屬《廣韻》「虞」韻。

綜上可知，唐代律賦對於題韻字同韻，依題韻多寡，或兩字並押，或二字分押，其處理模式頗具彈性。

檢閱北宋四大家律賦，田錫〈西郊講武賦以「順時閱兵俾民知

戰」為韻〉一篇，王禹偁〈橐籥賦以「天地之間其猶橐籥」為韻〉、〈賢人不家食賦以「賢國之寶家食生客」為韻〉兩篇，范仲淹〈老人星賦以「明星有爛萬壽無疆」為韻〉、〈蒙以養正賦以「君子能以蒙養其正」為韻〉、〈禮義為器賦以「崇禮明義斯以為器」為韻〉、〈鑄劍戟為農器賦以「天下無事兵器銷偃」為韻〉、〈王者無外賦以「王者天下何外之有」為韻〉、〈養老乞言賦以「求善言以資國之用」為韻〉六篇，文彥博〈鴻漸于陸賦以「鴻在于陸為世儀表」為韻〉、〈主善為師賦以「能主其善成彼師道」為韻〉、〈玉雞賦以「祥瑞之氣因孝而至」為韻〉三篇，均可見同韻分押兩段的構篇模式。以下分別說明：

田錫〈西郊講武賦以「順時閱兵俾民知戰」為韻〉第三、五段同韻，先看第三段：

> 於是綸綍宣 辭 ，西郊戒 期 。中謁者傳出兵之令，大司馬陳講武之 儀 。旬人奉職以奔走，軍吏宵征而陸 離 。觀象於天，當太白垂芒之際；陳師於野，協金風肅物之 時 。
>
> 咸平集 8/2

本段以「辭、期、儀、離、時」為韻字，「辭、期、時」屬《廣韻》「之」韻，「儀、離」屬《廣韻》「支」韻，依《廣韻》「之支」同用。再看第五段：

> 百萬之眾如虎如 貔 ，三千被練如熊如 羆 。或圓陣以右布，或方陣兮左 施 。或靈鼉以進矣，或金鉦以卻 之 。喧喧闐闐，天地為之震蕩；乍離乍合，山嶽為之分 披 。睿武皇威，譬四夷而盡恐；軍般兵勇，肅萬里以咸 知 。　咸

平集 8/2

本段以「貔、羆、施、之、披、知」為韻字,「貔」屬《廣韻》「脂」韻,「羆、施、披、知」屬「支」韻,「之」屬「之」韻,依《廣韻》「脂支之」同用。合看三、五兩段,符合《廣韻》「支脂之」同用的規範,屬於同韻分押的構段模式。

王禹偁〈橐籥賦以「天地之間其猶橐籥」為韻〉第三、五段同韻;第七、八段同韻。先看第三、五段:

> 亦如天道無[為],地道博[施]。於以麗百穀,於以行四[時]。皆虛中為動也,故自外而應[之]。是以橐之用,則飛霆走電;籥之運,則如塤如[篪]。信天地之義若此,而橐籥之理在[茲]。 小畜集 1086-15 下

> 是知虛而不屈為橐之[師],動而愈出為籥之[資]。本虛而無生矣,因形器以觀[其]。 小畜集 1086-15 下

第三段以「為、施、時、之、篪、茲」為韻字,「為、施、篪」屬《廣韻》「支」韻,「時、之、茲」屬「之」韻,依《廣韻》「支之」同用。第五段以「師、資、其」為韻字,「師、資」屬《廣韻》「脂」韻,「其」屬《廣韻》「之」韻,依《廣韻》「脂之」同用。合看三、五兩段,符合《廣韻》「支脂之」同用的規範,屬於同韻分押的構篇模式。再看第七、八段:

> 所以天地之心,悠也久也;帝皇之道,斯焉取斯;至矣

哉！天地有大德，其鼓動也于橐于 [橐] ；天地有希聲，其
煦嫗也維竽維 [籥] 。雖小大之不類，信擬議而咸 [若] 。　小畜
集 1086-15 下

今我后道合希夷，心無適 [莫] 。蓋囊括以為用，豈管窺而
可 [度] ？所以百姓日用而不知，又孰見聖人之有 [作] 。　小畜
集 1086-15 下-1086-16 上

第七段以「橐、籥、若」為韻字，「橐」屬《廣韻》「鐸」韻，
「籥、若」屬「藥」韻，依《廣韻》「藥鐸」同用；第八段以
「莫、度、作」為韻字，均屬《廣韻》「鐸」韻。合看七、八兩
段，符合《廣韻》「藥鐸」同用的規範，屬於同韻分押的構段模
式。〈賢人不家食賦以「賢國之寶家食生咎」為韻〉第二、六段同
韻，先看第二段：

豈不以養正豐財，求賢輔 [國] 。既審像于傅築，亦明揚于
舜 [側] 。馳束帛以雲委，揭干旄而杓 [直] 。寂寂而永辭顏
巷，誰復曲肱？憧憧而盡赴堯庭，自期陳 [力] 。　小畜集
1086-265 下

本段以「國、側、直、力」為韻字，「國」屬《廣韻》「德」
韻，「側、直、力」屬「職」韻，依《廣韻》「職德」同用。再
看第六段：

得非畝有餘糧，人無艱 [食] 。君以祿兮御下，賢以才兮舉

職 。則知進之人，欲鑿坯而莫 得 。　小畜集 1086-265 下-266
上

本段以「食、職、得」為韻字，「食、職」屬《廣韻》「職」
韻，「得」屬「德」韻，依《廣韻》「職德」同用。合看二、六
兩段，符合《廣韻》「職德」同用的規範，屬於同韻分押的構段
模式。

　　范仲淹〈老人星賦以「明星有爛萬壽無疆」為韻〉第二、四段同
韻，先看第二段：

　　皇家以大洽雍熙，咸臻仁 壽 。感垂象之丕變，彰御圖之
可 久 。爰假號於耆年，實歸美於元 后 。南郊享處，能無
鼓缶之歌？銀漢經時，誰是游河之 友 ？　范仲淹全集 13

本段以「壽、久、后、友」為韻字，「壽、久、友」屬《廣韻》
「有」韻，「后」屬「厚」韻，依《廣韻》「有厚」同用。再看
第四段：

　　是何上象著明，昌時合 偶 。曆數自延於人主，名實何慚
於國 叟 ？月輪遙睹，安車之意寧無？天駟傍瞻，失馬之
嗟何 有 ？　范仲淹全集 14

本段以「偶、叟、有」為韻字，「偶、叟」屬《廣韻》「厚」
韻，「有」屬「有」韻，依《廣韻》「厚有」同用。合看二、四
兩段，符合《廣韻》「有厚」同用的規範，屬於同韻分押的構篇

模式。〈蒙以養正賦以「君子能以蒙養其正」為韻〉第二、四段同韻，先看第二段：

> 聖人以設彼《易》文，授諸君[子]。考其在〈蒙〉之象，得此養正之[理]。渾兮若濁，下民無得而稱焉。暗然而彰，聖功亦在其中[矣]。　范仲淹全集16

本段以「子、理、矣」為韻字，「子、理、矣」均屬《廣韻》「止」韻。再看第四段：

> 故得悔吝不生，純和自[履]。隱其明而若昧，保其終而如[始]。至賢者孟[子]，在養素而弗違；亞聖者顏生，性如愚而有[以]。　范仲淹全集16

本段以「履、始、子、以」為韻字，「履」屬《廣韻》「旨」韻，「始、子、以」屬「止」韻，依《廣韻》「旨止」同用。合看二、四兩段，符合《廣韻》「旨止」同用的規範，屬於同韻分押的構段模式。〈禮義為器賦以「崇禮明義斯以為器」為韻〉第四、八段，第五、七段同韻，先看四、八段：

> 是以化彼邦家，器茲禮[義]。其美也，混而為一；其設也，分而為[二]。助政教而可大，貫古今而不[墜]。宣尼始問於周史，雅契求新；晉文首定於襄王，允符先[利]。
> 今國家稽古不忘，宣風遐[被]。其禮也同二儀之節，其義也正四方之[志]。覆萬國而無疆，通大道之不[器]。　范仲淹

全集 17

第四段以「義、二、墜、利」為韻字，「義」屬《廣韻》「寘」韻，「二、墜、利」屬「至」韻，依《廣韻》「寘至」同用。第八段以「被、志、器」為韻字，「被」屬《廣韻》「寘」韻，「志」屬「志」韻，「器」屬「至」韻，依《廣韻》「寘志至」同用。合看四、八兩段，符合《廣韻》「寘至志」同用的規範，屬於同韻分押的構篇模式。再看第五、七段：

> 豈不以為君之柄也，非禮何 持 ？立人之道也，惟義是 資 。居上而不我遐弃，化下而何莫由 斯 ？有之則安，在傾欹而莫睹；聞而能徙，信用捨以從 宜 。
> 念茲在 茲 ，無為而 為 。但守執虛之戒，難忘持滿之 規 。安上治民，寧使乎小人乘矣？見危致命，豈惟乎長子主 之 ？　范仲淹全集 17

第五段以「持、資、斯、宜」為韻字，「持」屬《廣韻》「之」韻，「資」屬「脂」韻，「斯、宜」屬「支」韻，依《廣韻》「之脂支」同用。第七段以「茲、為、規、之」為韻字，「為、規」屬《廣韻》「支」韻，「之」屬「之」韻，依《廣韻》「支之」同用。合看五、七兩段，符合《廣韻》「支脂之」同用的規範，屬於同韻分押的構段模式。〈鑄劍戟為農器賦以「天下無事兵器銷偃」為韻〉第四、六段同韻，先看第四段：

> 不知我者謂我前功偕 弃 ，故知我者謂我欲善其 事 。繇是

　　星陳畎畝之具，日新錢鎛之 類 。好戰者隨之而挫銳，力
　　稼者因之而受 賜 。器非求舊，委六師征伐之資；日用不
　　知，增百姓耕耘之 利 。　范仲淹全集 428

本段以「棄、事、類、賜、利」為韻字，「棄、類、利」屬《廣
韻》「至」韻，「事」屬「志」韻，「賜」屬「寘」韻，依《廣
韻》「寘至志」同用。再看第六段：

　　況乎清淨是崇，聲教遐 被 。任甲冑於忠信，施干櫓於禮
　　 義 。去彼取此，息南征北伐之勞；小往大來，變東作西
　　成之 器 。　范仲淹全集 428

本段以「被、義、器」為韻字，「被、義」屬《廣韻》「寘」
韻，「器」屬《廣韻》「至」韻，依《廣韻》「寘至」同用。合
看四、六兩段，符合《廣韻》「寘至志」同用的規範，屬於同韻
分押的構段模式。〈王者無外賦以「王者天下何外之有」為韻〉第
二、四段同韻，先看第二段：

　　其保安宗 社 ，混同夷 夏 。運德車而無不至焉，闢義路而
　　何其遠 也 。普天率土，盡關宵旰之憂；九夷八蠻，無非
　　臣妾之 者 。　范仲淹全集 435

本段以「社、夏、也、者」為韻字，均屬《廣韻》「馬」韻。再
看第四段：

若然，則包括八紘，牢籠九野。惟善守於域內，乃化成
于天下。萬邦同式，孰謂乎限蠻隔夷？四海為家，莫聞
其彼眾我寡。　范仲淹全集435

本段以「野、下、寡」為韻字，均屬《廣韻》「馬」韻。合看
二、四兩段，符合《廣韻》「馬」韻獨用的規範，屬於同韻分押
的構段模式。〈養老乞言賦以「求善言以資國之用」為韻〉第五、七
段同韻，先看第五段：

豈不以老者倍年之長，言者善人之資？養其老則惟賢是
擇，乞其言則患己不知。識君臨之所重，見父事之攸
宜。不素飧兮，實舉燕毛之禮；善待問者，當陳補袞之
詞。　范仲淹全集440

本段以「資、知、宜、詞」為韻字，「資」屬《廣韻》「脂」
韻，「詞」屬「之」韻，「知、宜」屬「支」韻，依《廣韻》
「支脂之」同用。再看第七段：

恩斯勤斯，故舊不遺。孰侮桑榆之暮景？每求藥石之良
規。祝鯁無虧，何患乎老夫耄矣？沃心有取，但見乎聖
人則之。　范仲淹全集440

本段以「斯、遺、規、之」為韻字，「斯、規」屬《廣韻》
「支」韻，「遺」屬「脂」韻，「之」屬「之」韻，依《廣韻》
「支脂之」同用。合看五、七兩段，符合《廣韻》「支脂之」同用

的規範，屬於同韻分押的構段模式。

　　文彥博〈鴻漸于陸賦以「鴻在于陸為世儀表」為韻〉第五、七段同韻。先看第五段：

> 豈不以陸者地鎮之峻極，鴻者羽族之珍 奇 。翼若詎量于軒鶱，屹然迥出于喧 卑 。非來者之漸矣，安跂予而及 之 。鷥遊而蓋不足取，擊隼則又何能 為 。將候雁以同賓，羽翮既就；與時龍而共起，鷥雀焉 知 ？　潞公文集 1100-580 上

本段以「奇、卑、之、為、知」為韻字，「奇、為、知」屬《廣韻》「支」韻，「卑」屬「脂」韻，「之」屬「之」韻，依《廣韻》「支脂之」同用。再看第七段：

> 且夫棲陵木者，甫濱于山足；集磐干者，尚逦于水 湄 。苟人言之有屬，則世網以見 縻 。曷若我將翱將翔，首據高明之地；爰居爰處，俯為眾庶之 儀 。　潞公文集 1100-580 上

本段以「湄、縻、儀」為韻字，「湄」屬《廣韻》「脂」韻，「縻、儀」屬「支」韻，依《廣韻》「脂支」同用。合看五、七兩段，符合《廣韻》「支脂之」同用的規範，屬於同韻分押的構段模式。〈主善為師賦以「能主其善成彼師道」為韻〉第三、七段同韻，先看第三段：

由是尊賢勿怠，服義忘 疲 。苟積慶之美者，在脩業以宜
其 。順彼如流，必展趨隅之禮；崇諸若水，須陳擁篲之
儀 。 潞公文集 1100-583 上

本段以「疲、其、儀」為韻字，「疲、儀」屬《廣韻》「支」
韻，「其」屬「之」韻，依《廣韻》「支之」同用。再看第七
段：

是故德無常主，學無常 師 。所謂乎見而遷也，誠宜乎擇
以從 之 。近取斯文，同以賢而為寶；旁探厥喻，類立德
以成 基 。 潞公文集 1100-583 下

本段以「師、之、基」為韻字，「師」屬《廣韻》「脂」韻，
「之、基」屬「之」韻，依《廣韻》「脂之」同用。合看三、七
兩段，符合《廣韻》「支脂之」同用的規範，屬於同韻分押的構
段模式。〈玉雞賦以「祥瑞之氣因孝而至」為韻〉第二、八段，第
三、七段同韻。先看第二、八段：

原夫翼翼奉先，孜孜繼 志 。允彰恭己之道，克協因心之
義 。精誠能格於上天，和氣遂鍾於下 地 。非烟非霧，倖
攻石以騰輝；將翱將翔，狀銜珠而為 瑞 。 潞公文集 1100-
587 上

偉乎！呈瑞不羣，凌空有 異 。非醇化而不顯，故曠代而
罕 至 。吾皇以孝德升聞，茲玉雞兮來 萃 。 潞公文集 1100-

587 下

第二段以「志、義、地、瑞」為韻字，「志」屬《廣韻》「志」韻，「義、瑞」屬「寘」韻，「地」屬「至」韻，依《廣韻》「寘至志」同用。第八段以「異、至、萃」為韻字，「異」屬《廣韻》「志」韻，「至、萃」屬「至」韻，依《廣韻》「至志」同用。合看二、八兩段，符合《廣韻》「寘至志」同用的規範，屬於同韻分押的構段模式。再看第三、七段：

> 油然生也，仰以觀之。或縹紗以瑜潤，或氣氳而翼垂。
> 籠漢室之飛鬼，高呈蔥鬱；映周行之振鷺，俯煥羽儀。
> 潞公文集 1100-587 上-587 下

> 能致此者，夫何偉而。誠日鳥之可遂，諒天駟以難追。
> 湛露宵零，已類記流之際；長霞曉映，還符繫火之時。
> 潞公文集 1100-587 下

第三段以「之、垂、儀」為韻字，「之」屬《廣韻》「之」韻，「垂、儀」屬「支」韻，依《廣韻》「支之」同用。第七段以「而、追、時」為韻字，「而、時」屬「之」韻，「追」屬「脂」韻，依《廣韻》「之脂」同用。合看兩段，符合《廣韻》「支脂之」同用的規範，屬於同韻分押的構段模式。

二、「分韻聯對」各自為段

唐抄本《賦譜》云：「凡賦句有壯、緊、長、隔、漫、發、

送,合織成,不可偏捨。」[6]將構成律賦的文句單元分為七種。「壯」,指三字句。「緊」為四字句,「長」指五至九句。「隔」,指隔句對,《賦譜》根據每一個對句內部上下部分字數的不同,又細分為「輕、重、疏、密、平、雜」六種:「輕隔」,指上四字,下六字的對句;「重隔」,與輕隔相反,指上六字,下四字的對句;「疏隔」,指上三字,下不限字數的對句;「密隔」,指上五字以上(含五字),下六字以上的對句;「平隔」,指上下句都是四字或五字的對句;「雜隔」,指上四字,下五七八字;或下四字,上五七八字的對句。[7]此外,尚有四句以上的長隔對,中唐柳宗元〈披沙揀金賦以「求寶之道同乎選才」為韻〉即有上聯與下聯分別押韻的長聯隔對:

> 其隱也,則雜昏昏,淪浩浩。晦英姿兮自保。和光同塵兮合於至道。
> 其遇也,則散奕奕,動融融。煥美質兮其中。明道若昧兮契彼元同。 《全唐文》569/5759 上

上聯以「浩、保、道」為韻字,均屬《廣韻》上聲「皓」韻;下聯以「融、中、同」為韻字,改押《廣韻》上平聲「東」韻。上下聯不但字句對仗工整,韻腳位置也完全對稱,不同於一般隔句對僅以下聯最後一字為韻腳。這種押韻方法於中唐白居易、元稹律賦之作時有所見,如白居易〈動靜交相養賦〉就出現分別用韻

---

6 詹杭倫〈《賦譜》校注〉,載於詹杭倫、李立信、廖國棟合著,《唐宋賦學新探》(臺北:萬卷樓圖書公司,2005 年),頁 60。

7 同上注,頁 60-70。

的長聯隔句對：

> 所以動之為用，在氣為春，在鳥為⬚飛⬚。在舟為楫，在弩
> 為⬚機⬚。不有動也，靜將疇⬚依⬚？
> 所以靜之為川，在蟲為螫，在水為⬚止⬚。在門為鍵，在輪
> 為⬚柅⬚。不有靜也，動奚資⬚始⬚？ 《全唐文》656/頁 6673 下-
> 6674 上

上聯以「飛、機、依」為韻字，屬《廣韻》「微」韻；下聯以
「止、柅、始」為韻字，「柅」屬《廣韻》「旨」韻，「止、
始」屬「止」韻，與下文「倚」字同為韻字，「倚」屬「止」
韻，依《廣韻》「紙旨止」同用。李調元《賦話》便說白居易此
賦「通篇局陣整齊，兩兩相比，此調白樂天為之，後世制義分股
之法，實濫觴於此種。」[8]，綜覽白居易〈動靜交相養賦〉全
篇，但除首尾兩段之外，約有三分之二的篇幅以這種分別用韻的
長聯隔句對構篇，如：

> 吾觀天文，其中有⬚程⬚。日明則月晦，日晦則月⬚明⬚。明晦
> 交養，晝夜乃⬚成⬚。
> 吾觀歲功，其中有⬚信⬚。陽進則陰退，陽退則陰⬚進⬚。進退
> 交養，寒暑乃⬚順⬚。
> 且躁者本於靜也，斯則躁為民，靜為君。以民養君，教化
> 之根。則動養靜之道斯存。

---

8 李調元，《賦話》（臺北：世界書局，1961 年），頁 15。

且有者生於無也，斯則無為母、有為子。以母養子，生成
之理。則靜養動之理明矣。　　《全唐文》656/6674 上

其中第一聯上聯以「程、明、成」為韻字，「程、成」屬《廣
韻》「清」韻，「明」屬「庚」韻，依《廣韻》「清庚」同用；
下聯以「信、進、順」為韻字，「信、進」屬《廣韻》「震」
韻，「順」屬「稕」韻，依《廣韻》「震稕」同用。兩聯之後即
以「則知動兮靜所伏，靜兮動所倚」兩句作結，緊接著又以「吾
何以知交養之然哉」引起下文：

人之生於 世 ，出處相 濟 ，必有時而行，非匏瓜不可以長
繫 。
人之善其 身 ，枉直相 循 ，必有時而屈，故尺蠖不可以長
伸 。
知動之可以成功，不知非其時，動亦為凶；
知靜之可以立德，不知非其理，靜亦為賊。　　《全唐文》
656/6674 上

其中第一聯上聯以「世、濟、繫」為韻字，「世」屬《廣韻》
「祭」韻，「濟、繫」屬「霽」韻，依《廣韻》「祭霽」同用；
下聯以「身、循、伸」為韻字，「身、伸」屬《廣韻》「真」
韻，「循」屬「諄」韻，依《廣韻》「真諄」同用。又如白居易
〈賦賦以「賦者古詩之流」為韻〉第四段：

其工者，究筆精，窮旨趣，何慚〈兩京〉於班 固 ？

其妙者，抽秘 思 ，騁妍 詞 ，豈謝〈三都〉於左 思 ？　《全
唐文》656/6681 上

上聯「固」字與上文「布、句、度、賦」同為韻字，「布、度、
固」屬《廣韻》「暮」韻，「句、賦」屬「遇」韻，依《廣韻》
「暮遇」同用；下聯以「思、詞、思」為韻字，與下文「姿、
師、之」同為韻字，「思、詞、之」屬《廣韻》「之」韻，
「姿、師」屬「脂」韻，依《廣韻》「之脂」同用。檢閱白居易
律賦類似長聯隔對不乏其例：

且夫德莫德於老氏，乃曰道是從矣；聖莫聖於宣尼，亦曰
非生知之。〈省試性習相近遠賦以「君子之所慎焉」為韻〉　《全唐文》
656/6676 上

然則外其心，頤其神。韜其光，保其真，雖無脛求之必
臻；勞其智，役其識。肆其志，徇其惑，雖沒齒求之不
得。〈求玄珠賦以「玄非智求珠以真得」為韻〉　《全唐文》656/6677 上

若夫龍泉黯黯，秋水湛湛。苟非斯劍，蛇不可斬；天威煌
煌，神武洸洸。苟非我王，蛇不可當。〈漢高祖斬白蛇賦以
「漢高皇帝觀斬白蛇」為韻〉　《全唐文》656/6677 下

至乎哉！冥心在我，無可而無不可；應用不疲，無為而無
不為。〈君子不器賦以「用之則行無施不可」為韻」〉　《全唐文》
656/6680 下

由上所舉長聯隔對的頻繁使用，可知白居易律賦之偏嗜所在。至於中唐與白居易齊名的律賦大家元稹，其作品也常見使用長聯隔對，如〈郊天日五色祥雲賦以題為韻〉：

> 於是載筆氏書百辟之詞曰：「鬱鬱紛[紛]，慶霄之[雲]。古有堯舜，幸得以為[君]。」
> 象胥氏譯四夷之歌曰：「煒煒煌[煌]。天子之[祥]。唐有神聖，莫敢不來[王]。」　《全唐文》647/6549 上

本聯上下聯各自為韻，不但字句對仗工整，韻腳位置也完全對稱。上聯以「紛、雲、君」為韻字，均屬《廣韻》「文」韻；下聯以「煌、祥、王」為韻字，「煌」屬《廣韻》「唐」韻，「祥、王」屬「陽」韻，依《廣韻》「唐陽」同用。

　　這種字句數多少不定，惟句式雙行，並且相對成文，形成排偶，上下聯各自押韻的長對句，原無定稱，它與八股文「股對」類似，所以有借用「股對」之名者[9]，「股對」為八股文的句法，意指每兩股成為一副對句，單看一股（上聯或下聯），句子和散文一樣，並不都成「駢四儷六」的句式。但再看另一股，就必定與和它平行的那一段字句長短、虛字實字、人名地名等等都完全相當。[10]這種句式在中晚唐律賦已經出現，宋代律賦也不乏其例。因其上聯用韻，為了與一般的隔句對區隔，簡宗梧師〈唐賦分韻聯對初探〉稱之為「分韻聯對」：

9　鈴木虎雄，《賦史大要》（太原：山西人民出版社，2015 年），頁279-286。

10　啟功，《說八股》（北京：中華書局，2000 年），頁 21。

> 「分韻聯對」句數多少無定制，單看上聯或下聯，句子或
> 許和散文一樣，不都成「駢四儷六」。惟句式雙行，相對
> 成文，排偶精工。此乃「長隔對」的延伸，但上聯與下聯
> 各自押不同的韻。[11]

簡宗梧師接著援引大量律賦文本，進行逐篇分析，進一步推測分
韻聯對產生的原因，大致有三：一、乃限韻賦為湊用題韻，於是
就韻生句、或就句牽韻而使之勃興；二、源於表現精工，句式加
長，韻腳加密；三、作家為展現長隔對之造語功力，並疏宕文氣
的刻意安排。[12]至於分韻聯對句式的種類，簡宗梧師也歸納出
「上下聯各用兩韻字者」、「上下聯各用三韻字者」、「上下聯
各用四韻字者」、「上下聯各用五韻字者」四種，其中上下聯各
用兩韻字者最為多見、上下聯各用三韻字者次之。[13]

　　自中唐以降，律賦使用分韻聯對方興未艾，作品韻數參差多
變，不拘一格，有時一聯之中分押二韻，往往是上下聯各自押
韻。這種彷彿古賦中之對聯押韻方式，在北宋四大家律賦之中，
除了文彥博未見使用分韻聯對之外，田錫〈曉鶯賦以「芳天晚景悅
聽清音」為韻〉一篇、王禹偁〈天道如張弓賦以「王者喻身則此宜施」
為韻〉、〈復其見天地之心賦以「天地幽賾觀象斯見」為韻〉、〈火
星中而寒暑退賦以「心火中則寒暑斯退」為韻〉、〈日月光天德賦以
「陽景陰魄光彼天德」為韻〉、〈大合樂賦以「天地之禮張樂雍美」為

11　收入世新大學中文系主編，《第三屆兩岸韻文學學術研討會論文集——
　　理論與批評》（臺北：世新大學中文系，2010 年 11 月），頁 222。

12　同上注，頁 223-228。

13　同上注，頁 228-239。

韻〉五篇、范仲淹〈易兼三材賦以「通彼天地人謂之易」為韻〉、
〈陽禮教讓賦以「修射崇飲民不爭矣」為韻〉兩篇，均可見使用分韻
聯對。以下依序摘錄各家之分韻聯對，以見其使用情形：

　　田錫〈曉鶯賦以「芳天曉景悅聽清音」為韻〉第三、四韻為分韻
聯對：

> 　宛轉堪聽，纏綿有情。伊寶柱之清瑟，與銀簧之暖笙。
> 雖用交奏，而咸豔聲。未若我朧月澹煙之際，鶯舌輕
> 清；
> 　聽者躊躇，聞之怡悅。若清露之玉珮，觸仙衣之寶玦。
> 隨步諧音，成文中節。未若我曉花曙柳之間，鶯聲清
> 切。　　《咸平集》9/8

上聯以「情、笙、聲、清」為韻字，「情、聲、清」屬《廣韻》
「清」韻，「笙」屬「庚」韻，依《廣韻》「清庚」同用；下聯
以「悅、玦、節、切」為韻字，「悅」屬《廣韻》「薛」韻，
「玦、節、切」屬「屑」韻，依《廣韻》「薛屑」同用。上下聯
各用四韻字。

　　王禹偁〈天道如張弓賦以「王者喻身則此宜施」為韻〉第四、五
韻為分韻聯對：

> 　又嘗觀上玄之理，與張弓兮匪異。損有餘以示誡，補不
> 足而平施。小人用壯，唯六極而是懼；君子好謙，乃百
> 祥而咸萃。　　小畜集 1086-11 下-1086-12 上

又嘗觀上聖之│姿│，法天道兮緝│熙│。令先禁於強暴，心不忘於悍│婺│。百姓與能，自樂財成之道；四時咸序，爰歸輔相之│宜│。　《小畜集》1086/11 下-12 上

本聯上下聯各用四韻字。上聯以「理、異、施、萃」為韻字，「理」屬《廣韻》「止韻」，「異」屬「志韻」，「施」屬「寘韻」，「萃」屬「至韻」，依《廣韻》「寘至志」同用，「紙旨止」同用，本聯「止寘至志」合用，知其用韻較一般官韻寬；下聯以「姿、熙、婺、宜」為韻字，「姿」屬《廣韻》「脂」韻，「熙、婺」屬「之」韻，「宜」屬「支」韻，依《廣韻》「脂之支」同用。王禹偁〈復其見天地之心賦以「天地幽蹟觀象斯見」為韻〉第五、六韻為分韻聯對：

聖人見之，則政尚簡，教尚│寬│，棄智而化萬姓，垂衣而總百│官│。故帝堯之道，文思安│安│；非〈復〉之義者，諒至此而攸│難│；
君子見之，則反諸身，視諸│掌│，既絕慮於嗜欲，乃游神於罔│象│。故孔子所謂「其道蕩│蕩│」；非復之至者，亦舍此而奚│往│？　《小畜集》1086/11 下-12 上

本聯上下聯各用四韻字。上聯以「寬、官、安、難」為韻字，「寬、官」屬《廣韻》「桓」韻，「安、難」屬「寒」韻，依《廣韻》「桓寒」同用；下聯以「掌、象、蕩、往」為韻字，「掌、象、往」屬《廣韻》「養」韻，「蕩」屬「蕩」韻，依《廣韻》「養蕩」同用。王禹偁〈火星中而寒暑退賦以「心火中則

寒暑斯退」為韻〉第五、六韻為分韻聯對：

> 至若北陸凶[殘]，人斯鮮[懽]。層冰飛雪以俱至，挾纊重裘
> 而罔[安]。我之中矣，可以卻彼司[寒]。
> 又若南訛赫怒，人失其[所]。焦砂爛石以何盛，輕篿纖綌
> 而曷[禦]。我之中矣，可以袪其酷[暑]。　《小畜集》1086-16 下
> -1086-17 上

本聯上下聯各用四韻字。上聯以「殘、懽、安、寒」為韻字。
「殘、安、寒」屬《廣韻》「寒」韻，「懽」屬「桓」韻，依
《廣韻》「寒桓」同用；下聯以「所、禦、暑」為韻字，均屬
《廣韻》「語」韻。王禹偁〈日月光天德賦以「陽景陰魄光彼天德」
為韻〉第五、六韻為分韻聯對：

> 日之始也，升若木，拂扶[桑]，光天德兮臨八[荒]。龍吐燄
> 而氛霾蕩盡，烏騰晶而魑魅潛[藏]。于以瑞呈五色，於以
> 明列三[光]。
> 月之始也，出金天，突瑤[水]，光天德兮照千[里]。兔奔而
> 桂影時搖，蟾耀而露華輕[委]。於以輾碧落而皎兮，于以
> 掩繁星而嘒[彼]。　《小畜集》1086-259 上

本聯上下聯各用四韻字。全聯僅「于以瑞呈五色，於以明列三
光」與「於以輾碧落而皎兮，于以掩繁星而嘒彼」對仗稍不工
整。上聯以「桑、荒、藏、光」為韻字，均屬《廣韻》「唐」
韻；下聯以「水、里、委、彼」為韻字，「水」屬《廣韻》

「旨」韻，「里」屬「止」韻，「委、彼」屬「紙」韻，依《廣韻》「止旨紙」同用。王禹偁〈大合樂賦以「天地之禮張樂雍美」為韻〉第五、六韻為分韻聯對：

> 其儀濟濟，大合之樂兮發而中禮。於以用之兮，配至誠于祖禰；
>
> 其聲洋洋，大合之樂兮發而有章，於以用之兮，表至德于皇王。　《小畜集》1086-267 下

本聯上下聯各用三韻字。上聯以「濟、禮、禰」為韻字，均屬《廣韻》「薺」韻；下聯以「洋、章、王」為韻字，均屬《廣韻》「陽」韻。

范仲淹〈易兼三材賦以「通彼天地人謂之易」為韻〉第三、四韻為分韻聯對：

> 若乃高處物先，取法乎天，所以顯不息之義，所以斡行健之權。保合太和，純粹之源顯著；首出庶物，高明之象昭宣。此立天之道也，御陰陽而德全。
>
> 又若卑而得位，下蟠於地。所以取沈潛之體，所以擬廣博之義。寂然不動，既侔厚載之容；感而遂通，益見資生之利。此立地之道也，自剛柔而功備。　范仲淹全集 437

本聯上下聯各用五韻字。上聯以「先、天、權、宣、全」為韻字。「先、天」屬《廣韻》「先」韻，「權、宣、全」屬「仙」韻，依《廣韻》「先仙」同用；下聯以「位、地、義、利、備」

為韻字。「位、地、利、備」屬《廣韻》「至」韻，「義」屬「寘」韻，依《廣韻》「至寘」同用。范仲淹〈陽禮教讓賦以「修射崇飲民不爭矣」為韻〉第三、四韻為分韻聯對：

> 至若洞啓澤宮，射夫來同。內叶和平之志，外敦廉順之風。揖讓而升，非尚六鈞之勇；進退可庶，不矜五善之功。此射之讓也，邦教攸崇。
> 又若以年以品，會於鄉飲。在獻酬之無謬，居長幼而必審。貴賤位矣，三賓之象不踰；和樂興焉，百拜之容弗寢。此飲之讓也，國人是稟。　《范仲淹全集》443

本聯上下聯各用五韻字。上聯以「宮、同、風、功、崇」為韻字，均屬《廣韻》「東」韻；下聯以「品、飲、審、寢、稟」為韻字，均屬《廣韻》「寑」韻。

　　綜上可知，王禹偁〈大合樂賦以「天地之禮張樂雍美」為韻〉一篇上下聯各用三韻字；田錫〈曉鶯賦以「芳天晚景悅聽清音」為韻〉一篇、王禹偁〈天道如張弓賦以「王者喻身則此宜施」為韻〉、〈復其見天地之心賦以「天地幽賾觀象斯見」為韻〉、〈火星中而寒暑退賦以「心火中則寒暑斯退」為韻〉、〈日月光天德賦以「陽景陰魄光彼天德」為韻〉、〈大合樂賦以「天地之禮張樂雍美」為韻〉四篇，上下聯各用四韻字；范仲淹〈易兼三材賦以「通彼天地人謂之易」為韻〉、〈陽禮教讓賦以「修射崇飲民不爭矣」為韻〉兩篇，上下聯各用五韻字。其中用四韻字最多，五韻字者次之，與唐代律賦「上下聯各

用兩韻字者最為多見、上下聯各用三韻字者次之」不同。[14]不過，北宋四大家律賦僅七篇使用分韻聯對，在樣本過少的情況之下，其數字較不具統計學上的意義。

三、「解鐙韻」兩韻押作一段

為了解決窘韻的問題，賦家常斟酌使用解鐙韻，唐抄本《賦譜》云：

> 又有連數句為一對，即押官韻兩個盡者。若〈駟不及舌〉云：「嗟乎，以駸駸之足，追言言之辱，豈能之而不欲；蓋喋喋之喧，喻駿駿之奔，在戒之而不言。」是則「言」與「欲」並官韻，而「欲」字故以「足」、「辱」協，即與「言」為一對。如此之輩，賦之解鐙。時復有之，必巧乃可。若不然者，恐職為亂階。[15]

上述原文出自中唐陳仲師〈駟不及舌賦以「是故先聖予欲無言」為韻〉第四、五韻，但是《全唐文》所載文字與《賦譜》略有出入，《全唐文》所載〈駟不及舌賦以「是故先聖予欲無言」為韻〉原文為：

> 嗟夫，以駸駸之足，追言言之速，豈能之而不欲；蓋喋喋之喧，喻駿駿之奔，在誠之而不言。肇自微渺，俟爾騰

14　同上注，頁 228-239。

15　詹杭倫，〈《賦譜》校注〉，收入詹杭倫、李立信、廖國棟合著，《唐宋賦學新探》（臺北：萬卷樓圖書公司，2005 年），頁 81-82。

翻。疾既甚於過隙，患必防於屬垣。　　《全唐文》716/7359 上

其中「以駸駸之足，追言言之速，豈能之而不欲；蓋喋喋之喧，喻駿駿之奔。在誠之而不言」一聯為解鐙韻。上聯以「足、欲」為韻字，「足、欲」均屬《廣韻》「燭」韻；下聯以「喧、言」為韻字，與下文「垣」同為韻字，均屬《廣韻》「元」韻。本聯以一個隔句對完成了「燭」韻與「元」韻兩個韻部的押韻。

　　律賦創作者用一個上下聯隔句對押用兩個韻部，除了解決題下限韻字限定窄韻的難題之外，其實也藉此展現因難見巧的寫作功力。詹杭倫〈唐抄本《賦譜》論「解鐙韻」〉一文曾列舉唐玄宗先天二年（713）至憲宗元和四年（809）十四篇科舉試賦：趙自勵〈出師賦原限韻脫落〉、杜頏〈灞橋賦以「水雲輝映車騎繁雜」為韻〉、獨孤授〈放馴象賦以「珍禽奇獸無育家國」為韻〉、李君房、許堯佐〈清濟貫濁河賦以「與濁同流清源自別」為韻〉、崔立之〈南至郊壇有司書雲物賦以題為韻〉、尹樞〈珠還合浦賦以「不貪為寶神物自還」為韻〉、韓愈〈明水賦以「玄化無宰至精感通」為韻〉、張復元〈太清宮觀紫極舞賦以「大樂與天地同和」為韻〉、王太真〈朱絲繩賦原限韻脫落〉、郭炯〈西掖瑞柳賦以「應時呈祥聖德昭感」為韻〉、陳仲師〈土牛賦以「以示農耕之蚤晚」為韻〉、蔣防〈螢光照字賦以「能勵躬必大成」為韻〉，逐篇分析其使用解鐙韻的情形[16]，可見唐代科舉考生深諳此道的寫作功力。詹杭倫〈唐抄本《賦譜》論「解鐙韻」〉總結唐代試賦普遍使用解鐙韻的情形與原

---

[16] 收入氏著，《唐代科舉與試賦》（武昌：武漢大學出版社，2015年），頁298-305。

因：

> 從先天二年（713）到元和四年（809），有 12 年次的科
> 舉試賦中採用了「解鐙韻」，某些年份的試賦中有多人賦
> 作採用「解鐙韻」。這說明在盛唐和中唐時期，「解鐙
> 韻」的使用相當普遍。其原因一方面固然在於需要解決遇
> 到窄韻的難題，但也不排除士子有意地因難見巧，以巧妙
> 的「解鐙韻」法吸引主考官，讓考官高看一眼。「解鐙
> 韻」在試賦中使用如此普遍，還讓人思考其在律賦的整篇
> 結構中，似乎具有一種轉折的效果。如同律詩「起承轉
> 合」的結構規律一樣，「解鐙韻」所組成的隔句對，在律
> 賦的結構中往往出現在束腰的部位，具有緊束與勾連賦體
> 的作用，讓整篇賦作在結構與聲律上靈動緊促、搖曳生
> 姿。[17]

可見唐代試賦之使用解鐙韻，一方面為了科舉試賦的寫作需要，
解決遇到窄韻的難題；一方面也因難見巧，在結構與聲律上造成
賦篇靈動緊促、搖曳生姿的美感，藉以吸引考官注意。不過，唐
抄本《賦譜》也提醒律賦創作者「如此之輩，賦之解鐙。時復有
之，必巧乃可。若不然者，恐職為亂階。」除了科舉試賦之
外，賦家平時創作也不乏使用解鐙韻者，陳漢鄂《黃滔律賦研
究》即摘錄黃滔〈以不貪為寶賦以「不驚他貨士之意哉」為韻〉、
〈知白守黑賦以「為後之則跡無顛墜」為韻〉、〈秋色賦以「雨作愁成

17　同上注，頁 305。

然知興起」為韻〉、〈白日上昇賦以「人習道優元空舉步」為韻〉四篇，分析其使用解鐙韻的情形[18]，足見唐代賦家使用解鐙韻的普遍現象。

本書第三章第二節曾提及浦銑《復小齋賦話》卷上曾摘出唐代李昂〈旗賦〉偷「軍」字一韻，其實「軍」字押於該篇第五韻，並與下文第六韻構成解鐙韻。試錄第五、六韻原文如下：

> 徒觀其進退繽紛，旂旆三軍；可仰可則，光輝一國。輒示迷於指南，何登車而逐北？　全唐文 302/

其中「進退繽紛，旂旆三軍；可仰可則，光輝一國。」一聯為解鐙韻。上聯以「紛、軍」為韻字，均屬《廣韻》「文」韻；下聯以「則、國」為韻字，與下文「北」字同為韻字，均屬《廣韻》「德」韻，可見並未偷韻。浦銑《復小齋賦話》卷上又摘錄唐代律賦偷韻之作，檢閱這些篇章，都沒有發現偷韻的情形，不過，卻都使用了兩韻押作一段的解鐙韻。以下分別說明：

王起〈披霧見青天賦以「瑩然可仰無不清心」為韻〉其中「可、不」兩韻分屬第四、五韻，使用解鐙賦，試錄原文如下：

> 則知賢為眾夥，人不知兮蔽之孰可；天實悠久，霧不披兮覩之則不。　《全唐文》641/6480 上

18　詳參陳漢鄂，《黃滔律賦研究》（臺中：逢甲大學中國文學所碩士論文，2008 年），頁 182-183。

上聯以「夥、可」為韻字,「夥」屬《廣韻》「果」韻;「可」屬「哿」韻,依《廣韻》「果哿」同用;下聯以「久、不」為韻字,均屬《廣韻》「有」韻,可見並未偷韻。裴度〈二氣合景星賦以「其狀無常出有道之國」為韻〉其中「有、無」兩韻分屬第四、五韻,也使用解鐙韻,試錄原文如下:

> 懿其燭彼天 衢 ,同日月之列於三 無 ;瑞我元 首 ,旌號令之數於九 有 。　全唐文 537/5453

上聯以「衢、無」為韻字,均屬《廣韻》「虞」韻;下聯以「首、有」為韻字,均屬《廣韻》「有」韻,可見並未偷韻。周鍼〈羿射九日賦以「當畫控弦九鳥潛退」為韻〉其中「控」字屬第七韻「送」韻,與下文第八韻構成解鐙韻,試錄原文如下:

> 則知道潛會而發必 中 ,神自通而何再 控 。鏡四海而弓罷 張 ,亙萬古而誰敢 當 。設使堯德不聖,羿技不 臧 。則蒼蒼茫茫,終亂紀 綱 。又安得廓六合,定三 光 。故曰:天無二日,民無二 王 。　全唐文 954/9904 下-9905 上

其中「道潛會而發必中,神自通而何再控。鏡四海而弓罷張,亙萬古而誰敢當。」一聯為解鐙韻。上聯以「中、控」為韻字,均屬《廣韻》「送」韻;下聯以「張、當、臧、綱、光、王」為韻字,「張、王」屬《廣韻》「陽」韻,「當、臧、綱、光」屬「唐」韻,依《廣韻》「陽唐」同用,可見並未偷韻。陸贄〈月臨鏡湖賦以「風靜湖滿輕波不動」為韻〉四、五韻為解鐙韻,試錄原

文如下：

> 萬象皆[總]，湛清光而不[動]；極望靡窮，凝虛皓而如[空]。
> 照同心千里之外，洞遊鱗百丈之[中]。棹影乍浮，如上天
> 邊之漢；桂華不定，多因蘋末之[風]。　全唐文 460/4696 上-
> 4696 下

上聯以「總、動」為韻字，均屬《廣韻》「董」韻；下聯以
「空、中、風」為韻字，均屬《廣韻》「東」韻，可見並未偷
韻。浦銑《復小齋賦話》卷上又揭示律賦偷韻之法：

> 偷韻之法，皆兩句換韻（上句同韻，下句官韻），或一句
> 換韻如盧楠〈悶識坤賦〉「特」字一韻、杜顏〈灞橋賦〉
> 「輝」字一韻是也，或四句換韻，則第二句不用韻，如楊
> 系〈通天臺賦〉「在」字一韻是也。[19]

其中盧楠〈悶識坤賦〉已佚，無法窺得全貌。至於杜顏〈灞橋賦
以「車騎繁雜雲水輝映」為韻〉則使用了上下聯押兩韻的解鐙韻。其
中題韻「輝」字屬第七韻「微」韻，與下文前三句構成解鐙韻。
試錄原文如下：

> 上臨煙碕，霞石相[輝]。過客對兮憺忘[歸]。

---

[19]　浦銑，《復小齋賦話》上卷，載於何沛雄，《賦話六種》（香港：三聯
　　書店，1982 年），頁 21。

下近巖徑。林巒相 映 。漁人去兮恣誦 詠 ，獨遊子而俟時，倦塵衣以嗟 命 。　全唐文 358//3632 上

上聯以「輝、歸」為韻字，屬《廣韻》「微」韻，下聯以「映、詠」為韻字，屬「映」，可見並未偷韻；又，楊系〈通天臺賦以「洪臺獨存浮景在下」為韻〉「在」字屬第三韻，試錄原文如下：

桑梁彩彩，靈仙兮所 在 。若埃台之雲馭，冠鼇山於溟 海 。　全唐文 531/5386 上

本段四句一韻，「在、海」為第一、二韻字，押《廣韻》「海」韻，第三句「若埃台之雲馭」之「馭」字不押韻，題韻「在」字可見押用，並未偷韻。經由上文的分析，浦銑這裡所謂的偷韻，應非後人理解的偷韻，而是唐人為解決窄韻而使用的解鐙韻。

　　北宋四大家律賦之中，除了田錫與文彥博律賦未見解鐙韻之外，王禹偁〈天道如張弓賦以「王者喻身則此宜施」為韻〉、〈尺蠖賦以「尺蠖之屈以求伸也」為韻〉、〈聖人無名賦以「元聖之道無得稱也」為韻〉、〈射宮選士賦以「能中正鵠男子之事」為韻〉三篇，范仲淹〈任官惟賢材賦以「分職求理當任賢者」為韻〉一篇，均可見上下聯押兩韻的解鐙韻。以下依序摘出，以見其使用情形：

　　王禹偁〈天道如張弓賦以「王者喻身則此宜施」為韻〉第七、八韻為解鐙韻，試錄原文如下：

夫如是，則張其弓，挾其矢，體由基之所 長 ；天道遠，人道邇，非裨竈之能 量 。是以君者撫其弱，抑其 強 。如

猿臂之盡妙，中鵠心而允 藏 。向使天理或爽，君道靡
常 。自然及時而反 德 ，又烏可稱帝而稱 王 者哉？故曰：
「孰能以有餘奉天 下 ？唯有道 者 。」　小畜集1086-12上

其中「自然及時而反德，又烏可稱帝而稱王者哉？故曰：『孰能
以有餘奉天下？唯有道者。』」一聯為解鐙韻。上聯以「德、
王」為韻字，與「長、量、強、藏、常」共為韻字，「長、量、
強、常、王」屬《廣韻》「陽韻」；「藏」屬「唐韻」；「德」
屬「德韻」；《廣韻》「陽唐」同用；「職德」同用。本聯「陽
唐、德合用」，知其用韻較一般官韻為寬。下聯以「下、者」為
韻字，均屬《廣韻》「馬」韻，以兩韻字完成本韻段。

　　王禹偁〈尺蠖賦以「尺蠖之屈以求伸也」為韻〉第四、五韻押作
一段：

懿乎微 物 ，尚有伸兮有 屈 ；胡彼常 流 ，但好剛而惡 柔 。
苟克己以為用，奚反身而是 求 ？得不觀所以，察所 由 。
驗人事之倚伏，考星躔之退 留 ？自然寒暑相推而歲功及
物，日月相推而大明燭 幽 者也。　小畜集1086-14下

其中「懿乎微物，尚有伸兮有屈；胡彼常流，但好剛而惡柔。」
一聯為解鐙韻。上聯以「物、屈」為韻字，屬《廣韻》「物」
韻；下聯以「流、柔」為韻字，與下文「求、由、留、幽」共為
一韻，「求、由、留」，屬《廣韻》「尤」韻，「幽」屬「幽」
韻，《廣韻》「尤幽」同用。又本篇第六、七韻也押解鐙韻，試
錄原文如下：

　　昧其機，循其跡，不知我者謂我進寸而退尺；探諸妙，
賾諸神，知我者謂我在屈而求伸。異蜂蠆之毒，唯思螫
人；等龍蛇之蟄，實可存身。　　小畜集1086-14下

其中「昧其機，循其跡，不知我者謂我進寸而退尺；探諸妙，賾
諸神，知我者謂我在屈而求伸。」一聯為解鐙韻。上聯以
「跡」、「尺」為韻字，屬《廣韻》「昔」韻，下聯以「神、
伸」為韻字，與下文韻字「人、身」，均屬《廣韻》「真」韻。
此外，王禹偁〈聖人無名賦以「元聖之道無得稱焉」為韻〉第六、七
韻也是解鐙韻，試錄原文如下：

　　得非喪天下於華胥，得寰中於道樞。蛇身牛首兮，非吾
之耦；雲官鳥紀兮，莫我為徒。孰躋王而黜伯，孰追堯
而禪虞？其或稽之以帝籙皇圖，則視之若無；求之以溫
恭允塞，則名之莫得。亦何必謂粟陸氏以居尊，據軒轅
氏而啓國者哉？　　小畜集1086-14下

其中「稽之以帝籙皇圖，則視之若無；求之以溫恭允塞，則名之
莫得。」一聯為解鐙韻。上聯以「圖、無」為韻字，「圖」字屬
《廣韻》「模韻」，「無」字屬「魚」韻，下聯以「塞、得」為
韻字，與下文「國」同為韻字，均屬《廣韻》「德」韻。再者，
王禹偁〈射宮選士賦以「能中正鵠男子之事」為韻〉第五、六韻也押
作一段：

　　是故五等相參，周遺之子男；多士至止，必命之鄉里。

其中也，得為王賓；其爭也，是謂君子。取于德而不尚
于力，非蹲甲而射之；求諸己而必返于身，乃審固而中
矣。　　小畜集 1086-263 上

其中「五等相參，罔遺之子男；多士至止，必命之鄉里。」一聯
為解鐙韻。上聯以「參、男」為韻字，屬《廣韻》「覃」韻；下
聯以「止、里、子、矣」為韻字，屬《廣韻》「止」韻。范仲淹
〈任官惟賢材賦以「分職求理當任賢者」為韻〉第六、七韻為解鐙
韻，試錄原文如下：

自然讒邪知禁，惟君子之是任；政教昭宣，致王業之不
愆。庶績咸若，群方宴然。其或未精黜陟，弗辯媸妍。
素餐之誚必作，嘉魚之咏莫傳。曷若我命以鈞衡，乃負
鼎之明哲；升乎諫諍，必及雷之忠賢？　　范仲淹全集 429

其中「自然讒邪知禁，惟君子之是任；政教昭宣，致王業之不
愆。」一聯為解鐙韻。上聯以「禁、任」為韻字，屬《廣韻》
「侵」韻；下聯以「宣、愆」為韻字，與下文「然、妍、傳、
賢」共為一韻，「然、傳」屬《廣韻》「仙」韻；「妍、賢」屬
《廣韻》「先」韻；依《廣韻》「仙先」同用。

第五章 結 論

上文考察北宋四大家律賦的限韻，可歸納以下三點結論：

一、多遵守《廣韻》用韻之規範，
偶見「合用」與「通押」

北宋四大家律賦用韻多依《廣韻》獨用、同用之規範，而「同用單押一韻」、「合用」與「通押」則為其特殊用韻規律。

田錫十篇律賦之中，〈西郊講武賦以「順時閱兵俾民知戰」為韻〉、〈聖德合天地賦以「聖德昭彰合乎天地」為韻〉、〈五聲聽政賦以「聖人虛懷求理設教」為韻〉、〈雁陣賦以「葉落南翔雲飛水宿」為韻〉、〈春色賦以「暖日和風春之色也」為韻〉五篇出現「合用」，其餘五篇均遵守《廣韻》獨用、同用的規範；王禹偁十八篇律賦之中，〈仲尼為素王賦以「儒素之道尊比王者」為韻〉、〈火星中而寒暑退賦以「心火中則寒暑斯退」為韻〉、〈鄉老獻賢能書賦以「鄉老之薦登彼天府」為韻〉、〈歸馬華山賦以「王者無事歸歟西岳」為韻〉四篇出現「合用」，〈天道如張弓賦以「王者喻身則此宜施」為韻〉、〈聖人無名賦以「元聖之道無得稱焉」為韻〉、〈崆峒山問道賦以「黃帝之道天下清淨」為韻〉三篇出現共四次「通押」，其餘十一篇均遵守《廣韻》獨用、同用的規範；范仲淹三十五篇律賦之中，〈堯舜帥天下以仁賦以「堯舜仁化天下從矣」為韻〉、〈政在順民心

賦〉兩篇出現三次「合用」；〈陽禮教讓賦以「修射崇飲民不爭矣」
為韻〉、〈水火不相入而相資賦以「其性相反同濟於用」為韻〉兩篇
出現「通押」，其餘三十一篇均遵守《廣韻》獨用、同用的規
範；文彥博十七篇律賦之中，〈焚雉頭裘賦以「珍異之服焚去無取」
為韻〉、〈汾陰出寶鼎賦以「皇漢之道神鼎斯出」為韻〉、〈鴻漸于
陸賦以「鴻在於陸為世儀表」為韻〉、〈經神賦以「明識經旨能若神矣」
為韻〉四篇出現「合用」，其餘十三篇均遵守《廣韻》獨用、同
用的規範。

　　綜觀北宋四大家律賦之用韻規律，田錫十篇八十韻中，僅五
韻合用，其他七十五韻遵守《廣韻》的規範；王禹偁十八篇一百
四十四韻中，僅八韻合用與通押，其他一百三十六韻遵守《廣
韻》的規範；范仲淹三十五篇二百八十韻中，僅五韻合用與通
押，其他二百七十五韻遵守《廣韻》；文彥博十七篇一百三十六
韻中，僅四韻合用，其他一百三十二韻遵守《廣韻》，四家符合
率分別為 94%、95%、97%、97%，足見其用韻之嚴謹。

　　值得注意的是，北宋四大家律賦《廣韻》同用之例，多見
「同用」之例單押一韻者，其中以《廣韻》「文韻」單押、「真
韻」單押最具意義。《廣韻》下平聲「文」韻，屬窄韻，但綜觀
北宋四大家律賦，未見「文欣」同用之例，只出現十四例「文」
韻單押。宋代朝廷曾詔令丁度、賈昌期等人刊定諸韻本韻窄者十
三處，許令附近通用，清代學者大多認為宋代賈昌朝奏請合併
《廣韻》十三處同用之後，「文」、「欣」同用。北宋四大家律
賦不曾出現「文欣」同用，可見其為用韻規律的特殊形態。又
「欣」韻在唐代有時會與上平聲「真」韻通用，但檢索北宋四大
家律賦，卻未見「欣」韻押用，至於「真欣」合用則僅見於文彥

博〈汾陰出寶賦以「皇漢之道神鼎斯出」為韻〉第五韻。

　　北宋四大家律賦「合用」有十六例，又可分為「上平聲合用」、「下平聲合用」、「上聲合用」、「去聲合用」、「入聲合用」五種。「上平聲合用」有三例：田錫〈五聲聽政賦以「聖人虛懷求理設教」為韻〉第七韻「魚、虞」合用；文彥博〈鴻漸于陸賦以「鴻在于陸為世儀表」為韻〉第三韻「魚、虞」合用；〈汾陰出寶鼎賦以「皇漢之道神鼎斯出」為韻〉第五韻「真、欣」合用。「下平聲合用」有范仲淹〈政在順民心賦以「明主施政能順民欲」為韻〉第五韻「蒸登、庚」合用；「上聲合用」有兩例：范仲淹〈堯舜帥天下以仁賦以「堯舜仁化天下從矣」為韻〉第六韻「馬、旨」合用；文彥博〈經神賦以「明識經旨能若神矣」為韻〉第八韻「紙止、尾」合用。「去聲合用」有七例：田錫〈聖德合天地賦以「聖德昭彰合乎天地」為韻〉第五韻「未、至」合用；文彥博〈焚雉頭裘賦以「珍異之服焚去無取」為韻〉第二韻「寘志、廢」合用；王禹偁〈仲尼為素王賦以「儒素之道尊比王者」為韻〉第二韻「御、暮」合用；〈火星中而寒暑退賦以「心火中則寒暑斯退」為韻〉第八韻「隊代、泰」合用；田錫〈西郊講武賦以「順時閱兵俾民知戰」為韻〉第二韻「震稕、問」合用；范仲淹〈堯舜帥天下以仁賦以「堯舜仁化天下從矣」為韻〉第二韻「震稕、焮」合用；王禹偁〈鄉老獻賢能書賦以「鄉老之薦登彼天府」為韻〉第四韻「霰、願」合用。「入聲合用」有三例：田錫〈雁陣賦以「葉落南翔雲飛水宿」為韻〉第八韻「沃、屋」合用；〈春色賦以「暖日和風春之色也」為韻〉第八韻「職德、薛」合用；王禹偁〈歸馬華山賦以「王者無事歸歇西岳」為韻〉第八韻「藥鐸、覺」合用。

　　北宋四大家律賦「通押」有六例，又可分為「上去通押」、

「平去通押」、「平入通押」三種。「上去通押」有四例：王禹偁〈聖人無名賦以「元聖之道無得稱焉」為韻〉第四韻「皓、号」上去通押；〈崆峒山問道賦以「黃帝之道天下清淨」為韻〉第六韻「馬、禡」上去通押；〈天道如張弓賦以「王者喻身則此宜施」為韻〉第四韻「寘至志、止」上去通押；范仲淹〈陽禮教讓賦以「修射崇飲民不爭矣」為韻〉第二韻「馬、禡」上去通押。「平去通押」有一例：范仲淹〈水火不相入而相資賦以「其性相反同濟於用」為韻〉第三韻「陽、漾」通押。「平入通押」有一例：王禹偁〈天道如張弓賦以「王者喻身則此宜施」為韻〉第七韻「陽唐、德」平入通押。

二、多押本字，以「四平四仄」為主，平仄遞用

北宋四大家律賦題下限韻多押本字，偶見不押本字者；題下限韻形式可見全用八字韻腳，題韻平仄多以「四平四仄」為主，題韻押用次序則有從「不依次用韻」漸趨「依次用韻」的情形。

以題下限韻字而言，田錫十篇律賦之中，〈春色賦以「暖日和風春之色也」為韻〉不依次用韻，實際押「風也春暖○日和色」，其中題韻「之」字屬第五韻「之」韻，但未見押用，僅押同韻部之「怡、曦、遲、絲、而」，可視為偷韻。除此之外，田錫其餘九篇律賦均押本字；王禹偁十八篇律賦之中，有〈聖人無名賦以「元聖之道無得稱焉」為韻〉、〈醴泉無源賦以「王者之瑞何有本原」為韻〉、〈日月光天德賦以「陽景陰魄光彼天德」為韻〉三篇的題下限韻字，在《四部叢刊・初編》本出現異文，經過分析用韻情形之後，王禹偁〈聖人無名賦以「元聖之道無得稱焉」為韻〉的題韻應校正為「元聖之道無得稱也」，〈醴泉無源賦以「王者之瑞何有

源本」為韻〉則亦可作「王者之瑞何有原本」，〈日月光天德賦以「陽景陰魄光彼天德」為韻〉的題韻應校正為「陽景陰魄光彼天德」；而〈君者以百姓為天賦以「君有庶民如得天也」為韻〉則可見偷韻，本篇不依次用韻，實際押「君有民庶如得○也」，其中題韻「天」字屬第七韻「先」韻，但未見押用，僅押同韻部的「先、宣、焉」。除此之外，王禹偁其餘十四篇律賦均押本字；范仲淹三十五篇律賦之中，可見〈老子猶龍賦以「玄聖之道通變如此」為韻〉、〈得地千里不如一賢賦以「賢實邦寶何地能及」為韻〉兩篇在《四部叢刊》本出現異文，經過分析用韻情形之後，〈老子猶龍賦以「玄聖之道通變如此」為韻〉的題韻應校正為「元聖之德通變如此」，《四部叢刊》本〈得地千里不如一賢賦以「賢實邦本何地能及」為韻〉的題韻應校正為「賢實邦寶何地能及」；又，范仲淹〈堯舜帥天下以仁賦以「堯舜仁化天下從矣」為韻〉可見偷韻，本篇依次用韻，實際押「堯舜仁化○下從矣」其中題韻「天」字屬第四韻「先」韻，但未見押用。此外，范仲淹〈陽禮教讓賦以「修射崇飲民不爭矣」為韻〉也出現以假借字為韻，本篇第六韻押「不」字，卻假借為「能否」之「不」，為限韻字甚難而使用假借字者。又，范仲淹〈養老乞言賦以「求善言以寶國之用」為韻〉、〈稼穡惟寶賦以「王者崇本民食為貴」為韻〉兩篇可見落韻：〈養老乞言賦以「求善言以寶國之用」為韻〉依次用韻，題韻字「用」字屬第八韻，並未出現於賦中；〈稼穡惟寶賦以「王者崇本民食為貴」為韻〉依次用韻，其中題韻字「貴」字屬第八韻，屬《廣韻》「未」韻，並未出現於賦文之中。除此之外，范仲淹其餘二十九篇律賦均押本字；文彥博十七篇律賦則均押本字。

　　至於題下限韻的平仄與押韻次序，田錫十篇律賦全部押「四

平四仄」，田錫十篇律賦之中，僅〈御試不陣而成功賦以「功德雙美威震寰海」為韻〉一篇依次用韻，其餘九篇均不依次為韻，九篇平仄更動之後都成「四平四仄」，且平仄相間；王禹偁十八篇律賦之中，僅見〈天道如張弓賦以「王者喻身則此宜施」為韻〉題韻平仄為「平仄仄平仄仄平仄」、〈尺蠖賦以「尺蠖之屈以求伸也」為韻〉題韻平仄為「仄仄平仄仄平平仄」，屬「三平五仄」；〈橐籥賦以「天地之間其猶橐籥」為韻〉題韻平仄為「平仄平平平平仄仄」，屬「五平三仄」，其餘十五篇均押「四平四仄」；而不依次為韻的情形至王禹偁也開始轉變，王禹偁十八篇律賦之中，僅有〈天道如張弓賦以「王者喻身則此宜施」為韻〉、〈君者以百姓為天賦以「君有庶民如得天也」為韻〉、〈尺蠖賦以「尺蠖之屈以求伸也」為韻〉三篇不依次為韻，其餘十五篇均依次用韻；范仲淹三十五篇律賦之中，僅見〈水車賦以「如歲大旱汝為霖雨」為韻〉題韻平仄為「平仄仄仄仄平平仄」、〈淡交若水賦以「君子求友恬淡為上」為韻〉題韻平仄為「平仄平仄仄仄平仄」，均屬「三平五仄」；〈任官惟賢材賦以「分職求理當任賢者」為韻〉題韻平仄為「平仄平仄平平平仄」，屬「五平三仄」，其餘三十二篇均屬「四平四仄」；范仲淹三十五篇律賦之中，僅有〈老人星賦以「明星有爛萬壽無疆」為韻〉、〈水車賦以「如歲大旱汝為霖雨」為韻〉、〈臨川羨魚賦以「嘉魚可致何羨之有」為韻〉、〈聖人抱一為天下賦以「淳一數教為天下式」為韻〉四篇不依次用韻，其餘三十一篇均依次用韻；文彥博律賦十七篇則均押「四平四仄」，且均依次用韻。

三、八韻為常，偶見「同韻」、
「分韻聯對」與「解鐙韻」

北宋四大家律賦構篇多押八韻，少則六、七韻，多至十一韻；同韻分押、分韻聯對、解鐙韻為其特殊的構段模式。

田錫十篇律賦之中，〈西郊講武賦以「順時閱兵俾民知戰」為韻〉、〈羣玉峰賦以「玉峯聳峭鮮潔新明」為韻〉、〈開封府試人文化成天下賦以「煥乎人文化成天下」為韻〉、〈南省試聖人並用三代禮樂賦以「皇猷昭宣禮樂備舉」為韻〉、〈御試不陣而成功賦以「功德雙美咸震寰海」為韻〉、〈曉鶯賦以「芳天曉景悅聽清音」為韻〉六篇均押八韻，佔全部律賦 60%；王禹偁十八篇律賦之中，〈卮言日出賦〉、〈君者以百姓為天賦以「君有庶民如得天也」為韻〉、〈復其見天地之心賦以「天地幽賾觀象斯見」為韻〉、〈尺蠖賦以「尺蠖之屈以求伸也」為韻〉、〈醴泉無源賦以「王者之瑞何有本原」為韻〉、〈黃屋非堯心賦以「黃屋車貴非帝堯意」為韻〉、〈射宮選士賦以「能中正鵠男子之事」為韻〉、〈大合樂賦以「天地之禮張樂雍美」為韻〉八篇均押八韻，佔全部律賦 44%；范仲淹三十五篇律賦之中，〈老子猶龍賦以「玄聖之道通變如此」為韻〉、〈今樂猶古樂賦以「民庶同樂今古何異」為韻〉、〈省試自誠而明謂之性賦以「誠發為德彰彼天性」為韻〉、〈金在熔賦以「金在良冶求鑄成器」為韻〉、〈臨川羨魚賦以「嘉魚可致何羨之有」為韻〉、〈水車賦以「如歲大旱汝為霖雨」為韻〉、〈用天下心為心賦以「人主當用天下心矣」為韻〉、〈君以民為體賦以「君育黎庶如彼身體」為韻〉、〈六官賦以「分職無曠王道行矣」為韻〉、〈任官惟賢材賦以「分職求理當任賢者」為韻〉、〈聖人大寶曰位賦「仁德之守光大君位」為韻〉、〈賢不家食賦以「尊尚賢者

寧有家食」為韻〉、〈窮神知化賦以「窮彼神道然後知化」為韻〉、〈乾為金賦以「剛健純粹其象金也」為韻〉、〈易兼三材賦以「通彼天地人謂之易」為韻〉、〈淡交若水賦以「君子求友恬淡為上」為韻〉、〈得地千里不如一賢賦以「賢實邦寶何地能及」為韻〉、〈體仁足以長人賦以「君子求友恬淡為上」為韻〉、〈天驥呈才賦以「君德通遠天馬斯見」為韻〉、〈稼穡惟寶賦以「王者崇本民食為貴」為韻〉、〈天道益謙賦以「天道常益謙損之義」為韻〉、〈聖人抱一為天下賦以「淳一敷教為天下式」為韻〉、〈大禮與天地同節賦以「常禮之外天地同節」為韻〉、〈制器尚象賦以「先聖觀象因制乎器」為韻〉二十四篇均押八韻，佔全部律賦 69%；文彥博十七篇律賦之中，〈省試諸侯春入貢賦以「天下侯國春入方物」為韻〉、〈省試青圭禮東方賦以「修舉春祀崇尚圭薦」為韻〉、〈汾陰出寶鼎賦以「皇漢之道神鼎斯出」為韻〉、〈鴻漸于陸賦以「鴻在于陸為世儀表」為韻〉、〈孝者善繼人之志賦以「人子行孝能繼先志」為韻〉、〈中者天下之大本賦以「天下之教由此而出」為韻〉、〈能自得師者王賦以「能得師者王道成矣」為韻〉、〈多文為富賦以「儒者崇學多以為富」為韻〉、〈祭法天道賦以「君子之祭能合天道」為韻〉、〈一生二賦以「元氣之用生是天地」為韻〉、〈雁字賦〉、〈土牛賦以「春祀牛設農作無忒」為韻〉、〈天衢賦以「亨達之路無復凝滯」為韻〉十三篇均押八韻，佔全部律賦 76%。北宋四大家律賦之八韻構篇百分比，從田錫 60%、王禹偁 44% 到范仲淹 69%、文彥博 76%，可見八韻成篇逐漸成為常用之構篇形態。

　　至於由韻生段，多見同韻分押，田錫〈西郊講武賦以「順時閱兵俾民知戰」為韻〉第三、五段屬《廣韻》「之脂支」同用；王禹偁〈橐籥賦以「天地之間其猶橐籥」為韻〉第三、五段屬《廣韻》

「之脂支」同用，第七、八段同屬《廣韻》「藥鐸」同用；〈賢
人不家食賦以「賢國之寶家食生客」為韻〉第二、六段同屬《廣韻》
「職德」同用；范仲淹〈老人星賦以「明星有爛萬壽無疆」為韻〉第
二、四段同屬《廣韻》「有厚」同用，〈蒙以養正賦以「君子能以
蒙養其正」為韻〉第二、四段同屬《廣韻》「旨止」同用，〈禮義
為器賦以「崇禮明義斯以為器」為韻〉第四、八段同屬《廣韻》「寘
至志」同用，第五、七段同屬《廣韻》「支脂之」同用，〈鑄劍
戟為農器賦以「天下無事兵器銷偃」為韻〉第四、六段同屬《廣韻》
「寘至志」同用，〈王者無外賦以「王者天下何外之有」為韻〉第
二、四段同屬《廣韻》「馬」韻獨用，〈養老乞言賦以「求善言以
資國之用」為韻〉第五、七段同屬《廣韻》「支脂之」同用；文彥
博〈鴻漸于陸賦以「鴻在于陸為世儀表」為韻〉第五、七段同屬《廣
韻》「支脂之」同用，〈主善為師賦以「能主其善成彼師道」為韻〉
第三、七段同屬《廣韻》「支脂之」同用，〈玉雞賦以「祥瑞之氣
因孝而至」為韻〉第二、八段同屬《廣韻》「寘至志」同用，第
三、七段同屬《廣韻》「支脂之」同用。

　　又，北宋四大家律賦可見分韻聯對，田錫〈曉鶯賦以「芳天
晚景悅聽清音」為韻〉第三、四韻為分韻聯對，上聯屬《廣韻》
「庚清」同用，下聯「屑薛」同用，上下聯各用四韻字；王禹偁
〈天道如張弓賦以「王者喻身則此宜施」為韻〉第四、五韻為分韻聯
對，上聯以「理、異、施、萃」為韻字，為「寘至志、止」合
用，下聯以「姿、熙、婺、宜」為韻字，屬《廣韻》「支脂之」
同用，上下聯各用四韻字；〈復其見天地之心賦以「天地幽賾觀象
斯見」為韻〉第五、六韻為分韻聯對，上聯以「寬、官、安、
難」為韻字，屬《廣韻》「寒桓」同用，下聯以「掌、象、蕩、

往」為韻字，屬「養蕩」同用，上下聯各用四韻字；〈火星中而寒暑退賦以「心火中則寒暑斯退」為韻〉第五、六韻為分韻聯對，上聯以「殘、懼、安、寒」為韻字，屬《廣韻》「寒桓」同用，下聯以「所、禦、暑」為韻字，屬「語韻」，上下聯各用四韻字；〈日月光天德賦以「陽景陰魄光彼天德」為韻〉第五、六韻為分韻聯對，上聯以「桑、荒、藏、光」為韻字，屬《廣韻》「唐」韻，下聯以「水、里、委、彼」為韻字，屬「紙旨止」同用，上下聯各用四韻字；〈大合樂賦以「天地之禮張樂雍美」為韻〉第五、六韻為分韻聯對，上聯以「濟、禮、禰」為韻字，屬《廣韻》「薺」韻，下聯以「洋、章、王」為韻字，屬「陽」韻，上下聯各用三韻字；范仲淹〈易兼三材賦以「通彼天地人謂之易」為韻〉第三、四韻為分韻聯對，上聯以「先、天、權、宣、全」為韻字，屬《廣韻》「先仙」同用，下聯以「位、地、義、利、備」為韻字，屬「寘至」同用，上下聯各用五韻字；范仲淹〈陽禮教讓賦以「修射崇飲民不爭矣」為韻〉第三、四韻為分韻聯對，上聯以「宮、同、風、功、崇」為韻字，屬《廣韻》「東」韻，下聯以「品、飲、審、寢、稟」為韻字，屬「寢」韻，上下聯各用五韻字。

此外，王禹偁、范仲淹律賦也可見上下聯押作一段的解鐙韻：王禹偁〈天道如張弓賦以「王者喻身則此宜施」為韻〉第七、八韻為解鐙韻，上聯以「德、王」為韻字，屬「德、陽」合用，下聯以「下、者」為韻字，屬《廣韻》「馬」韻獨用；〈尺蠖賦以「尺蠖之屈以求伸也」為韻〉第四、五韻為解鐙韻，上聯以「物、屈」為韻字，屬《廣韻》「物」韻；下聯以「流、柔」為韻字，屬「尤」韻；又本篇第六、七韻也押解鐙韻，上聯以「跡」、「尺」為韻字，屬《廣韻》「昔」韻，下聯以「神、伸」為韻

字，屬「真」韻；〈聖人無名賦以「元聖之道無得稱焉」為韻〉第
六、七韻也是解鐙韻，上聯以「圖、無」為韻字，屬《廣韻》
「模虞」同用，下聯以「塞、得」為韻字，屬「德」韻；〈射宮
選士賦以「能中正鵠男子之事」為韻〉第五、六韻也押作一段，上聯
以「參、男」為韻字，屬《廣韻》「覃」韻；下聯以「止、里、
子」為韻字，屬「止」韻。范仲淹〈任官惟賢材賦以「分職求理當
任賢者」為韻〉第六、七韻為解鐙韻，上聯以「禁、任」為韻字，
屬《廣韻》「侵」韻；下聯以「宣、愆」為韻字，屬「先仙」同
用。

　　祝尚書〈宋體律賦〉歸納宋體律賦的特點有四，其中所謂
「韻數由不定到一定」、「用韻次序、韻書由不限到嚴限」，北
宋四大家律賦已著其先鞭，律賦由唐體轉變為宋體，其先行者的
地位與重要性不言可喻。

　　回顧北宋四大家律賦之前律賦限韻的研究，除了少數斷代律
賦史的概論介紹之外；唐代個別律賦家的研究，多先概述作者生
平與著作，之後解讀律賦文本，進行形式探討與思想評述，形式
探討之中，限韻多與律賦、字數、句式、用典等合論，在探討篇
幅上不免受到侷限。基於律賦限韻研究的重要性，筆者於考察北
宋四大家律賦限韻的內涵之後，將上溯唐代律賦限韻的深刻底
蘊，藉以沿波討源，釐清律賦由唐迄宋蓄流演渡的跡緒；進而探
索宋代歐陽修、蘇軾以降律賦突破唐人矩矱，自出機杼的嬗變進
程，期待未來持續拓墾這塊文學沃土，以澆灌出甜美而豐碩的果
實。

參考書目

1. 本書目包括正文曾徵引及參考的書籍與論文。
2. 本書目共分古籍、近人論著、學位論文、期刊論文四種。古籍先以朝代先後排序，再於各朝代下，依著編者姓氏筆畫之多寡排列；近人論著、學位論文、期刊論文則依著編者姓氏筆畫之多寡排列。

一、古籍

〔先秦〕老聃著，〔魏〕王弼等注，《老子注四種》，臺北：國立臺灣大學出版中心，2016 年。

〔先秦〕莊周著，郭象注，《莊子集釋》，臺北：萬卷樓圖書公司，2012 年。

〔先秦〕孫武著，魏汝霖註譯，《孫子今註今譯》，臺北：臺灣商務印書館，1984 年。

〔漢〕鄭玄注，〔唐〕賈公彥疏，《周禮注疏》，臺北：藝文印書館，1976 年。

〔漢〕鄭玄注，〔唐〕孔穎達等正義，《禮記注疏》，臺北：藝文印書館，1976 年。

〔漢〕劉安等著，何寧集釋，《淮南子集釋》，北京：中華書局，1998 年。

〔魏〕王弼、韓康伯注，〔唐〕孔穎達等正義，《周易正義》，臺北：藝文印書館，1976 年。

〔漢〕班固，《漢書》，臺北：洪氏出版社，1970 年。

〔南朝宋〕范曄，《後漢書》，臺北：成文出版社，1971 年。

〔南朝梁〕劉勰著，周振甫注釋，《文心雕龍注釋》，臺北：里仁書局，
　　　2001 年。

〔南朝梁〕蕭統編，〔唐〕李善注，《文選》，臺北：藝文印書館，1991
　　　年。

〔北齊〕魏收，《魏書》，臺北：鼎文書局，1975 年。

〔後晉〕劉昫，《舊唐書》，北京：中華書局，1975 年。

〔唐〕元稹著，周相錄校注，《元稹集校注》，上海：上海古籍出版社，
　　　2011 年。

〔唐〕令狐德棻，《周書》，臺北：洪氏出版社，1974 年。

〔唐〕〔唐〕白居易著，朱金城箋校，《白居易文集箋校》，上海：上海
　　　古籍出版社，2013 年。

〔唐〕白居易著，謝思煒校注，《白居易文集校注》，北京：中華書局，
　　　2011 年。

〔唐〕呂溫，《呂衡州集》，臺北：藝文印書館，1967 年。

〔唐〕李白著，瞿蛻園等校注，《李白集校注》，臺北：里仁書局，1981
　　　年。

〔唐〕房玄齡，《晉書》，北京：中華書局，1974 年。

〔唐〕封演著，趙貞信校注，《封氏聞見記校注》，北京：中華書局，
　　　2005 年。

〔唐〕計有功，《唐詩紀事校箋》，成都：巴蜀書社，1989 年。

〔唐〕柳宗元著，《柳河東全集》，北京：中國書店，1994 年。

〔唐〕趙璘，《因話錄》，臺北：藝文印書館，1965 年。

〔五代〕王定保著，姜漢椿校注，《唐摭言校注》，上海，上海社會科學
　　　院出版社，2003 年。

〔宋〕丁度，《附釋文互註禮部韻略》，臺北：臺灣商務印書館，1966
　　　年。

〔宋〕丁度等編，《集韻》，上海：上海古籍出版社，1985 年。

〔宋〕文彥博，《潞公文集》，收入《影印文淵閣四庫全書》第 1100 冊。

〔宋〕王灼，《碧雞漫志》，臺北：藝文印書館，1967 年。

〔宋〕王禹偁，《小畜集》，臺北：世界書局，1987 年。

〔宋〕王禹偁，《小畜集》，臺北：臺灣商務印書館，1983 年。

〔宋〕王禹偁，《小畜集・外集》，臺北：臺灣商務印書館，1968 年。

〔宋〕王禹偁，《王黃州小畜外集》，上海，商務印書館，1929 年。

〔宋〕王禹偁，《王黃州小畜集》，上海：商務印書館，1929 年。

〔宋〕王欽若等編纂，周勛初等校定，《冊府元龜》，南京：鳳凰出版社，2006 年。

〔宋〕王溥，《唐會要》，臺北：世界書局，1982 年。

〔宋〕王栐，《燕翼詒謀錄》，北京：中華書局，1981 年。

〔宋〕田錫，《咸平集》，臺北：臺灣商務印書館，1973 年。

〔宋〕田錫著，羅國威校點，《咸平集》，成都：巴蜀書社，2008 年。

〔宋〕吳曾，《能改齋漫錄》，臺北：木鐸出版社，1982 年。

〔宋〕宋綬、宋敏求編，《宋大詔令集》，臺北：鼎文書局，1972 年。

〔宋〕李廌著，孔凡禮點校，《師友談記》，北京：中華書局，2002 年。

〔宋〕李燾，《續資治通鑑長編》，臺北：世界書局，1961 年。

〔宋〕邵博，《邵氏聞見後錄》，北京：中華書局，1983 年。

〔宋〕洪邁，《容齋隨筆》，上海：上海古籍出版社，1996 年。

〔宋〕范仲淹，《范文正公文集》，北京：中華書局，1984 年。

〔宋〕范仲淹，《范文正集》，上海：商務印書館，1919-1922 年。

〔宋〕范仲淹，《范文正公文集》，收入范能濬編集，薛正興校點，《范仲淹全集》，南京：鳳凰出版社，2004 年。

〔宋〕范仲淹《范文正公別集》，收入范能濬編集，薛正興校點，《范仲淹全集》，南京：鳳凰出版社，2004 年。

〔宋〕范仲淹著，李勇先、王蓉貴校點，《范仲淹全集》，成都：四川大學出版社，2007 年。

〔宋〕范仲淹著，洪順隆評注，《范仲淹賦評注》，臺北：國立編譯館，1996 年。

〔宋〕范能濬編集，薛正興校點，《范仲淹全集》，南京：鳳凰出版社，2004 年。

〔宋〕范鎮，《東齋記事》，臺北：臺灣商務印書館，四庫全書珍本別

輯。

〔宋〕晁公武，《昭德先生郡齋讀書志》，臺北：臺灣商務印書館，1983
　　　年。

〔宋〕晁公武，《郡齋讀書志》，臺北：臺灣商務印書館，1968 年。

〔宋〕陳彭年等重修，林尹校訂，《宋本廣韻》，臺北：黎明出版社，
　　　1976 年。

〔宋〕歐陽修，《歐陽文忠公全集》，臺北：臺灣商務印書館，1965 年。

〔宋〕歐陽修等，《新五代史》，臺北：鼎文書局，1979 年。

〔宋〕歐陽修、宋祁等，《新唐書》，臺北：鼎文書局，1985 年。

〔宋〕歐陽詢，《藝文類聚》，臺北：新興書局，1969 年。

〔宋〕鄭起潛，《聲律關鍵》，載於詹杭倫、李立信、廖國棟合著，《唐
　　　宋賦學新探》，臺北：萬卷樓圖書公司，2005 年。

〔宋〕舊題丁度等奉敕撰，趙振鐸校，《集韻校本》，上海：上海辭書出
　　　版社，2013 年。

〔宋〕蘇象先著，張元濟校勘，《丞相魏公譚訓》，常熟瞿氏鐵琴銅劍樓
　　　藏舊鈔本。

〔宋〕蘇軾，《蘇軾文集》，北京：中華書局，1986 年。

〔宋〕蘇軾著，顧之川校點，《蘇軾文集》，長沙：岳麓書社，2000 年。

〔元〕祝堯，《古賦辯體》，影印文淵閣四庫全書本冊 1366，臺北：臺灣
　　　商務印書館，1986 年。

〔元〕脫脫，《宋史》，臺北：鼎文書局，1983 年。

〔明〕何景明，《大復集》，臺北：臺灣商務印書館影四庫全書，冊
　　　1267。

〔明〕吳訥著，于北山校點，《文章辨體序說》，北京：人民文學出版
　　　社，1998 年。

〔明〕李夢陽，《空同集》，臺北：臺灣商務印書館影四庫全書，冊
　　　1262。

〔明〕徐師曾著，羅根澤校點，《文體明辨序說》，北京：人民文學出版
　　　社，1998 年。

〔清〕王芑孫，《讀賦卮言》，載於何沛雄編，《賦話六種》，香港：三

聯書店，1982 年。

〔清〕永瑢等，《四庫全書總目提要》，臺北：臺灣商務印書館，1968 年。

〔清〕余丙照，《新增賦學入門》，臺北：廣文書局，1979 年。

〔清〕李調元，《賦話》，臺北：世界書局，1961 年。

〔清〕李調元著，詹杭倫、沈時蓉校證，《雨村賦話校證》，臺北：新文豐出版社，1993 年。

〔清〕林聯桂著，何新文、佘斯大、蹤凡校證，《見星廬賦話》，上海：上海古籍出版社，2013 年。

〔清〕孫梅，《四六叢話》，臺北：世界書局，1962 年。

〔清〕徐松，《宋會要輯稿》，臺北：新文豐出版社，1976 年。

〔清〕徐松，《登科記考》，京都：中文出版社，1982 年。

〔清〕徐松著，孟二冬補正，《登科記考補正》，北京：燕山出版社，2003 年。

〔清〕浦銑，《復小齋賦話》，載於何沛雄，《賦話六種》，香港：三聯書店，1982。

〔清〕張惠言輯，《七十家賦鈔》，臺北：世界書局，1984 年。

〔清〕曹寅編，《全唐詩》，北京：中華書局，1985 年。

〔清〕畢沅編，《續資治通鑑》，上海：古籍出版社影印世界書局本，1987 年。

〔清〕陳元龍輯，《歷代賦彙》，北京：北京圖書館出版社，1999 年。

〔清〕陳夢雷，《古今圖書集成》，臺北：鼎文書局，1977 年。

〔清〕陸葇編，《歷朝賦格》，《四庫全書存目叢書》，臺南：莊嚴出版社，1997 年。

〔清〕彭元瑞，《宋四六話》，臺北：藝文印書館，1967 年。

〔清〕董誥等編，《全唐文》，北京：中華書局，1983 年。

〔清〕劉熙載，《藝概》，臺北：華正書局，1988 年。

〔清〕錢大昕著，孫顯軍、陳文和點校，《嘉定錢大昕全集》，南京：江蘇古籍出版社。

〔清〕戴震著，楊應芹、諸偉奇主編，《戴震全書》，合肥：黃山書社，

2010 年。

〔清〕嚴可均校輯，《全上古三代秦漢三國六朝文》，北京：中華書局，
　　　1958 年。

〔清〕顧炎武，《音學五書》，北京：中華書局，1982 年。

二、近人專著

尹占華，《律賦論稿》，成都：巴蜀書社，2001 年。

方健，《范仲淹評傳》，南京：南京大學出版社，2001 年。

王力，《漢語音韻》，香港：中華書局，2000 年。

王力，《漢語詩律學》，香港：中華書局，1976 年。

王士祥，《唐代試賦研究》，上海：上海古籍出版社，2012 年。

王兆鵬，《唐代科舉考試詩賦用韻研究》，濟南：齊魯書社，2004 年。

王冠編，《賦話廣彙》，北京：北京圖書館，2006 年。

王夢鷗先生，《傳統文學論衡》，臺北，時報文化公司，1987 年。

行政院文化建設委員會策畫，國立臺灣大學主辦，《范仲淹一千年誕辰國
　　　際學術研討會論文集》，臺北：臺灣大學文學院，1990 年。

何沛雄編，《賦話六種》，香港：三聯書店，1982 年。

李子君，《「增修互注禮部韻略」研究》，北京：社會科學文獻出版社，
　　　2012 年。

李曰剛，《辭賦流變史》，臺北：文津出版社，1987 年。

李壽林執行編輯，《范仲淹研究資料彙編》，臺北：行政院文建會，1988
　　　年。

周紹良主編，《全唐文新編》，長春：吉林文史出版，2000 年。

季鐵錚，《范仲淹》，長沙：湖南人民出版社，2006 年。

昌彼得等編，《宋人傳記資料索引》，臺北：鼎文書局，2001 年。

林岩，《北宋科舉考試與文學》，上海：上海古籍出版，2006 年。

竺家寧，《聲韻學》，臺北：五南圖書出版公司，1999 年。

金中樞，《宋代的學術和制度研究》，新北：稻鄉出版社，2009 年。

金周生，《宋詞音系入聲韻部考》，臺北：文史哲出版社，1985 年。

南京大學中文系主編，《第四屆國際辭賦文學論集》，南京：江蘇教育出

　　版社，1999 年。

洪順隆，《辭賦論叢》，臺北：文津出版社，2000 年。

范仲淹研究會編纂，《范仲淹研究論集》，蘇州：蘇州大學出版社，1995
　　年。

徐規，《王禹偁事蹟著作編年》，北京：中國社會科學出版社，1982 年。

祝尚書，《宋代科舉與文學》，北京：中華書局，2008 年。

馬積高，《賦史》，上海：上海古籍出版社，1998 年。

啟功，《說八股》，北京：中華書局，2000 年。

張希清、范國強主編，《范仲淹研究文集》，北京：北京大學出版社，
　　2009 年。

張海鷗，《宋代文化與文學研究》，北京：中國社會科學出版社，2002
　　年。

張高評主編，《宋代文學研究叢刊》，高雄：麗文文化事業公司，1995
　　年。

張伯偉，《全唐五代詩格匯考》，南京：鳳凰出版社，2002 年。

張毅，《宋代文學思想史》，北京：中華書局，1995 年。

張雙英，《文學的「內部研究」與「外緣研究」：從「文字」到「抒情」
　　與「批評」》，臺北：文史哲出版社，2016 年。

曹明綱，《賦學概論》，上海：上海古籍出版社，1998 年。

梁庚堯，《宋代科舉社會》，臺北，臺灣大學出版中心，2015 年。

梁淑媛，《飛登聖域──臺灣鸞賦文學書寫及其文化視域研究》，臺北：
　　五南圖書出版公司，2012 年。

許瑤麗，《宋代律賦與科舉──一種文學體式的制度浮沉》，北京：人民
　　出版社，2016 年。

郭建勛，《辭賦文體研究》，北京：中華書局，2007 年。

郭維森、許結，《中國辭賦發展史》，南京：江蘇教育出版社，1996 年。

鈴木虎雄著，殷石臞譯，《賦史大要》，太原：山西人民出版社，2015
　　年。

陳光憲，《范仲淹文學與北宋的詩文革新》，臺北：幼獅文化事業公司，
　　1996 年。

陳榮照，《范仲淹研究》，香港：三聯書店，1987 年。

陳韻竹，《歐陽修蘇軾辭賦之比較研究》，臺北：文史哲出版社，1986
　　　年。

傅璇琮，《唐代科舉與文學》，西安：陝西人民出版社，2002 年。

彭紅衛，《唐代律賦考》，北京：社會科學文獻出版社，2009 年。

景范教育基金會統籌，《范仲淹研究文集》，香港：新亞洲文化基金會，
　　　2000 年。

曾永義等，《宋代文學與思想》，臺北：臺灣學生書局，1989 年。

曾棗莊、劉琳編，《全宋文》，上海：上海辭書出版社，1994 年。

游適宏，《以賦憶賦──清代臺灣文集賦的仿擬與記憶》，臺北：文史哲
　　　出版社，2014 年。

游適宏，《祝堯「古賦辯體」研究》，新北：花木蘭出版社，2008 年。

游適宏，《試賦與識賦：從考試的賦到賦的教學》，臺北：秀威資訊科技
　　　有限公司，2008 年。

湯承業，《范仲淹研究》，臺北：國立編譯館，1977 年。

程千帆、吳新雷，《兩宋文學史》，上海：上海古籍出版社，1998 年。

程章燦，《魏晉南北朝賦史》，南京：江蘇古籍出版社，1992 年。

程傑，《北宋詩文革新研究》，臺北：文津出版社，1996 年。

程應鏐，《范仲淹新傳》，上海：上海人民出版社，1996 年。

黃水雲，《六朝駢賦研究》，臺北：文津出版社，1999 年。

黃明理，《范氏義莊與范仲淹：關於范仲淹的儒學史地位的討論》，新
　　　北：花木蘭文化出版社，2008 年。

黃啟方，《王禹偁研究》，臺北：學海出版社，1979 年。

詹杭倫，《唐代科舉與試賦》，武昌：武漢大學出版社，2015 年。

詹杭倫，《清代賦論研究》，臺北：臺灣學生書局，2002 年。

詹杭倫、李立信、廖國棟合著，《唐宋賦學新探》，臺北：萬卷樓圖書公
　　　司，2005 年。

廖國棟，《魏晉詠物賦研究》，臺北：文史哲出版社，2013 年。

裴興榮，《金代科舉與文學》，北京：中國社會科學出版社，2016 年。

趙俊波，《中晚唐賦分體研究》，北京：華齡出版社，2004 年。

劉文戈、馬嘯主編，《范仲淹與慶陽：紀念范仲淹知慶州 970 周年學術研
　　討會論文集》，天津：天津古籍出版社，2012 年。

劉培，《北宋初、中期辭賦研究》，臺北：萬卷樓圖書公司，2004 年。

潘守皎，《王禹偁評傳》，濟南：齊魯書社，2009 年。

諸葛憶兵，《范仲淹研究》，北京：中國人民大學出版社，2010 年。

鮑明煒，《唐代詩文韻部研究》，南京：江蘇古籍出版社，1990 年。

謝佩芬，《紅杏枝頭春意鬧：宋祁文學新論》，臺北：臺灣學生書局，
　　2013 年。

簡宗梧，《漢賦史論》，臺北：東大圖書公司，1993 年。

簡宗梧，《漢賦源流與價值之商榷》，臺北：文史哲出版社，1980 年。

簡宗梧，《賦與駢文》，臺北：臺灣書店，1998 年。

簡宗梧、李時銘主編，《全唐賦》，臺北：里仁書局，2011 年。

鄺健行，《科舉考試文體論稿：律賦與八股文》，臺北：臺灣書店，1999
　　年。

鄺健行，《詩賦合論稿》，南京：江蘇古籍出版社，2002 年。

鄺健行，《詩賦與律調》，北京：中華書局，1994 年。

鄺健行，〈科舉考試文體論稿〉，臺北：臺灣書店，1999 年。

羅常培，《漢語音韻學導論》，臺北：九思出版社，1978 年。

羅常培，《魏晉南北朝韻部之演變》，載於《羅常培文集》第一卷，濟
　　南：山東教育出版社，2008 年。

羅常培，《羅常培文集》，濟南：山東教育出版社，2008 年。

羅常培，《羅常培語言學論文集》，北京：商務印書館，2004 年。

羅常培等，《切韻研究論文集》，香港：實用書局，1972 年。

龔延明、祖慧編，傅璇琮主編，《宋登科記考》，南京：江蘇教育出版
　　社，2009 年。

龔鵬程，《文化符號學》，臺北：臺灣學生書局，1992 年。

三、學位論文

方靜瑛，《徐寅律賦研究》，臺北：中國文化大學中國文學研究所碩士論
　　文，2012 年。

王東晨，《宋初賦風的流衍》，濟南：山東大學文學院碩士論文，2012
　　年。

田苗，《范仲淹交遊及其賦作研究》，長春：吉林大學文學院碩士論文，
　　2007 年。

申利，《文彥博年譜》，鄭州：鄭州大學文學院碩士論文，2006 年。

任憲國，《田錫及其辭賦研究》，曲阜：曲阜師範大學文學院碩士論文，
　　2008 年。

朴孝錫，《蘇軾辭賦研究》，臺中：東海大學中國文學研究所碩士論文，
　　1989 年。

呂海波，《中唐試賦研究》，呼和浩特：內蒙古師範大學文學院碩士論
　　文，2010 年。

李桂蓮，《范仲淹研究》，臺中：東海大學中國文學研究所碩士論文，
　　1973 年。

汪欣，《蔣防律賦研究》，武漢：華中科技大學文學院碩士論文，2013
　　年。

周興濤，《論范仲淹的文學成就》，成都：四川大學文學院碩士論文，
　　2003 年。

孫華，《田錫事跡著作編年》，西安：陝西師範大學文學院碩士論文，
　　2005 年。

孫德春，《范仲淹律賦研究》，西安：西北大學文學院碩士論文，2010
　　年。

馬楠楠，《文彥博文學創作研究》，瀋陽：瀋陽師範大學文學院碩士論
　　文，2012 年。

馬寶蓮，《唐律賦研究》，臺北：中國文化大學中國文學研究所博士論
　　文，1992 年。

高萍萍，《白居易的賦及其賦論研究》，青島：中國海洋大學文學院碩士
　　論文，2012 年。

張凱，《晚唐律賦三大家用韻研究》，濟南：山東師範大學文學院碩士論
　　文，2007 年。

張勝海，《宋初直臣田錫研究》，廣州：暨南大學文學院碩士論文，2006

年。

梁濤，《田錫文學活動及文藝思想研究》，成都：四川師範大學文學院碩士論文，2013 年。

陳成文，《唐代古賦研究》，臺北：政治大學中國文學系博士論文，1998 年。

陳玠妃，《王禹偁辭賦研究》，臺中：逢甲大學中國文學研究所碩士論文，2006 年。

陳芳汶，《中晚唐詠史賦研究》，臺北：政治大學中國文學系博士論文，2007 年。

陳姿蓉，《漢代散體賦研究》，臺北：政治大學中國文學系博士論文，1995 年。

陳英絲，《六朝賦「詩化」現象研究》，臺中：逢甲大學中國文學研究所碩士論文，1998 年。

陳朝陽，《北宋名臣文彥博研究》，保定：河北大學文學院碩士論文，2006 年。

陳鈴美，《王棨律賦研究》，臺中：逢甲大學中國文學研究所碩士論文，2004 年。

陳漢鄂，《黃滔律賦研究》，臺中：逢甲大學中國文學研究所碩士論文，2008 年。

黃雅琴，《王起律賦研究》，臺中：逢甲大學中國文學研究所碩士論文，2005 年。

遊適宏，《由拒唐到學唐──元明清賦論趨向之考察》，臺北：政治大學中國文學系博士論文，2000 年。

廖志超，《蘇軾辭賦理論及其創作之研究》，臺北：臺灣師範大學國文研究所博士論文，2003 年。

劉泰江，《宋初律賦初探》，新北：淡江大學中國文學研究所碩士論文，2009 年。

鄭艷，《李程律賦研究》，武漢：華中科技大學文學院碩士論文，2012 年。

謝蕙蕙，《李調元「雨村賦話」研究》，臺中：東海大學中國文學研究所

　　碩士論文，2004 年。

龐國雄，《黃滔律賦研究》，桂林：廣西師範大學文學院碩士論文，2010
　　年。

饒本剛，《范仲淹賦研究》，廣州：廣州大學文學院碩士論文，2011 年。

四、期刊論文

王士祥，〈唐代省試賦用韻考述──唐代省試賦研究之一〉，《鄭州大學
　　學報》（哲學社會科學版）第 37 卷第 6 期，2004 年 11 月，頁 109-
　　113。

王士祥，〈唐代進士科試賦題目出處考述〉，《河南社會科學》第 17 卷第
　　5 期，2009 年 9 月，頁 117-119。

王士祥，〈唐代試賦「以四聲為韻」研究〉，《河南社會科學》第 18 卷第
　　3 期，2010 年 5 月，頁 162-164。

王士祥，〈唐代試賦不限韻與任用韻研究〉，《河南科技大學學報》（社
　　會科學版）第 27 卷第 5 期，2009 年 10 月，頁 48-52。

王士祥，〈唐代試賦之「以題為韻」與「以題中字為韻」考述〉，〈廣東
　　海洋大學學報〉第 29 卷第 2 期，2009 年 4 月，頁 47-52。

王士祥，〈論唐代省試賦的重史表現〉，《語文知識》2008 年第 3 期，頁
　　7-10。

王立洲，〈略論南宋律賦的體式〉，《中國韻文學刊》第 25 卷第 1 期，
　　2011 年，頁 77-81。

王兆鵬，〈《廣韻》「獨用」、「同用」使用年代考──以唐代科舉考試
　　詩賦用韻為例〉，《中國語文》1998 年第 2 期（總第 263 期），頁
　　144-147。

王兆鵬，〈試論唐代科舉考試的詩賦限韻與早期韻圖〉，《漢字文化》
　　1999 年 2 期，頁 11-20。

王兆鵬，〈論科舉考試與韻圖〉，《山東師大學報》1991 年 1 期，頁 60-
　　63。

王良友，〈談李程律賦的形式技巧〉，《中國學術年刊》第 28 期，2006
　　年，頁 101-131。

王延梯、蕭培，〈王禹偁的辭賦觀和辭賦創作〉，《齊魯學刊》1997 年 3 期，頁 65-71。

王彬，〈仕進羽翼　一往清泚──王禹偁律賦研究〉，《成都大學學報》（社會科學版）2017 年 6 期，頁 74-81。

付興林，〈論白居易律賦的精神特質及藝術成就〉，《甘肅社會科學》2008 年 3 期 5 月，頁 37-42。

何玉蘭，〈「諍臣」之賦卻平易──田錫賦芻議〉，《樂山師範高等專科學校學報》1999 年第 4 期，頁 37-40。

何沛雄，〈略論范仲淹的「治道」賦〉，收入《范仲淹一千年誕辰國際學術研討會論文集》（三重市：久忠實業有限公司，1990 年），頁 343-368。

何新文，〈論晚唐律賦的藝術變化〉，《湖北大學學報》（哲學社會科學版）1995 年第 1 期，頁 110-113、118。

余恕誠，〈唐代律賦與詩歌在押韻方面的相互影響〉，《江淮論壇》2003 年第 4 期，105-112。

吳在慶，〈科舉試賦及其對唐賦創作影響的幾個問題〉，《廣西師範大學學報》（哲學社會科學版）第 40 卷第 2 期，2004 年 4 月，頁 34-39。

李子君，〈宋初韻書更迭頻繁的原因再證〉，《華夏文化論壇》，2010 年，頁 131-145。

汪小洋、孔慶茂，〈論律賦的文學性〉，《江蘇廣播電視大學學報》第 14 卷第 1 期，2003 年 2 月，頁 45-49。

肖金雲，〈文韻、欣韻同用考〉，《長江學術》2012 年 2 期，頁 168-171。

周興泰，〈論唐律賦的敘事特徵〉，《河南教育學院學報》（哲學社會科學版）第 27 卷，2008 年第 5 期，頁 54-60。

周興濤，〈巧心浚發　妙句雲來──評范仲淹的律賦〉，《西南交通大學學報》（社會科學版）第 7 卷第 4 期，2006 年 8 月，頁 51-56。

祁立峰，〈聲律的實踐與示範：論唐律賦「題韻」與「題義」的互文性〉，國立臺南大學《人文研究學報》第 42 卷 1 期，2008 年 4

月，頁 23-38。

洪順隆，〈范仲淹的賦與他的文學觀〉，《國立編譯館館刊》第 18 卷 1
　　期，1989 年 6 月，頁 225-250。

洪銘吉，〈唐代試律賦引經研究〉，《人文與應用科學期刊》第 8 期，
　　2014 年，頁 13-35。

胡建升，〈從唐宋科舉詩賦用韻看《廣韻》「文欣」同用的起始時間〉，
　　《語言研究》第 30 卷第 2 期，2014 年 4 月，頁 38-42。

胡燕，〈盛唐律賦與進士科考試〉，《南都學壇》第 29 卷第 2 期，2009
　　年 3 月，頁 55-57。

孫書平、于情，〈唐代科舉考試用「論」考〉，《中國石油大學學報》
　　2009 年 2 期，頁 64-67。

孫福軒，〈科舉試賦：由才性之辨到朋黨之爭──以唐宋兩代為中心的考
　　察〉，《浙江大學學報》2008 年 3 期，頁 150-158。

徐繼東，〈白居易律賦創作的特色與影響〉，《河南科技大學學報》（社
　　會科學版）第 25 卷第 4 期，2007 年 8 月，頁 48-50。

祝尚書，〈論宋體律賦〉，《社會科學研究》2006 年 5 期，頁 161-169。

耿志堅，〈唐代元和前後詩人用韻考〉，《彰化師範大學學報》第 1 期，
　　1990 年。頁 117-166。

耿志堅，〈唐代近體詩用韻通轉現象之探討〉，《中華學苑》第 9 期，頁
　　97-134。

耿志堅，〈盛唐詩人用韻考〉，《教育學院學報》第 14 期，頁 127-159。

馬寶蓮，〈王勃〈寒梧棲鳳賦〉與唐代律賦的發展〉，《國文天地》8 卷
　　11 期，1993 年 4 月，頁 32-39。

張彥，〈論唐代律賦的故事情節〉，《皖西學院學報》第 31 卷第 3 期，
　　2015 年 6 月，頁 88-91。

曹明綱，〈唐代律賦的形成、發展和程式特點〉，《學術研究》1994 年第
　　4 期，頁 115-119。

許結，〈宋代科舉與辭賦嬗變〉，《復旦學報》（社會科學版）2012 年第
　　4 期，頁 26-36。

許瑤麗，〈范仲淹《賦林衡鑒》與宋體律賦的定調〉，《四川師範大學學

報》（社會科學版）第 39 卷第 6 期，2012 年 11 月，頁 87-94。

郭自虎，〈以古賦為律賦——論元稹對律賦的革新〉，《安徽師範大學學
　　報》（人文社會科學版）第 36 卷第 4 期，2010 年 7 月，頁 469-
　　475。

郭建勛、毛錦群，〈論律賦的文體特徵〉，《中國文化研究》2007 年 4
　　期，頁 61-68。

陳萬成，〈《賦譜》與唐賦的演變〉，收入《辭賦文學論集》，南京：江
　　蘇教育出版社，1999 年，頁 559-577。

陸德海，〈從放達到縱橫——論王禹偁對白居易詩的超越〉，《鹽城工學
　　院學報》2005 年第 1 期，頁 44-48。

傅宇斌，〈范仲淹的性道賦與其理學思想〉，《文史知識》2007 年 11
　　期，頁 29-34。

彭紅衛，〈論律賦的基本特徵〉，《湖北大學學報》（哲學社會科學版）
　　第 37 卷第 6 期，2010 年 11 月，頁 85-89。

曾棗莊，〈論宋代律賦〉，《文學遺產》2003 年第 5 期，頁 47-61。

曾棗莊，〈論宋代辭賦〉，《清華大學學報》（哲學社會科學）第 18 卷第
　　5 期，2003 年，頁 1-8。

曾棗莊，〈論宋賦諸體〉，《陰山學刊》第 12 卷第 1 期，1999 年 3 月，
　　頁 1-8。

黃志立、褚旭，〈律賦用韻類型探論——以清《雨村賦話》、《復小齋賦
　　話》為中心〉，《哈爾濱工業大學學報》（社會科學版）第 20 卷第
　　1 期，2018 年 1 月，頁 73-81。

黃啟方，〈北宋的文論與詩詞論〉，《國立編譯館館刊》第 6 卷第 1 期，
　　1977 年 6 月，頁 167-240。

黃麗月，〈律賦的形成、發展與特徵——以唐宋為斷代〉，《思辨集》第
　　6 期，2003 年，頁 117-146。

董就雄，〈試論唐代八韻試賦的用韻〉，《饒宗頤國學院院刊》第 2 期，
　　2015 年 5 月，頁 239-275。

詹杭倫，〈宋代辭賦辨體論〉，《逢甲人文社會學報》第 7 期，2003 年 11
　　月，頁 1-16。

詹杭倫，〈范仲淹的賦論與賦作新探〉，《濟南大學學報》第 16 卷第 2
　　期，2006 年，頁 35-41。

詹杭倫，〈清代律賦對偶論〉，《中國古典文學研究》第 6 期，2001 年，
　　頁 109-122。

遊適宏，〈限制式寫作測驗源起之一考察——唐代甲賦的測驗型態與能力
　　指標〉，《考試學刊》3 期，2007 年 12 月，頁 1-26。

廖志強，〈唐寫本「賦譜」闡微——從中唐幾篇律賦說起〉，《新亞論
　　叢》第 6 期，2004 年，頁 150-166。

趙成林，〈律賦體式標準問題辨略〉，《中國韻文學刊》2008 年第 1 期，
　　頁 12-15。

趙成林、成朝暉，〈限韻和病犯：也談律賦的體式標準〉，《遠東通識學
　　報》第 2 卷第 2 期，2008 年，頁 31-38。

趙俊波，〈再論唐代律賦的體式標準〉，《遼東師院學報》第 12 卷第 2
　　期，2010 年 4 月，頁 79-84。

趙俊波，〈唐代律賦的聲律遵從與避忌——兼與清代律賦相對比〉，《遼
　　東學院學報（社會科學版）第 17 卷第 2 期，2015 年 4 月，頁 20-
　　25。

趙俊波，〈唐代試賦的命題研究——以試賦題目與九經的關係為中心〉，
　　《四川師範大學學報》（社會科學版）第 38 卷第 1 期，2011 年 1
　　月，頁 127-131。

趙俊波，〈晚唐律賦的散體化傾向〉，《江海學刊》（社會科學版）2004
　　年 2 期，頁 165-170。

趙俊波，〈論晚唐律賦三大家的詠史懷古之作——兼論閩地律賦創作興盛
　　的原因〉，《蘭州大學學報》（社會科學版）第 32 卷第 6 期，2004
　　年 11 月，頁 61-65。

劉泰江，〈宋初律賦特色〉，《問學集》第 17 期，2010 年，頁 146-155。

劉培，〈北宋後期的科舉改革與辭賦創作〉，《四川大學學報》（哲學社
　　會科學版）2005 年第 2 期（總 137 期），頁 106-111。

劉培，〈北宋科場改革與律賦沈浮——以熙寧變法為中心〉，《北京大學
　　學報》（哲學社會科學版）第 52 卷第 4 期，2015 年 7 月，頁 37-

45。

劉培，〈雍容閒雅的治平心態的流露——論宋庠、宋祁的辭賦創作〉，
　　《江西師範大學學報》（哲學社會科學）第 38 第 1 期，2005 年 1
　　月，頁 10-14。

劉培，〈論王禹偁辭賦對風雅傳統的發揚光大〉，《山東大學學報》（哲
　　學社會科學版）2005 年第 4 期，頁 36-41。

劉培，〈論田錫辭賦的新變〉，《文史哲》2001 年第 4 期，頁 75-79。

劉曉光，〈試論王禹偁對白居易的繼承關係〉，《北京教育學院學報》
　　1997 年第 3 期，頁 40-43。

劉曉南，〈宋代文士用韻與宋代通語及方言〉，《古漢語研究》2001 年第
　　1 期，頁 25-32。

歐天發，〈不以賦為題名之賦體形態舉述〉，《嘉南學報》（人文類）第
　　29 期，2013 年 12 月，頁 464-480。

鄭雅文，〈從孫何、范仲淹、秦觀的賦學理論看北宋律賦之發展〉，《雲
　　漢學刊》第 5 期，1998 年，頁 65-80。

薛亞軍，〈唐省試賦題限韻正誤〉，《古籍研究》2002 年第 2 期，頁 92-
　　93。

簡宗梧，〈唐賦分韻聯對初探〉，收入世新大學中文系主編，《第三屆兩
　　岸韻文學學術研討會論文集——理論與批評》，臺北：世新大學中
　　文系，2010 年 11 月，頁 219-244。

簡宗梧，〈賦體之典律作品及其因子〉，《逢甲人文社會學報》第 6 期，
　　2003 年 5 月，頁 1-27。

簡宗梧、游適宏，〈律賦在唐代「典律化」之考察〉，《逢甲人文社會學
　　報》第 1 期，2000 年 11 月，頁 1-16。

簡宗梧、游適宏，〈清人選唐律賦之考察〉，《逢甲人文社會學報》第 5
　　期，2002 年 11 月，頁 21-35。

鄺健行，〈律賦與八股文〉，《文史哲》1991 年 9 月第 5 期，頁 68-73。

鄺健行，〈律賦論體〉，《四川師範大學學報》（社會科學版）第 32 卷第
　　1 期，2005 年 1 月，頁 68-74。

鄺健行，〈唐代律賦對科舉考試的黏附與偏離〉，《中國文學研究》1993

年第 1 期，頁 24-34。

羅常培，〈切韻魚虞的音值及其所據方言考〉，《中央研究院歷史語言研究所集刊》2 卷 3 期，1931 年，頁。

羅聯添，〈唐代進士科試詩賦的開始及其相關問題〉，《中國歷史學會史學集刊》17 期，1985 年 5 月，頁 9-20。

譚澤寧，〈晚唐律賦創作之變〉，《湖南社會科學》2012 年第 4 期，頁 205-207。

國家圖書館出版品預行編目資料

北宋四大家律賦限韻之考察

陳成文著. – 初版. – 臺北市：臺灣學生，2018.03
面；公分

ISBN 978-957-15-1762-9 (平裝)

1. 律賦 2. 文學評論 3. 北宋

820.9205   107003790

北宋四大家律賦限韻之考察

著　作　者　陳成文
出　版　者　臺灣學生書局有限公司
發　行　人　楊雲龍
發　行　所　臺灣學生書局有限公司
地　　　址　臺北市和平東路一段 75 巷 11 號
劃 撥 帳 號　00024668
電　　　話　(02)23928185
傳　　　眞　(02)23928105
E - m a i l　student.book@msa.hinet.net
網　　　址　www.studentbook.com.tw
登記證字號　行政院新聞局局版北市業字第玖捌壹號
定　　　價　新臺幣四○○元
出 版 日 期　二○一八年三月初版
I S B N　978-957-15-1762-9

82064
有著作權·侵害必究